莲花落

LIANHUALAO

徐向林◎著

中国文史出版社
CHINA CULTURAL AND HISTORICAL PRESS

图书在版编目（CIP）数据

莲花落 / 徐向林著. -- 北京 : 中国文史出版社,
2020.12
（“锐势力”中国当代作家小说集）
ISBN 978-7-5205-2865-8

Ⅰ. ①莲… Ⅱ. ①徐… Ⅲ. ①中篇小说－小说集－中国－当代 Ⅳ. ①I247.5

中国版本图书馆 CIP 数据核字(2020)第 255822 号

责任编辑：全秋生

出版发行：中国文史出版社
地　　址：北京市海淀区西八里庄路 69 号　　　邮编：100142
电　　话：010－81136602　　81136603　　81136606（发行部）
传　　真：010－81136655
印　　装：北京温林源印刷有限公司
经　　销：全国新华书店
开　　本：787×1092　　1/16
印　　张：15.25　　字数：230 千字
版　　次：2021 年 3 月北京第 1 版
印　　次：2021 年 3 月第 1 次印刷
定　　价：49.80 元

目录
CONTENTS

第一章　渔家傲

一

鬼子的电台不见了，这可是一件不得了的大事。

那天清晨，天刚蒙蒙亮，我爷爷刘先旺就从床板上一跃而起，拎了个水桶去喂圈养在门前水汪里的老鸦，这是我爷爷每天早上起来的习惯性动作。老鸦的学名叫鸬鹚，你也可以叫它们鱼鹰。它们的作用我不用多说了，大家应该都懂的。我爷爷这辈子从来没叫过它们的学名，就管它叫老鸦，苏北里下河地区的人们都这么叫，我爷爷当然也就这么叫。

老鸦们很贪食，一只老鸦一天要吃掉一斤多的小杂鱼。我爷爷养了十二只老鸦，那也就意味着每天要有十多斤小杂鱼落进它们的肚中。我爷爷舍得花这个血本，他也必须花这个血本。因为老鸦们每天只能吃一顿，如果晚上出去捕鱼，那就清晨起来的时候让老鸦们饱餐一顿，然后一直饿到傍晚，直饿得它们眼睛发绿，一个个挥舞着翅膀将钩曲的利喙在泥地上打磨，这才让我爷爷满意。我爷爷说放老鸦的诀窍就在于临阵磨枪，这个火候一定要拿捏准，老鸦们饿久了力气就不足，影响下水拿鱼的士气；饿得不够，老鸦们就会给你集体磨洋工。

大刘庄的炊烟袅袅升起、暮色四合时，我爷爷就会吆喝着他的老鸦部队，雄赳赳气昂昂地向北穿过田家豆腐坊，穿过柏家大麦酿酒坊，再穿过一片芦苇地，然后从南岸的水码头进入大纵湖，一哄而上，登上我爷爷的小划子船。老鸦部队行进到田家豆腐坊时，往往还会有一个小小的列队阅兵式，我爷爷走到田家豆腐坊的土墙院门前，就会响亮地吆喝着老鸦们排成两列纵队，依次进入田家豆腐坊的院子接受田荷花的检阅。在接受检阅时，我爷爷是相当严苛的，要是哪只老鸦走歪了队形，我爷爷就会用手中的竹竿狠狠地照它的屁股打下去，这还不罢休，我爷爷还会记仇，那只触了霉头的老鸦第二天肯定吃不上一天中唯一的早餐，哪怕它拿的鱼再多也不行，这没办法，我爷爷就是这么个小心眼记仇的人。

田荷花那个时候还没成为我奶奶。我爷爷领着老鸦进门时，田荷花的父亲田大茂就会皱起眉头，他怕老鸦们拉出粪便弄脏了院子。田大茂的女儿田荷花跟她的父亲完全相反，她听到外面的动静后，就会停下手中的一切活计，从窗户里往外伸出脑袋，含着笑朝我爷爷打声招呼。田荷花的笑容就像给我爷爷所带领的这支老鸦部队授予了英雄勋章，我爷爷的精神猛涨，“呼哨”一声，招呼着老鸦部队出征。

我爷爷的小划子船上分列着两排结实的树杈横档，那是老鸦们的固定座椅，谁也不能乱了顺序，谁坐乱了，一定会被座椅主人教训一通。等老鸦们一个个虎视眈眈地在座椅上安定下来后，我爷爷就把小划子船往湖中心的深水区划，因为深水区有大鱼。到了围猎点，饿疯了的老鸦们一只比一只凶残地蹿进水里拿鱼，一只老鸦能拿十多斤鱼哩。从投入与产出比来说，这显然是一笔划算的买卖。

老鸦拿上的鱼，我爷爷就把一斤奔上的鲤鱼、草鱼、鲢鱼拣出来，挑出两条最大的送到田家豆腐坊换点豆腐，再拣出两条到柏家麦酒坊换点酒，剩下来的我爷爷就在村口的小市场摆个小摊售卖，有时也跑到大刘庄四十里外的县城去卖。当然，这是小鬼子们进入大刘庄前的事了。小鬼子进了大刘庄后，我爷爷按部就班的工作生活节奏就全被打乱了。

我爷爷的小划子船上点着一盏老式洋油马灯，这盏马灯在空旷辽阔的大纵湖面上起不了多大的照明作用，这么说吧，马灯就像嵌在漆黑夜空上的一颗孤星，你看得到它，它却照亮不了你。可老鸦们就认这盏灯光，哪怕鬼子炮楼上的探照灯把强烈的灯光交叉地打在水面上，它们依然准确无误地顺着那盏马灯微弱的光，把叼在嘴里的鱼送到我爷爷的船上。我爷爷的这盏马灯就是大纵湖上的“渔火”，这把“渔火”从我爷爷的爷爷起再上溯两代，一直延续了五代人。

说实在话，拿到鱼的老鸦们是不可能自觉的，它们谁不想把拿到的鱼一口吞下去呢！可它们在做吞咽这个动作时，问题来了，咦，怎么到了喉咙就卡壳吞不下去了。后来它们相互瞧瞧，明白了，噢，喉管上都套着活绳扣呢。那就没办法了，就像鬼子张牙舞爪地端着三八大盖在庄里横行霸道一样，你得顺着他来，要不然呢，仅有的一顿大餐你也吃不上嘴。

我爷爷刘先旺没进过一天学堂，自己的名字都不会写，所以他不怎么会打比方。但他跟我讲他与鬼子兵的往事时，他说着说着就会情不自禁地打起比方来，他说鬼子凶残着呢，比饿疯了的老鸦还凶残。我可能是出于少年时的天真吧，老是问我爷爷这样一个问题，老鸦还会给你拿鱼，解决你的生计，鬼子能给你做什么？我爷爷就笑，他爱怜地摸摸我的小脑袋，还是读书好啊，我爷爷这么感叹着，然后纠正着他不恰当的比方："你说得是，比你父亲肯动脑子，我刚才比方反了，其实你爷爷我才是被鬼子往喉管上套着活绳扣的老鸦，鬼子想让你吃就吃，想饿死就饿死你。"

但这个比方还是不对劲，我又追问我爷爷："爷爷，你这么一说，你不把当年放老鸦的你就比成了鬼子吗？"

我爷爷又笑："这比方真难打！算了，不瞎打比方了，你奶奶比我会打比方。我还是说说鬼子兵在大刘庄作孽的事吧。"

我说："好，我听着呢。"

二

我爷爷一辈子忘不了的事情就是鬼子兵铲"大头菜"。

那天清晨，我爷爷拎着的水桶里装的是活蹦乱跳的小杂鱼，它们正在桶里的水中欢快地嬉闹，丝毫感觉不到它们就快成为老鸦们的美餐，它们的好日子就快到头了。这就像大刘庄的人们一样，没人知道这天的深更半夜，有人摸进了日军第六十六师团小野联队的电台室，悄无声息地杀了岗楼前的两个哨兵，潜进电台室后又杀了两个毫无防备的电台监听员，将发报机、收报机以及干电池一股脑儿地打包带走。

谁胆大包天，敢摸进鬼子窝偷走电台？

这一定是新四军干的。小野联队的情侦大队长苍田中佐在察看了现场后向小野联队长断言，电台一定还在大刘庄，凭着大刘庄密布的岗哨，电台虽然偷出来了，但那么大那么显眼的家伙一时半会肯定出不去，所以苍田中佐断定电台还留在大刘庄，而且他还自信地推断，被他们树为“模范庄”的大刘庄里就隐藏了新四军的眼线。

小野大佐当然暴跳如雷：“大刘庄的百姓良心大大的坏，统统的死啦死啦的！”小野的暴怒，自然会在大刘庄刮起一阵腥风血雨。但大刘庄的人们跟我爷爷一样，他们都不知道大难即将临头了。我爷爷还没有喂好他的那群老鸦，就被两个蛮横的、挨家挨户捉人的小鬼子给一路推搡到了大刘庄西边的晒麦场。

晒麦场上已经站满了大刘庄的男女老少，还有的人在我爷爷到了后，也被陆陆续续地押了过来。晒麦场的四周站满了荷枪实弹的小鬼子，“和平军”的孙营长也把他的大队人马拉了过来。我爷爷一直鄙视“和平军”，他们就是一支汉奸军，他们还有一个统一的称谓——汪伪军，我爷爷也叫他们“二鬼子”，我爷爷说他们真够窝囊的，平时给鬼子兵端屎倒尿的，还常挨鬼子兵的任意打骂。但他们对付起老百姓，有时比鬼子兵更坏，我爷爷说好多缺德的主意就是这帮窝囊废给出的。我记得我爷爷只要在我面前提起他所说的“二鬼子”，不管他讲得走不走题，总会停下来骂一顿“二鬼子”。我奶奶田荷花并不完全同意我爷爷的说法，她跟我说别听你爷爷的，“二鬼子”里也有好人哩。

好吧，话题我就不跟着我爷爷瞎扯了，继续说晒麦场上的事。我爷爷说晒麦场用土垒起来的两处制高点上，还架设了两挺歪脖子机关枪，几个小鬼子一边把着机关枪，一边虎视眈眈地看着晒麦场上的人群，那种杀气，让已经进入暖春的人们不寒而栗。

大刘庄的人被强行分成了几排站立，我爷爷被推到了第一排人群中站立。他看到田荷花低着头站在第二排，田荷花那天的脸蛋特别白，自从鬼子进驻了大纵湖后，为了安全起见，我爷爷就建议田荷花每天用锅灰涂脸。因此，有一段时间，田荷花散披着头发，满脸的锅灰，连她洁白的牙齿也涂上了黑黑的锅灰，害得田荷花都不好意思跟别人说话。很显然，田荷花也是被突然抓过来的，她还没来得及用锅灰涂脸。我爷爷就转身往田荷花身边站，低声给田荷花壮胆：“别怕，有我呢！”

“你的，什么的干活？”一个鬼子过来揪我爷爷。

我爷爷不怕，我估计他心里其实是很害怕的，但他在我未来的奶奶田荷花面前要拿表现呢，他就昂着头说：“我是良民，大大的良民。苍田中佐就喜欢吃我的水老鸦给他拿的鱼呢。”

我爷爷的话引起了人群一阵小小骚动。谁都知道，苍田中佐就喜欢吃我爷爷用老鸦从大纵湖拿上来的花鲢。而且我爷爷还善做大纵湖八鲜，苍田中佐就好这一口。于是我爷爷就成了苍田中佐的朋友，我爷爷是不敢把这个“朋友”挂在嘴上说的。苍田中佐可不管，他看到我爷爷总会朋友长朋友短地聊上几句。引得整个大刘庄的人都以为我爷爷是个不折不扣的汉奸。那个“和平军”的孙营长见我爷爷与苍田走得近，他还讨好过我爷爷，让我爷爷替他在苍田面前说说好话，他早就想做保安团的团长了，我爷爷嘴上答应，却从来没替孙营长说过好话。孙营长许诺封他个连长干干，他才不稀罕呢。

那个鬼子兵把我爷爷从田荷花身边蛮横地拖了出来，他还上下打量了田荷花几眼，看得我爷爷心里直发毛。幸亏我爷爷的“朋友”苍田中佐走过来给解了围。他大声地训斥那名鬼子兵：“刘君，我的朋友，你绝不能这样对待我的朋友。”那个鬼子兵在长官训话时，“嘿依，嘿依”几句就放了我爷爷。

苍田中佐往人群中扫视了几眼，就点了几个他认识的村民出来，其中包括我爷爷。苍田中佐交代我爷爷牵头，在麦垄边上挖三个坑。布置工作时，苍田中佐抹去了脸上的杀气，换上一脸的奸笑道：“刘君，今天要铲三个大头菜。”

我爷爷心里一紧，打了个冷战。“铲大头菜”是个极其残酷的杀人术语。我爷爷见过苍田中佐“铲大头菜”，他们将一个俘获的新四军战士推进挖好的坑中，只留脑袋露出地面，然后填土埋实，经过泥土一挤压，血脉就涌上了那个新四军战士的脑袋，整个脸都是红通通的，然后一个鬼子兵用腰刀猛地一砍那个战士的脑袋，脑袋滚到一边，鲜血就从腔子里喷出去十多米高。

那次目睹“铲大头菜”，把我爷爷的腿都吓软了，胃子疯狂地抽搐，胆汁都吐出来了。后来我爷爷定下规矩，在咱们家谁也不许再提大头菜。我父亲告诉我，他小时候喝粥时，有个邻居见我父亲端着粥碗蹲在门口喝，碗里没有咸菜。就从家里抓了一把他自家腌的“大头菜”往我父亲碗里一丢，我父亲很开心。邻居问：“这大头菜香不香？”我父亲咂巴咂巴嘴说：“这大头菜真香。”

这话被我爷爷听到了。他走过来一把就打掉了我父亲手中的粥碗，还狠狠地扇了我父亲一记耳光。事发突然，我父亲先是愣在那儿不知道怎么回事，直到脸颊上的疼痛往我父亲的心里钻了后，我父亲这才想到了哭，而且是很耗肺活量地大哭。我父亲的哭声果然引来了我奶奶，她弄清原委后，第一次没护着我父亲，她冲我父亲严厉地说："不准再吃，不准再提。"

我父亲哭着哭着，见没人管他，他觉得再哭下去没意思，于是收住了悲声，自个儿玩去了。

三

陈平安是我的小学同学。我们俩经常一起滚着铁环去上学，放学后一起玩"打盒盖""滚玉球"的游戏，用当下的网络热词说我们是一对好基友。但自从听了我爷爷讲述了陈大富做汉奸的往事后，我和陈平安之间就有了隔阂，准确地说是我不想再理陈平安了。因为陈大富就是陈平安的伯爷爷，陈平安的爷爷陈二富与陈大富是嫡亲弟兄。我还给陈平安起了个"小汉奸"的绰号。

自从"小汉奸"的绰号在学校喊响后，陈平安很委屈。他说不过我，就搬出了他的爷爷陈二富来跟我理论。陈二富跟我爷爷的年龄差不多大，腰杆没我爷爷硬朗，有点驼背。但他比我爷爷健谈，话匣子一打开就会失控。那天，陈平安把我拖到他爷爷陈二富的面前，陈二富弄清原委后就跟我讲，都什么年代了，你爷爷还搬出那点陈芝麻烂谷子的事。我代我爷爷刘先旺辩解，这是历史，谁也不会忘记的历史。

陈二富说，好，那我就跟你讲讲历史，历史来不得半点虚假。陈二富把我拉到他家院子里银杏树下的一张小板凳上坐下，他在另一张板凳上坐了下来，陈平安就盘腿坐在地上，他也支愣着耳朵听。

“陈大富对创建新四军大纵湖天瓢岛根据地是有功的，那部救命的电台，就是陈大富配合老克搞给新四军的。”陈二富一上来就把陈大富从大汉奸的角色颠覆为抗日英雄的角色，我是不同意的。我爷爷跟我说过N次，他说陈大富生前做了“和平军”的小干部，是被国民政府以汉奸罪枪毙了的，汉奸的身份不容置疑。陈大富是汉奸的定论在我头脑里早就根深蒂固。我想反驳陈二富，但陈二富根本不管我的情绪，他倚老卖老地抢占了话语的控制权。他在论证陈大富是抗日英雄时，还用起了图形论证法——他随手捡了根芦柴棍，就在银杏树下的泥地上画了起来，他先画一个很大的不规则的椭圆，在椭圆内画了许多水纹状的曲线，他告诉我这是大纵湖。大纵湖我再熟悉不过了，我们大刘庄就坐落在大纵湖的南岸边上呢。

大纵湖当然是一个很大的湖。有多大呢？反正如果我绕湖岸步行的话，我估摸得走上三四天才能绕上一圈。后来上到中学，我接触了乡土教材，对大纵湖就有了更为具体的地理概念。大纵湖是苏北里下河平原上最大最深的淡水湖泊，湖域呈不规则椭圆形，东西长九公里，南北宽六公里，方圆近四十平方公里。地势呈现出四边高、中间低的“锅底”形状，而且由西北向东南微倾，用陈平安爷爷陈二富的话说就是“像一只没摆平的脸盆”。大纵湖的湖水是从南部和西部的鲤鱼河、中引河、大溪河等数十条河流注入的，我家乡人说是九十九条河流。事实上九十九是个虚数，那些大河小河、沟渠港汊谁也数不清。这些河流从郭正湖、得胜湖、蜈蚣湖引出湖水，注入了大纵湖，大纵湖就像一个支着的锅底，吸纳了众多河汊的水流后再经过东北部的蟒蛇河向东奔流，奔走一百多里水路直奔黄海。

陈二富画好了大纵湖，接着又在湖中心位置画一个水瓢。他告诉我，这就是大纵湖中心地带最大的湖岛——天瓢岛。我跟我爷爷上过天瓢岛，岛上面积有百十亩田大，从高空上俯瞰下来，像一只浮在水面的水瓢，这也是天瓢岛名称的来历。大纵湖的湖岸与湖中心的天瓢岛构成了一个不规整的“回”字形，天瓢岛与四周的湖岸差不多平均相距两三千米，这是一个不算短也不算长的距离。

当年新四军第九旅第一团独立营的二百多号人就困守在这个岛上。我记得很清楚，陈二富当年就是用了“困守”这两个字。然后，陈二富又在湖岸的四周画了许多小炮楼，他告诉我这是鬼子的炮楼，他小的时候数过炮楼，沿湖岸一共建起了六十九座小炮楼，其中有一座稍大的炮楼就建在我们大刘庄上，鬼子小野联队情侦大队的队部也驻扎在大刘庄。陈二富画了所有的炮楼后说：“新四军困守在天瓢岛上，这就是一个孤岛，鬼子和‘和平军’沿湖岸团团围住，形势相当严峻啊！”

“不是‘和平军’，是‘汪伪军’。”我打断了陈二富的讲述，给他纠正了用词不当的地方。陈平安见我对他爷爷不礼貌，他也挺生气地说：“刘颂哎，我说刘颂，你能不能听我爷爷把话讲完撒。”我不满地看了陈平安一眼，没反驳他。

陈二富笑了笑，他抽了袋水烟后继续说："鬼子多少人呢？约莫有三千人。'和平军'——噢，汪伪军有五千多人。合起来就是八千多人，跟新四军的力量对比就是四十比一。而且鬼子有山炮有机关枪有洋油艇……"

"鬼子还有汉奸帮忙！"我又打断了陈二富的话。我感觉陈二富有点走题了，我和陈平安正较着劲，既然他爷爷陈二富说陈大富不是汉奸，那得拿出点证据，我不喜欢陈二富绕圈子的说话习惯。于是我坚决地打断了陈二富的话，我要把话头引到汉奸这个话题上来。

我不停地岔话，引起了陈平安的强烈不满，他朝我瞪了一眼后又瞪了一眼，没好气地说："刘颂你就喜欢岔嘴岔舌，上课也是，能不能听我爷爷把话说完哩。"我没理会陈平安，准备继续岔话，但陈二富再没给我岔话的机会，他说好吧，我就来说说陈大富的事。

陈大富原先是汪伪军电台队的小队长。他所在的汪伪军随着鬼子的小野联队在大纵湖沿岸包围了天瓢岛后，他带领的电台小队就并入了小野联队的情侦大队，归苍田中佐统一指挥。小鬼子和汪伪军的队伍沿着几百里长的湖岸展开，本来是接了有线电话进行联系的，但活跃在大纵湖一带的游击队经常会趁着夜色截断电话线。不光如此，有一次苍田中佐跟守在湖北岸的川畸联队通电话，不想电话中传来的是新四军游击队队长王怀的声音，王怀问候了苍田的祖宗十八代后，最后正告苍田："小鬼子，你们的命跟兔子的尾巴一样，长不了。"苍田大怒，他"八格牙路，八格牙路"地叫骂了好几声，但又抓不到截断电话线的人。最后沿着湖岸摆开的鬼子兵和汪伪军只得用电台进行联络，曾特训过电台业务的陈大富就受到了鬼子们的器重，在苍田中佐开列的“中国朋友”的名单上，陈大富的名次排在我爷爷前面，他说陈大富是他的耳朵和嘴巴，我爷爷则是他的舌头和肠胃。

“你晓得天瓢岛上的新四军最缺什么？”陈二富卖起了关子。这难不倒我，新四军被围在岛上，他们也需要与主力部队联系。我脱口而出：“缺少的当然是电台了。”

“你答对了。”陈二富得意地笑笑，他又抽了一袋水烟后继续说，“新四军游击队有人来找陈大富帮忙弄电台，陈大富的思想工作就被做通了。于是陈大富就配合游击队制定了‘鸬鹚计划’，偷出了鬼子兵的一部电台，后来那部电台被运到了天瓢岛，这部电台等于给新四军装上了耳朵，如果不是这部电台，新四军就是一群聋子。”

我听过我爷爷刘先旺说过鬼子电台被偷走的事情，没想到是我和爷爷一直以为的汉奸陈大富做内应给弄出来的。不过，陈二富说的话是真是假，还有待我进一步去求证。

另外，还有一个待解之谜：电台是怎样从戒备森严的大刘庄偷运到天瓢岛上去的？

四

老克是我奶奶田荷花一辈子都未曾忘记的一个人。

老克是我奶奶的远房表哥，早年去了上海谋生。一九四四年春天，也就是鬼子进驻大刘庄的两个月后，老克从上海来到了大刘庄，在我奶奶家——田家豆腐坊待了下来。我奶奶说起老克，好像回忆她最美好的青春岁月，她说老克爱干净，戴着眼镜，说话很有礼貌，样子看上去很斯文。

我爷爷对老克是没有好感的。他听我奶奶提起老克，就生气地把黄铜制的水烟壶往桌子上重重一蹾，然后瞪着眼睛责问我奶奶，你又提那个“娘娘腔”干吗？你又提那个“娘娘腔”干吗？

我爷爷说老克“娘娘腔”是有一定道理的。老克在我奶奶田荷花家帮着磨豆腐，原先田家豆腐坊用的是一头大青骡推磨，那是我奶奶的父亲田大茂花了十块大洋从山东买回来的。小鬼子进庄的前几天，风声已经很紧了，田大茂就把大青骡给放了，他不想让这头在他家艰辛劳作了三年多的大青骡成为日本人的美餐。跟着鬼子兵进庄的“和平军”孙营长不知从哪儿听说我奶奶家曾有一头大青骡，一口咬定田大茂通共，说是把大青骡送给了新四军游击队做脚力，田大茂又花了十块大洋才堵住了孙营长的嘴。

没了大青骡，田家豆腐坊又回到了人工推磨的日子。在老克来之前，我爷爷自告奋勇地帮着推了一段时间的磨，老克来了后我爷爷就下岗了，他为此很生气。为了争这个岗位，我爷爷还要与老克掰手腕比力气，虽然老克看上去很清瘦，力气却很大，我爷爷输多赢少，最终失去了推磨的机会。谁都看得出来，我爷爷到田家豆腐坊推磨，是冲着田荷花去的。于是我爷爷看不惯老克也是情理之中的事了。他最看不惯老克的是他的衣着整洁，比如说吧，蹭破的衣服，庄里人都随便找块“零头布”粗针大线地给缝上，哪怕颜色反差很大，包括我爷爷也是这样。老克则不同，他总要找颜色相近的“零头布”，用细密的针线给阴缝上，远远看上去，补丁并不显眼，有时还像挺新潮的服装。我奶奶就很赞赏老克这一点，她还跟老克学过针线活。我爷爷见不得老克像女人般地细心，就给他取了个“娘娘腔”的绰号。

事隔几十年，我奶奶一提起老克我爷爷还是会生气。我奶奶才不会顺着我爷爷，她跟我爷爷针锋相对，我就提了，我就提了，你能把我怎样！要不是老克死了，我还不稀罕嫁给你呢。

我奶奶说了这些话后，我爷爷脸上反而堆起了笑意，他不跟我奶奶争了，一个大活人跟一个死人去争风吃醋，犯得着吗？我爷爷私下里也跟我说过，老克那个“娘娘腔”其实挺勇敢的。当年鬼子的电台被偷走后，苍田中佐根据踏勘现场后判断，干掉哨兵和值班员的至少有三个人，这也是他让我爷爷在麦垄边挖三个坑准备铲三个“大头菜”的缘故。但在鬼子黑黝黝的枪口和明晃晃的刺刀面前，苍田中佐怎么恐吓威胁，怎么利诱引导，都没能从村民嘴中问出点什么。大刘庄的人确实不知道什么是电台，他们也没有见过军用电台，被威吓被铲“大头菜”也没办法，要是瞎交代，可电台在哪儿呢？找不到电台，他们只能死得更惨。

苍田看上去失去了耐心，他的脸上笼着乌云，他准备下令大肆杀戮了。这时老克整了整衣衫，他从人群中站出来了。他说，电台是我偷的，与大刘庄的老百姓无关。

有人站出来了，苍田当然是喜出望外的。他逼问，不止你一个，还有其他人呢？

“另两个人是游击队的，他们回队里去了。”

“游击队在哪儿？”

“我不知道，他们没有固定的地点，也许在湖北岸，也许在湖西岸，还有可能是湖东岸。”

“电台呢？”

“被他们带走了。”

“为什么你留了下来？”

“我只是协助偷电台，游击队给我工钱，完事了该干嘛还干嘛。”

老克的回复滴水不漏。可这在狡猾的苍田面前过不了关。苍田阴冷地说：“电台还在大刘庄。”

这回是老克反问苍田了：“为什么要留在大刘庄？”

“游击队里的人不会用电台。”

“留在大刘庄又有什么用？”

“准备偷运到天瓢岛。”

“你聪明过头了，电台就是游击队拿走的。”

“你没有说实话，就别怪我不客气了。约克君。”

“你叫我什么？”

“约克。”苍田阴冷的脸上又切换出奸笑，“你别以为我不知道，你进了大刘庄，就进入了我们的眼线。你在上海的身份是译电员，约克是你在上海法租界用过的名字，你来大刘庄就是要找机会带着电台潜到对岸去，因为你还有一个特别的身份——新四军第九旅指人译！”

“你搞错了，我听不懂你说的话。”

“约克君，皇军的情报系统是大大的强，你就别装了。”

“假设我是你说的指人译，我一进庄你们也盯上我了，为什么不直接把我抓起来，非要等我自己站出来？”

“约克君，皇军布了一个很大的局。”苍田走近了老克，得意地笑着说，“电台就是一个饵，新四军独立营有了电台，就会与新四军第九旅建立电台联系，第九旅发出的电报独立营破译不了，我们能破译，因为我们有了你。怎么样，与皇军合作吧。”

“那你们是白日做梦了。”老克鄙夷地说。

“好，你是不见棺材不落泪。”苍田招了招手，就有两个鬼子兵走了过来，“推到坑前去。”苍田下了令。于是这两个鬼子就推搡着老克走到了我爷爷带人挖好的一个坑前。

一九四四年的清明节过后，苏北里下河平原上的麦子渐渐黄了，这是大地上难得一见的成熟的颜色。我爷爷刘先旺说，青黄不接时，苏北里下河水乡的人总把还在抽穗的麦子连根扯上来填肚子。他是在娶了我奶奶田荷花以后，才逐渐见过越过冬季的麦子从浅黄到深黄，再从深黄到金黄的颜色革命。也就是说，自打我爷爷记事时起到抗日战争、解放战争等所有的战争全部结束前，我爷爷刘先旺就几乎没见到过麦子全黄的时候。

新四军进驻后，当地人还是等不到麦子黄了就抢前收割，他们怕鬼子扫荡时抢走。要不然呢，鬼子也会给田垄的四周浇上汽油，然后一把火烧掉。用汽油烧麦田，鬼子才不会心疼呢。他们就是想饿死在这块土地上扎了根的新四军。他们牙齿恨得直痒痒，恨不得连一株草根都不给新四军留着。

我爷爷带人在麦垄边挖坑时，有个男人一边挖坑一边诅咒，说这个坑就是给苍田挖的报丧坑。我爷爷朝他小声喝道：“别说话，苍田听得懂中国话。”那个男人就不敢再吭声了。

那天的天空很蓝，白色的云像被用力撕扯开的棉絮，杂乱无章地散落在天幕上。老克就站在麦子由青涩走向金黄的麦田边上，他被反绑着。他身边的那个坑已经挖好了，按照苍田的布置，坑深一米六左右，如果老克被推进坑中，地面正好齐着他的脖颈，这个位置是铲“大头菜”的最佳角度。

苍田中佐将指挥刀虚点在地面上，他两手交叉虚撑着指挥刀，一双狡黠的眼睛死死地盯着老克：“约克，还有什么要交代的吗？”苍田一字一顿地问。老克低头看了看土坑，然后带着轻蔑的笑容说：“苍田，我建议你自己的坑要挖得浅一点，你倭瓜一样的个子被推进这个坑中就是活埋了。”

苍田笑了，我爷爷说他最讨厌也最害怕苍田那一脸的奸笑，他一笑准没有好事。他依然不紧不慢地问老克：“你就不怕死？”

“怕。”老克毫不犹豫地说。

“既然怕，就跟皇军合作。”苍田拎着指挥刀往老克的近前靠了一步。

“你理解错了，苍田先生。”老克这个时候说话还能慢条斯理，这让我很佩服。“我怕的不是死，是死的地方”。

老克的这句话让我爷爷有点摸不着头脑，苍田同样有点摸不着头脑，我爷爷和苍田的眼光就如两条不相干的河流在老克的身上汇聚。老克没看苍田也没看我爷爷，他只仰着头看了看天空，再侧过头看了看身边由青渐黄的麦田，他深吸了一口气，然后缓缓地说：“苍田，我说怕是怕我的血把麦子给糟蹋了，要是你成全我的临终心愿，就换个地方行刑吧。”

苍田阴沉着脸盯着老克看了好一会儿。我爷爷也听清了这句话，他也朝麦田望了又望，再转头看着老克，阳光已经打到了老克的脸庞上，我爷爷迎着光，只看到那道光很刺眼，看不清老克的脸。我爷爷心里一紧，他后来告诉我，当老克真的被苍田带走时，我爷爷真想走上去告诉老克，他不是“娘娘腔”。我爷爷一辈子给别人取了不少绰号，包括我也遗传了我爷爷的这个基因，但我爷爷说给老克的绰号起错了，这是我爷爷少有的一次认错。

苍田带着老克走的时候，他在经过我爷爷跟前时停下了脚步。他滚圆的脸上又堆起笑容，他笑起来时嘴唇上方的那一撮胡子都在抖动。他用腾出的右手拍了拍我爷爷的肩膀说，刘君，苍田总是这样亲昵地称呼着我爷爷。我爷爷浑身不自在，大刘庄的人也正因为我爷爷受到苍田如此的亲昵而把他视作汉奸，我爷爷纵有一千张嘴也说不清楚。我知道我爷爷心里一定很苦，但他有什么办法呢！

“明天你下湖弄几条花鲢上来，鱼头炖豆腐，就用田家的豆腐，再打点柏家的大麦酒。”苍田这么吩咐着我爷爷，也不待我爷爷答不答应他，就晃着肥头大耳的脑袋往前走了。紧跟着苍田的是被两个鬼子推搡过来的老克。我爷爷看了看擦身而过的老克，老克只扫视了我爷爷一眼，然后装作不认识我爷爷，就朝前走了。

五

陈二富说得没错，新四军进了大纵湖天瓢岛就是困守。

大纵湖夹生在里下河的中部地区。里下河不是一条河流，是两条平行的南北走向的河流夹住的一片区域，两条河流相距一百多公里。西边的河流叫里运河，是京杭大运河的首期工程，也被叫作“上河”。东边的河流叫串场河，曾经有过一段时间叫“下河”。

“下河”后来改称串场河，我爷爷刘先旺听起来总觉得不吉利，“串场”听起来跟“穿肠”同音，好像有一肚子愁绪似的。其实，我爷爷不是不知道，串场河流域是海盐的重要产地，沿线有十多个较大的盐场，串场河顾名思义就是把这些盐场串连起来的一条人工河。不过我爷爷的预感还是蛮有点道理的，淞沪会战后，小鬼子们就从崇明岛北渡长江蹿进南通，而后水陆并进侵犯到里下河地区。小鬼子们的洋油艇走的就是串场河的水路。

小鬼子们刚到苏北里下河地区时没遇过什么抵抗，因为国民党的中央军已经退缩到淮河以北去了。但小鬼子来了后，他们的苦日子才刚刚开始。我爷爷说起新四军打鬼子的事他就有点神采飞扬了。他说新四军在盐城重建军部后，大大小小的抗日根据地如同锋利的钢针，散落在广阔无垠的苏北大地上，直扎得鬼子们咬牙切齿地疼痛。新四军根据地对鬼子们来说是扎人的钢针，但对里下河水乡的老百姓来说则是一根根定海神针。

丁晟率领新四军第九旅直属独立营进驻大刘庄后，我爷爷很是兴奋，他的眼里有了放大的神采，大到什么程度呢？他在大纵湖放老鸦时还会哼着俚语渔歌，眼光里盛满了大纵湖清凌凌的水光。

那时你爷爷的眼睛里就是盛满整个大纵湖，我奶奶总是这么深情这么肯定地回忆。看得出来，我爷爷的眼光是打动过我奶奶的，要不然隔了大半个世纪，我奶奶怎么还会清晰地记得呢。

不过，丁晟带着的独立营只在大刘庄驻扎了半个月，随着鬼子兵从四面八方冲杀过来，丁晟就带着独立营上了天瓢岛。

独立营为什么要进驻天瓢岛？我在新四军纪念馆查过史料，史料上有这么一段记载：为了牵制日军，便于新四军主力部队在敌后全面展开工作，第九旅将直属独立营嵌入天瓢岛以牵制日伪军。旅长给丁晟下任务时是这么交代的：“你们要像刺刀一样嵌进去，牵制住小鬼子的小野联队和川畸联队，好让全旅在外围分纵合击。”

丁晟所带的独立营并不满员，满打满算也就二百多号人。丁晟带着独立营一进驻天瓢岛，鬼子果然像听到调令般，东从盐东县、南从沙堡镇、西从淮安城、北从阜西县调集了大队人马，沿湖岸将新四军独立营团团围住，天瓢岛根据地就如悬在鬼子重重包围圈中的孤岛，用苍田得意扬扬跟我爷爷的话说就是“刘君，这天瓢岛上一只蚊子都飞不出包围圈”。而这正是丁晟想要的效果，二百多号人就调动了三千多鬼子兵和五千多汪伪军，旅部正面迎敌的压力大为减轻。

鬼子原以为一个小小的孤岛，最迟一两天就能拿下。但他们低估了地形和新四军独立营的战斗力。大纵湖沿岸与天瓢岛沿岸都有一眼望不到头的芦苇，芦苇长得很高，平均高度有三五米，芦苇从岸边一直蔓延至水面，纵深上百米，构成了独立营的天然掩体，潜水植物也多，有苦草、马眼子草、轮叶黑藻等，能缠住洋油艇上的螺旋桨。当初新四军第九旅考虑在天瓢岛上建立根据地时，就是因为这里有比沙家浜还要大还要密的芦苇荡。

独立营利用当地渔民提供的几十艘小划子船，每艘船配上四五个人，沿岛岸四面布置在一眼望不到头的芦苇荡中，鬼子的洋油艇来进攻时，躲在芦苇丛中的小划子船就猛烈开火，若有突破进来的洋油艇钻进了芦苇荡，则如瞎子跑进了陷阱，前后左右都遭受到小划子船的突袭，鬼子兵死都不知道怎么死的。即使有突进到岛上的鬼子兵，都会被芦苇丛中的新四军反包围，进来一个打死一个，进来五个打死五个，进来一队打死一队。鬼子兵除了大批送死外，想占岛根本无门。

急红了眼的鬼子兵就用炮火覆盖小岛，非但轰不到在芦苇丛中藏得严严实实的小划子船，独立营的战士却借着炮火的硝烟做掩护，箭一般地划过湖面，钻到了湖岸边的芦苇丛对鬼子的炮楼进行偷袭，让鬼子兵后院起火。

有一段时间，从鬼子兵控制的淮安军用机场飞来两架轰炸机空袭天瓢岛，但飞机在岛上盘旋了很久，除遍布的芦苇外，就是看不见一个人，看不见一个有效的目标，为交差他们就胡乱地朝一些芦苇秆编织起来的空房子扔下了全部炸弹，不想由于飞机低空飞翔，其中一架飞机收到了一梭子弹的贺礼，要不是逃得快，就得在天瓢岛上坠毁。这次空袭过后，新四军九旅下了死命令，随时观察淮安机场的动静，用火力封锁的方式不让敌机再去侵袭天瓢岛。

明攻不行，鬼子也想暗取。他们从汪伪军和鬼子兵中挑选了一批水性好的敢死队，想偷偷潜水上岛，但在严阵以待的新四军面前，那批水鬼真的变成了冤鬼，有来无回。他们无奈地接受了这个不能容忍的现实。要不然呢，他们还得丢下更多的尸体。

在胶着的阶段，丁晟在沿岛的四周打下了木桩形成暗坝，让洋油艇突破不进来。他们还将手榴弹用细细的触线绑在芦苇秆上，构成了四面兼顾的土制水雷阵。这使鬼子兵们异常恼怒，打又打不下，不打又怕身后被新四军袭击，搞得只能在湖岸上布着重兵，动弹不得。

可是问题来了，鬼子兵和汪伪军把这块不大的根据地围得死死的，独立营的武器弹药装备越用越少。上岛时，独立营没有带电台，与第九旅的联系被彻底截断了。

我爷爷说起当年这些事情时，我对丁晟的指挥能力有点儿怀疑，丁晟上岛前应该估计到这个问题，为什么不早做准备？我爷爷被我这么一问，他想了好长时间，都没有给出个合理的答案。

后来，还是我自己从新四军重建军部纪念馆中找到了答案："皖南事变"前新四军只有十一部电台，在事变中全给毁了。新四军第九旅倒是从鬼子手中缴获了一部电台，是与师部、军部联系用的。丁晟也向旅长要过电台，但旅长告诉他：电台有的是，在敌人手里。

说白了，旅部没办法给独立营配电台，要电台就得自己想办法到鬼子手中去缴获。不过，电台虽然没有配给，旅长倒是大方地给独立营派了一个收报员和发报员，并让他们记住了第九旅的电台频率。

丁晟还想要译电员。旅长告诉他，鬼子截获电台频率的手段很厉害，明码不行，得用"指人译"，旅部到时会给他们派去"指人译"。

"什么是指人译？"丁晟问旅长。

旅长答："一时半会跟你说不清楚，人派去了你就知道了。"

旅长还交给丁晟一个被切开了的不规则橡木象棋，是"帅"的一部分。旅长说："到时就凭这个'阴符'接头，严丝合缝对上了的，要无条件地信任。”

六

医生带着两个鬼子兵到了我奶奶田荷花家，我爷爷为此很紧张。

医生是个日本女人，叫作中村洋子。她人很瘦小，脸上总涂着苍白的脂粉，嘴唇还描得鲜红。我爷爷私底下也给她取了个绰号“画皮女鬼”。我奶奶一向很反感我爷爷随便给人取绰号，比如给老克取的“娘娘腔”，我奶奶就很反感。但给中村洋子取这个绰号，我奶奶是少有的赞成。

我爷爷后背上曾害了个疸背，又红又肿还起了脓，稍一碰到就火烧火辣地疼。我爷爷起先没在意，直到疸背长大了，持续发起了低烧，我爷爷撑不住了，但还得强打着精神放鸦给苍田去拿鱼，苍田喜欢的那种花鲢是一天也不能断的。

苍田最爱吃花鲢，花鲢的鳞甲青白相间，与白鲢是有所区别的。但苍田纠正过我爷爷，说这是鳙鱼，不是鲢鱼，只不过外形像鲢鱼而已。苍田还拿了笔，在一张纸上给我爷爷写那个“鳙”字，我爷爷是不识字的，只会看着字傻笑，不过这让苍田很放心，至少我爷爷因为不识字就不会给天瓢岛上的新四军传递小纸条了。

大刘庄会捕鱼的人很多，有撒圈网捕的，有张丝网捕的，还有善于摸鱼的、叉鱼的，但会放鸦拿鱼的就我爷爷一个。我爷爷的父亲也就是我的曾爷爷原先也是放鸦人，但他们在一九四一年的大饥荒中饿死了，我曾奶奶伤心过度，两个月后也随他而去，只留下我爷爷这根独苗。好在我爷爷从他父亲那儿学会了放鸦。按理讲，靠湖吃湖，大纵湖边上的人是不会饿死的，但国民党的中央军驻扎在大纵湖时，竟下了道混蛋命令，禁止一切捕鱼，说是在湖中布了防备鬼子洋油艇的水雷，有擅自捕鱼的就地枪决。于是大纵湖岸边的人就眼睁睁地饿死不少，包括我曾爷爷。我爷爷对此咬牙切齿，他也给中央军起了个绰号“遭殃军”。

后来鬼子进庄了，鬼子同样执行了禁渔令。但唯独对我爷爷网开一面，不可否认，这是因为苍田的缘故。苍田知道我爷爷是大刘庄唯一放鸦拿鱼的人后很是兴奋，他告诉我爷爷，他家乡奈良川也有放鸦拿鱼的传统，他父亲就是一个放鸦拿鱼的人，苍田最喜欢吃他父亲用水老鸦拿上的鳙鱼。因此，他让我爷爷继续在大纵湖里放鸦拿鱼，他说是我爷爷让他想起了远在日本的家乡。

我爷爷那天给苍田送鱼时，苍田看到我爷爷赤裸着上身，我爷爷的疽背已经很严重了，严重到不能穿衣服，衣服与疽背一摩擦就疼得直钻心。苍田看到了我爷爷背上的疽，他拍了拍我爷爷的肩膀，朝我爷爷一竖大拇指：“刘君，大大的朋友。”我爷爷听明白了，苍田是被我爷爷带病放鸦拿鱼给感动了。随后苍田就安排了随军医生中村洋子给我爷爷治疽背。

中村洋子摆出了她的一套医用工具，有一排小小的银针、有几把大小不等的手术刀，还有一些不知道装着啥药的小玻璃瓶，当然也有绷带、硼布、棉花之类的东西。中村洋子先用碘酒给我爷爷的疽背消了毒，然后取出一把手术刀，把疽背的脓水给放了，直到挤干净后，再用碘酒消毒，又上了不知道什么药，然后用硼布胶带给扎上。中村洋子忙完了这一切，她还礼貌地朝我爷爷一鞠躬，叮嘱我爷爷一定要忌嘴。几天后，我爷爷的疽背就好了，他对中村洋子的印象很好。

但这种好印象在我爷爷的心中没停留几天就急转直下。那天晚上，我爷爷又去给苍田送鱼，中村洋子也在，她正忙着给一个中年男人扎银针，我爷爷以为中村洋子又在给人治病。但她的银针刚扎出去几根，那个中年男人就大叫疼疼疼……疼死我了。我爷爷看到黄豆那么大的汗珠就从那人的头上往下直滚。

苍田慢笃笃地从椅子上站起身，背着手再慢慢踱到那个喊疼人的身边，他欠下身子一板一眼地说："老吴，快把你知道的秘密说出来吧，中村医生还有更拿手的绝活没使上。"说着，他从那堆手术刀中挑出了极小极薄的手术刀，从喊疼人的头上揪了几根头发，放在刀刃上轻轻一吹，头发就断成了两截。然后他问中村洋子，"听说这把手术刀已经切了六个人的舌头了。"

"不，是九个人。"中村洋子冷冷地说。那冰冷的声音像从阴间飘荡过来后，听得我爷爷冷汗淋漓，我爷爷又感到那个熄火了的疽背开始疼了，会不会也是这把专门切人舌头的手术刀给他做的手术。我爷爷不敢往下想，他已经不寒而栗了。

苍田看了我爷爷一眼，我爷爷赶紧把烧好的鱼往桌上一放，准备逃离这个人间魔窟。苍田却笑着喊住了我爷爷："刘君，别忙走，等下把这个人的舌头切下来你带回去喂老鸦。"我爷爷一听这话，恶心得肺子都快吐了出来。苍田真的示意两个鬼子兵扒开了那张紧闭的嘴巴，拉出了那个人的舌头，苍田已经把手术刀交给了中村洋子，他还拍拍那人的肩膀，笑着说，"老吴，你不愿意说，那你一辈子也不要说话了，放心，中村医生是优秀的医生，切舌头时你不会太疼。”

当中村拿着手术刀走近那个被喊作老吴的人时，老吴喉咙里喊出了声音：“我说，我说。”

苍田得意地笑了，他示意两个鬼子兵松了手，中村洋子也配合默契地拔掉了插在老吴身上的银针。老吴喘了口气，正准备说。苍田摇了摇手，然后跟我爷爷说：“刘君，这里没你事了，你走吧。”

那天晚上，我爷爷没有直接回家，他先到我奶奶家转了一圈，我奶奶家的田家豆腐坊在大刘庄一带很有名气，我爷爷经常去蹭豆腐渣吃。有人说我爷爷是借着吃豆腐渣的名义去吃我奶奶的豆腐，我爷爷就笑，不置可否。我爷爷去了我奶奶家后，我奶奶正在烧锅，老克在推磨，磨出的豆浆往锅里一倒，再点些石膏，就凝结成雪白的豆腐。我爷爷去了后，我奶奶就给我爷爷盛了碗豆腐渣，放了盐和酱油，再拌点野葱，吃起来特别美味。我爷爷一边吃一边斜着眼看老克，我爷爷注意到我奶奶也不时盯着老克看，那眼神比看我爷爷时还亲昵，我爷爷就不高兴了，我爷爷于是就决定拿中村洋子切人舌头的话吓唬吓唬这个“娘娘腔”。

果然，老克一听我爷爷说到中村洋子要切老吴的舌头，他真的定住了，那推磨的杆子就是用两根绳子吊在房梁上的，老克突然一松，那根推磨杆就向我爷爷这边荡了过来，要不是我爷爷躲得快，就打到我爷爷身上了。老克怔了片刻问我爷爷，你说是老吴。

是老吴，我没听错！我爷爷肯定地回答。老克就慌慌张张地抓了件衣服出门去了。我爷爷问我奶奶，你看“娘娘腔”听说切舌头就吓成那怂样，估计尿都吓出来了。我奶奶朝我爷爷眼睛一瞪：“不许你再说‘娘娘腔’，滚，快滚。”我爷爷从没见我奶奶发这么大火，他一碗豆腐渣还没吃完，就被我奶奶推出了家门。

对了，就是在那天夜里，鬼子的电台被人弄走了。

七

陈二富言之凿凿地说弄走鬼子的电台，是陈大富做的内应。

陈大富在日本鬼子那儿得宠后，陈二富曾多次求过他，陈二富觊觎着大刘庄维持会的会长。陈大富狠狠地把他训了一通，还把一个茶碗给摔碎了，陈大富指着陈二富的鼻子说：“你是想让我们老陈家在大刘庄绝后吗？糊涂！”

陈二富没当上维持会会长是嘀咕了好一阵子的。有一天陈大富喝醉了酒，他跟陈二富说：“二富，要是日本人走了，无论是国民党来了还是共产党来了，你就跟他们说我陈大富参与过‘鸬鹚计划’，你一定要记着，这兴许能保你的命。”

陈二富告诉我这个“鸬鹚计划”就是陈大富与老克里应外合，偷了鬼子的电台。但这个行动与鸬鹚有啥关系？陈二富说不清楚了。我想大刘庄就我爷爷一个人放养鸬鹚，兴许我爷爷能说得清楚。于是我就去问我爷爷，我爷爷一口否认，这一定是陈二富瞎编的，陈大富就是个汉奸，一个不折不扣的大汉奸，一个永世翻不了案的大汉奸！

后来，陈二富又跟我提起了“鸬鹚计划”，我就用我爷爷的话来反驳陈二富。陈二富捋着稀疏的花白胡子想了想，然后他苦笑了几声："你爷爷还在吃醋呢。"

我爷爷怎么会吃陈大富的醋呢？我记得我奶奶说过，我爷爷吃过老克的醋，陈大富一个大汉奸的醋有啥吃的！后来我总算弄清了原委，咱大刘庄几百年前还是一个荒无人烟的"窝底洼"，后来有对姓刘的兄弟来此开荒辟地，这就是我大刘庄的始祖。我爷爷说起大刘庄的历史颇为得意，他说咱老刘家是大刘庄的正统血脉，当年那对姓刘的兄弟就是明朝开国皇帝朱元璋"洪武赶散"从苏州阊门赶到苏北来的。

自从大刘庄繁衍兴盛起来后，杂姓们就进了大刘庄，这杂姓中出了几个大户人家，其中包括我奶奶的娘家田家、大刘庄头号大地主汪家，还有就是小地主陈家。我奶奶小的时候，田家与陈家过从其密，我奶奶打小就与陈大富订下了"娃娃亲"，听我奶奶说，她十六岁那年，陈家还送了聘礼到田家，约定了两年后举行婚礼。但两年后，日本人来了，陈大富做了汪伪军的电台队长，我奶奶的娘家不想惹这个麻烦，就把婚事给拖了下来，这让我爷爷很是兴奋，他往田家跑得更勤了。

原来这事出在我奶奶身上，难怪我爷爷一提起陈大富就恨不得抽了他的筋，剥了他的皮，对，还有铲了他的"大头菜"。我知道感情左右不了历史的真相，出于对历史真相的尊重，我只得就"鸬鹚计划"向我奶奶求证。

"你说的'鸬鹚计划'是真的。"我奶奶肯定地说。那天我爷爷不在家，就我和我奶奶坐在院落里聊天。我奶奶的这个答案让我有点沮丧，因为如果陈大富的确参与了"鸬鹚计划"，那他不仅不是汉奸，而且是打入敌人内部的民族英雄，那么我的发小陈平安的“小汉奸”之名我就得给他平反了。

但我奶奶话锋一转，她告诉我，陈大富的汉奸身份也是真的。你爷爷所说的老吴就是陈大富向苍田告密给抓起来的。我想起来了，老吴就是我爷爷看到那个叫中村洋子的医生给整惨了而叛变的汉奸。我奶奶一提起老吴就恨得牙痒痒，看得出来，相比陈大富，她更痛恨老吴，我奶奶说，老吴原来的身份是新四军的地下交通员，老克奉新四军总部的命令，从上海来到苏北，上天瓢岛根据地做“指人译”，就是与老吴接的头，两个人以一个不规则切开的橡木象棋做“阴符”接上了头，按照事先的计划，就是老吴联系活跃在敌后的游击队抢了鬼子的电台，然后再通过秘密渠道让老克带着电台上岛，这样新四军的独立营就有了与外界联络的电台，而且是“指人译”，没有密码本，密码就记在老克的头脑中，这样就不怕鬼子兵的窃听和破密了。

因为老吴的突然叛变，“鸬鹚计划”不得不修改计划而且提前动了手。弄走鬼子的电台虽然很顺利，但老克为了保护大刘庄的父老乡亲，第二天就暴露了，经过老吴的指认，苍田对老克的身份一清二楚，毫无秘密可言了。这让我想起了苍田与老克的那一番对话，老克来到大刘庄，其实苍田事先并不知道老克的身份，直到老吴叛变投敌了，苍田才知道了老克的身份。苍田那天只不过是想吓唬老克，他就是要弄出老克脑子中的“指人译”密码，有了这个密码，整个新四军的电台联络就全在鬼子兵的掌控之下了。

“这么说，陈大富是脚踏了两条船？”我问我奶奶。我奶奶给否定了，陈大富不是脚踏两条船，他脚踏三条船哩。他与国民党的中央军也有联系，唉，都是为了活命哪。我奶奶替陈大富惋惜着。

说实话，凭我当时还没有完全成熟的智商，我不能理解既然陈大富参与了“鸬鹚计划”为什么又要出卖老吴，还把老克给牵扯进来了。后来反复想想，陈大富与新四军游击队的接触可能让苍田觉出了蛛丝马迹，也许陈大富为了自保，就把老吴弄出来在苍田面前自证清白，如果这个设想成立，那么在鬼子的电台被弄走后，苍田没有怀疑到内奸陈大富的头上，大概也是陈大富的精明使然吧。看来我奶奶说得没错，陈大富就是脚踏三条船，只为了保住一条命而已。

陈大富的问题暂且搁置一边，我当时最想要解开的谜就是老克被捕了，被弄出鬼子炮楼的电台在哪儿？苍田跟我的推论一样，他首先就把目光转向了我奶奶的娘家——田家豆腐坊。“画皮女鬼”中村洋子带人来我奶奶家也正是这个目的，所以我爷爷那时的焦虑是必然的，他害怕“画皮女鬼”把对付老吴的手段用到了我奶奶身上，我爷爷急死了，他冒冒失失地去找过苍田说情，苍田看到我爷爷着急上火的样子就笑了，他拍了拍我爷爷的肩膀，宽慰我爷爷：“刘君，大日本皇军是不会亏待朋友的，放心吧，我们是不会对田掌柜一家动手的。”

我爷爷认为苍田是守信的，中村洋子带着两个鬼子兵只在我奶奶的娘家四处翻了翻，中村洋子没对我奶奶一家动刑，相反，我奶奶的母亲有比较严重的妇科病，中村洋子给她看了病，还给她开了药，我奶奶的母亲没敢吃，把“画皮女鬼”开出的药悄悄地给扔进了大纵湖。我爷爷因此认为他为了保全田家豆腐坊立了大功，曾得意地跑到我奶奶家炫耀了一阵。我奶奶除了口头表扬了我爷爷几句外，给我爷爷盛了一碗豆腐渣，还多送了一碗雪白的豆浆。

“你爷爷就是个自以为是的人。”我奶奶瞒着我爷爷偷偷告诉我。鬼子兵没对我奶奶一家动手，就是因老克在鬼子兵那里说了，我老克与田家豆腐坊沾亲带故，还在田家豆腐坊推磨打短工，我能把电台弄出来搁田家豆腐坊吗？苍田觉得老克说得有道理，因此他交代中村洋子带人去也就走了个形式而已。这个老克啊。我奶奶说起老克眼睛总是红通通的，含满了眼泪的样子。“这个老克啊，唉，这个老克。”

我爷爷对此毫不知情。

八

二〇一五年九月，中国举行纪念世界人民反法西斯战争胜利暨中国人民抗日战争六十周年盛大阅兵活动。这一年，也是我在新闻单位工作的第二十个年头，我参与了我的家乡回顾抗日战争的走访报道，我最感兴趣的就是“大纵湖大捷”，这与我的家乡大刘庄密切相关。我查访了大量的资料，但“大纵湖大捷”的资料很少，只有寥寥二百多字：

一九四四年六月九日，在苏北大纵湖天瓢岛建立革命根据地的新四军第九旅直属独立营，在营长丁晟的率领下，与新四军第九旅二团、四团、九团里应外合，对驻扎在大纵湖南岸的日伪据点进行分纵合击，一举击溃日军小野联队，击毙日寇一百三十五人，歼灭汪伪军三百六十人，取得了苏北里下河地区的“大纵湖大捷”，打通了苏北里下地区的水上通道，使新四军盐东县根据地、兴化根据地、淮安县根据地连成一片，根据地面积扩大至三百七十平方公里。

从这段仅存的史料可以看出，“大纵湖大捷”是新四军对日寇进行全面大反攻的一个缩影，这一战役对新四军的整个战略布局有着牵一发而动全身的重大意义。我走访了对这一战役有过研究的专家们，他们告诉我，独立营插入了天瓢岛，就是为了牵制日伪军大量兵力，好让第九旅大部从鲁南、皖东地区顺利穿插进苏北地区，在兵力到位后，再里应外合，对日寇进行反攻，从而将散落在大纵湖附近的几块根据地连成一片，为全面反攻夺取最后的胜利奠定基础。

可是问题来了，天瓢岛上的独立营是怎样与新四军第九旅各部联系的？一位新四军军史研究专家告诉我是通过电台联络的，但具体的细节他也不清楚。这让我想起奶奶以及我同学陈平安的爷爷陈二富所说的那个“鸬鹚计划”。老克通过与陈大富里应外合弄出了电台，可电台是怎么运到天瓢岛的，即使电台运到了天瓢岛上，没有老克这个“指人译”，同样不能工作。

这些问题是怎么解决的？

那天下午，我在办公室找出一张空白纸，把这些问题写到了纸上，然打上了重重的问号。我盯着问号出神的时候，这些问号就开始往我的头脑里嵌入，它们就像一个个铁钩，把我往记忆深处钩。在我努力地回忆下，二十六年前奶奶临终前跟我说的一番话在头脑中逐渐浮现了出来。

一九八九年五月，奶奶生了一场病。也不是什么大病，就是拉肚子的痢疾。可就因为算不得大病，我奶奶不肯去医院里治，就在家里耗着，但六十多岁的老太太没经得住耗，几天一拉病情就加重了，到医院时人已经虚脱，我奶奶估计时日无多，坚持让我父亲和我的几个伯父把她弄回家，她要“老”在家里。我爷爷急得不行，我奶奶就跟我爷爷说，她的大限到了，别折腾了。我爷爷就流眼泪，我奶奶也流眼泪。我奶奶流了一阵眼泪后，就示意她身边的所有人都离开，她有几句话要跟我说，那时我刚上大学，已经开始懂事了。待他们离开后，我挨近了我奶奶，我奶奶就挣扎着对我说：“刘颂，你说过的‘鸬鹚计划’，我给你提供条线索，你可千万别跟你爷爷说。”我含着眼泪点头应允了我奶奶，我奶奶就继续说，“那个电台老克弄出来后，就藏到了你爷爷那个小破屋子的床底下，你爷爷当时正在大纵湖上放鸦拿鱼还没回来，他当然毫不知情，也不能让他知情，他天天跟苍田打交道，要是他知道了，他的情绪一定会不对，就会引起苍田的怀疑。”

我奶奶说到这儿喘了几口气，我赶紧给我奶奶倒了杯水想喂她喝口水，我奶奶用手给推开了，她虚弱地说她不能喝水，喝了还会拉肚子。我只好把杯子放回到房间里的小桌子上，我奶奶喘好了气接着说：“苍田对你爷爷很信任，老克他们就利用了这一点，藏好电台后，老克吸引了苍田的注意力，一部电台对苍田来说不算啥，老克身上的密码才是他最感兴趣的。过了几天，风声有点过去了，我就按老克在被苍田抓走前的吩咐，把已经拆开的电台零件，一件件用几层油纸包起来。那段时间，我每天都到你爷爷的船上用芦苇编的箩筐帮助抬鱼，每抬一次鱼，我就把油纸包好的零件藏在箩筐里带到船上，然后用细绳子吊进水里，这样你爷爷的船进了大纵湖后，就把拆开的零件带到了湖中心，然后岛上的新四军就潜到了湖中心，在水底下切开细绳，把零件带到岛上，前后做了好几天，总算把所有的零件都送了过去。”

“奶奶，你是说我爷爷对你们利用他的情况一点不晓得？”我问我奶奶。我奶奶说：“当然不晓得，他一晓得就会露馅了。”

我奶奶跟我说这些话时，我的头脑中对整个事情进行了还原：老克与陈大富里应外合弄走了电台，然后我奶奶把零件一件件地拆到了我爷爷的小划子船上，我爷爷借放鸦拿鱼的机会将小划子船驶到大纵湖的湖心，新四军再潜水过来取零件。还原到这儿，脉络似乎已经很清晰了，可是还有一个很重要的问题，岛上的新四军是怎么知道我爷爷的小划子船上带着电台零件的？

我很快把这个问题列出来问了我奶奶。我奶奶笑着说，她真的是很虚弱地笑了起来：“问得好，我教会了你爷爷唱渔歌，你爷爷一唱，新四军就得到了信息。”

唱的什么渔歌？我还要继续追问下去。我奶奶看起来已经用尽了力气，她闭着眼睛，蜡黄瘦削的脸上生气一点点在消退。我害怕了，赶紧叫我爷爷我父亲他们进来。在他们进来前，我奶奶最后用很小的声音跟我说：“这事千万别让你爷爷晓得，不然他会恨死我们。”

那是我见到我奶奶的最后一面，我奶奶就在那天下午去世了，我很难过，我爷爷好像比我更难过，他几顿饭都不想吃，经常看着我奶奶挂在墙上的照片抹眼泪。

九

我在回忆和写作“大纵湖大捷”这段往事时，老克的“指人译”身份是我的一个好奇点。什么是“指人译”？我百度了N回，都没有找到具体而准确的解释。后来我还是就“指人译”去请教研究新四军军史的一位专家。这位专家很慎重，他自个儿查阅了大量的资料后才告诉我，军事情报中按机密等级分为四级，最低级的叫“秘密”，比“秘密”高一级的是“机密”，比“机密”再高一级的是“绝密”，比“绝密”再高一级的就是“指人译”。

后来我在上海一家图书馆查到了一位新四军老译电员的回忆录。据他回忆，新四军在苏北重建军部后，新四军和八路军都特别重视无线电台的建设，电台除了从鬼子兵或汪伪军手中缴获外，八路军总部还在太行山创办了组装无线电台的军工厂，并且在上海秘密开设了无线电培训班，培养了一大批译电员。培训班的教员是从苏联请过来的。译电员分为两大类，一类是普通班，要求对明码、密码进行熟稔掌握，另一类则是“指人译”专训班，这个班学员的筛选要求非常严格，不仅要求政治思想纯洁，而且要有敢于牺牲的精神，也就是说“指人译”哪怕自杀也绝不能当俘虏。“指人译”没有密码本，全依靠强行记忆，记牢了密码后，密码本就地销毁。我猜想，老克应该就是从这个培训班走出来的。

结合我看到的回忆录，还是那位新四军军史专家帮我条分缕析：新四军独立营驻守在天瓢岛上，四面被日伪军围得水泄不通。新四军的电台是从日军那儿搞来的，这种军用电台一般是5W的功率，由收报机、发报机、发电机和天线四大部件组成。电台的频率很容易被日军截获，无论是秘密、机密还是绝密，都做不到绝对保密。这就需要派出“指人译”才行。这也是老克从上海过来的目的。军史专家的解释还是没让我明白，老克是“指人译”者，可他被苍田俘获了，他并没有到天瓢岛上，没有他上岛，电台上了岛又有啥用场。这就像一辆再高档的轿车，没有驾驶员来开，还是趴在那儿不动弹。

那位专家把我所回忆的事情梳理了一遍后，他跟我奶奶一样，说这些密码都是通过我爷爷的渔歌传递出去的。专家的话让我想起了我爷爷在我奶奶去世后百唱不厌的那首渔歌——

十八岁的大姐啊放老鸦
小二郎的哥哥舍不得她
小划子啊下湖有风浪
鸦嘴里扳鱼像打架

十八岁的哥哥啊放老鸦
大姐在岸上啊牵挂着他
哥哥不费二两劲啊
鸦嘴里翻出了小浪花
……

这首渔歌我爷爷张嘴就来，熟稔得就像他身上的器官，不管是他二十岁那年学唱，还是八十岁那年豁着缺了许多牙齿的嘴唱，他总会唱得一字不落。他说我奶奶教他这首渔歌时，就要求他一字不能唱错。有一天，他兴之所至唱完后，我夸奖我爷爷记性真好。那时我的爷爷已经八十二岁了，他的人生大限也就是在那一年，他的头脑已经有点糊涂，不太记得往事了。我夸奖了我爷爷好记性后，我爷爷就得意起来，你个晓得啊，幸亏我记性好，保了一条命哩。

我爷爷说话会设置悬念，他怎么保命的？要知晓这个谜底，那就请把时光往回拉吧，就拉到一九四五年的九月。一天，我爷爷进了盐东县的县城去卖鱼，两个日本兵看到我爷爷后，就把爷从菜市场给拉到了鬼子的办公室。原来是我爷爷的老朋友苍田想他了，当然，苍田不是想我爷爷，他是想我爷爷放鸦拿的鱼。自从新四军“大纵湖大捷”后，苍田就败退躲进盐东县城。一年多没见，苍田明显消瘦了不少，穿在他身上的军装已经显得很肥大，更重要的是，苍田再没有过去那种意气风发的得意劲儿了，他脸色憔悴，眼圈乌黑，眼袋都出来了，他问了我爷爷的近况后，又问了我爷爷还没有卖掉的鱼是不是放鸦拿的，我爷爷说是。苍田就掏出钱来，塞了一大笔钱给我爷爷，这是我爷爷头一次拿苍田的钱，他很惶恐，不知道苍田葫芦里卖的啥药，苍田没有过多解释，说了句：“刘君，把钱收好吧。这几条鳙鱼拜托你亲自下厨给做了。”

我爷爷那天就很老实也很配合地给苍田做了白烧的鳙鱼，还用豆腐去了鱼的腥味，苍田吃的时候说这豆腐没有田家豆腐坊的好吃。我爷爷就讨好地说，我回去给太君捎田家的豆腐来。苍田摇了摇头，他让我爷爷再唱唱那首渔歌。

我爷爷就唱了。我爷爷说苍田那天很变态，让他把渔歌唱了一遍又一遍，苍田就在我爷爷的伴唱中喝了一杯又一杯酒，他送我爷爷出门时，脚底已经开始踉跄，我爷爷扶着他，他就贴近我爷爷的耳朵说：“刘君，我当时真没听得出来。”

“没听得出来什么？”我爷爷警觉地问。

“算了……，听出来也是这么个结果。”苍田没就这个话题往下再说。他送别我爷爷时说了一大堆感激的话，说我爷爷做的鱼让他想起了自己的家乡奈良川，我爷爷的渔歌也让他想起了他父亲放鸦拿鱼时唱的渔歌。他感叹了一阵后，突然向我爷爷鞠了一躬，说刘君我对不起你。

我爷爷不知道怎么还礼就僵在那儿，苍田又说：“当时你唱渔歌时，我让人记下了你唱的歌词，我们在岸边布置了狙击手，要是你一个词唱错了，狙击手就会毫不犹豫地对你开枪。我们怕你给新四军传递情报，不过千算万算，还是传了，与老克相比，你才是真正的‘指人译’。”

后面的话，我爷爷没过多在意，他当时也没有听懂。但前面的话听得我爷爷背后直冒冷汗，好你个苍田，竟然派人盯着我，老子给你放鸦拿鱼，你还在背后防着我。这些话是我爷爷想在心里的，他当然不敢当着苍田的面说出来。在走回大刘庄的路上，我爷爷很后怕也很生气，他不时朝后面看着，老感觉后面有支枪对着他似的。

自从那次见了苍田后，我爷爷好几天都没再进盐东县城卖鱼。直到有人从县城回来给乡亲捎信：“你们晓得啊，鬼子投降了，那个苍田，就是那个曾驻在我们大刘庄的苍田切腹自杀了。”

有人还故意拿苍田的切腹自杀来揶揄我爷爷，问我爷爷去不去参加苍田的葬礼。我爷爷一跳三尺高，他从门口操起一根木棍，恶狠狠地说：“谁再跟老子提苍田，老子就跟他拼命。”这是我爷爷少见地发脾气，他一发脾气，就震住了全庄，此后真的没人再在他面前提苍田。后来，苍田也渐渐地从大刘庄的谈资中淡化了，好像这个人根本就没存在过一样。

十

陈二富是在我爷爷辞世的同一年去世的。

因为背着个伯爷爷陈大富是汉奸的定论，我的小学同学陈平安开始对历史感兴趣了。我知道他的企图，他研究历史尤其是对近代革命史已经到了如痴如狂的地步，就是想从近代革命史上找个口子，哪怕是个小缝隙，好给他的伯爷爷洗刷掉汉奸的定论。虽然他的努力是徒劳的，历史并没有眷顾他而给他开个小口子。但这小子竟因此考上了大学的历史系，毕业后又留校任教，现在成了那所大学历史系的副教授，据说他研究的近代革命史在圈子中还小有名气。

我回乡去守着因病重而处于弥留之际的爷爷时，陈平安也回到了大刘庄，他的爷爷陈二富也就在那个时候刚刚过世，我们也都刚参加工作不过几年的时间。陈平安的鼻梁上多了一副眼镜，可能是几年讲台历练的缘故，他讲起话来开始口若悬河，一改从小跟我一起玩时的沉静和缄默。我喊他一声陈教授，他立即予以纠正，现在我还不是教授，只是个青年讲师。那我就顺着他的话意叫他陈讲师，他又纠正：“没有这么叫的，你还是叫我平安吧。”

因为担心着我那还躺在病榻上的爷爷，陈平安也忙着处理他爷爷陈二富的后事，所以我们俩待一起谈话的时间并不长，但就是这短短的谈话时间，陈平安用一板一眼的语气前后共纠正了我语病达六次。也许，教历史的就这习惯吧。

我们说了几句客套话后，我感觉没什么话说了。陈平安主动挑起了话头，他说你爷爷刘先旺是个抗日英雄。这句话，以前我们在小学同学时，他从来没有跟我说过，他也从来不认为我爷爷是个抗日英雄，他的伯爷爷陈大富是汉奸，我叫他"小汉奸"这已经让他很长一段时间抬不起头来了，如果那个时候他再说我爷爷是抗日英雄，那他岂不从尘埃里低到了地下十八层哩。这一点，我理解。

历史系讲师毕竟是历史系讲师，陈平安先下了个定论，然后就进行了严肃且认真的历史考证。原来他这些年一直在钻研苏北新四军与日伪顽方面的史料，看来是有所收获的。他告诉我，我爷爷在"大纵湖大捷"中起了关键性之一的作用。注意，他用的是关键性之一，那么肯定还有之二、之三呢。果然，他讲述了我爷爷的小划子船给新四军送电台的情况，我说我知道这个情况，我奶奶跟我说过了，是我奶奶把电台拆开了一件件地转移到船上去的。陈平安朝我看了看说，你奶奶说的情况应该是可信的。接着他话锋一转，说起了他的爷爷陈大富，他说我爷爷后来传递的情报是陈大富冒着风险从鬼子窝里给传递出的，比如我奶奶曾经提到了那个"阴符"，他研究过新四军的军史，新四军的确是用过"阴符"，所谓"阴符"也就是我奶奶曾经跟我说过的一块切开的不规则象棋"帅"，不过陈平安纠正了我回忆奶奶的话，他说那个"帅"不是切了两块，而是切成了三块，是新四军第九旅的吉旅长亲自给切开的。

第一块“阴符”吉旅长在独立营营长丁晟上天瓢岛前给了他，指示他要是有人上岛与他接头，就以这块“阴符”为信物。第二块“阴符”给了老吴，也就是那个后来叛变投敌当了汉奸的老吴，第三块“阴符”就是派遣老克作为“指人译”上天瓢岛的信物。老克从上海一路辗转到了苏北，先是与老吴通过“阴符”接上了头，然后通过老吴的引荐与活跃在大纵湖的新四军游击队接上了头，商定了从鬼子手中搞电台的“鸬鹚计划”，老克后来就潜伏进了田家豆腐坊。老吴并不知道陈大富与新四军暗中有来往，陈大富为了取信于苍田以搞到更多更有价值的情报，就把他认为可有可无的老吴给说了出来，他以为老吴会以死抗争的，但老吴没能扛得住，叛变了。

“这些话都是你爷爷跟你说的吧？”我问陈平安，要不然，他哪能搞这么多翔实的史料。陈平安笑了笑，把鼻梁上的眼镜往上推了推道，有部分是我爷爷讲的，有部分是我查资料查的，还有部分是我的推理。

“那你说说你伯爷爷传递出哪些情报？”我问了这句话就有点后悔了，这不是让陈平安难堪吗？毕竟，我们都不是童言无忌的人了，他也是大学历史系的讲师了。陈平安倒没有责怪我的唐突，他似乎正等着我问这个问题。他说：“刘颂，我提到的那块‘阴符’，我伯爷爷陈大富就是从老克和老吴的手上搞到那两块‘阴符’交给了你奶奶，你奶奶后来将这两块‘阴符’塞进了你爷爷放养的鸬鹚喉囊里。你爷爷以前放鸦是不唱渔歌的，那天突然唱了起来，就引起了新四军独立营的注意。”我想想我爷爷唱的渔歌中有这么一句“鸦嘴里扳鱼像打架”，“会不会这句带有提示的意义呢？”陈平安说是，“歌词里的提示丁晟应该听懂了。你爷爷突然亮开嗓子唱渔歌，按道理小鬼子也应该会听出不对劲的，可能是苍田过于信任你爷爷，还有就是苍田他父亲也是边放鸦边唱渔歌，所以鬼子才没对你爷爷产生怀疑。”

“丁晟听到渔歌后，就派了水性好的人潜水，将那些下水的鸬鹚一个个在水中张网捉住，终于从其中一只戴有铜脚环的鸬鹚喉囊中掏出了‘阴符’，他们注意到别的鸬鹚戴的是铁脚环，就这只鸬鹚戴了铜脚环，我估计是我奶奶在我爷爷不注意的时候给偷换上去的。再说丁晟对上了‘阴符’后就明白了，上级派‘指人译’来了，但遇到了麻烦，上不了岛。于是丁晟就派人注意你爷爷，后来就把潜挂在小划子船底下的电台零件一件一件地搬到了岛上，岛上也就有了电台。”

如果是用这个渠道来传递情报未免太侥幸了吧。我虽然对这种传递情报的真实性说不上怀疑，但其存在的合理性是要大打折扣的。陈平安就帮我分析，他说你爷爷不知情，所以不会露出破绽，而且你爷爷深得苍田的信任，就提供了很多便利条件，还有老克与鬼子周旋，分散了鬼子的注意力，最重要的是鬼子万万想不到陈大富会做内应传递情报。这种种的偶然加起来就成了必然。

听得出来，陈平安的这段话里有很多的推理成分。到底对不对，我也得求证，我不能听信他的一面之词对不对？

我爷爷勉强支撑了几天后就与世长辞了。我爷爷进入八十岁后头脑完全模糊，很多事记不起来。我守在我爷爷的病榻前时，我爷爷总把我认作我伯父的儿子也就是我的堂兄，不过，在他老人家去世前，有半天时间他突然清醒了，认出了我，也认出了身边的人，还对许多往事记忆得很清楚。趁着这个当口，我跟我爷爷说：“爷爷，你是抗日英雄，往新四军天瓢岛上送电台以及传递情报都是你干的。”

我爷爷坚决否认：“不可能，我绝对没干那事。”我还要再说什么，我突然想起我奶奶临终前说过的话，看来我爷爷不知不觉中所做的一切，他自己真的毫不知情。我奶奶说得对，如果我爷爷早先晓得了，让他冒着生命之险传递情报，搞不好就要被铲“大头菜”，我爷爷会不会不干？即使干了会不会干砸？这一切都不好说。

那天的清醒，是我爷爷临终前的回光返照，就在那天下午，他不带任何遗憾辞世了。走前他还说了一句话：“荷花，我下去陪你了。”

荷花就是田荷花，我奶奶。

十一

我在写新四军“大纵湖大捷”的回顾报道时，陈平安给我发了一个电子邮件，他自己也写了一段回忆性的文字。这段文字的大标题是《论新四军在苏北重建军部后的电台应用》，他在标题的下方还标注了一个醒目的副标题——献给我的爷爷陈二富。

其中涉及他伯爷爷陈大富的有这么一段文字——

陈大富早年在大刘庄学堂读书，后来是大刘庄第一个考进盐东县立中学的读书人，他对无线电台有着异乎寻常的天赋和兴趣，中学毕业后参加了南京国民政府（笔者注：汪伪政府）的译电员培训班。毕业后，他加入“和平军”（笔者注：也称汪伪军）并没有带着别的想法，就是能有电台供他钻研。后来他成为“和平军”的电台小队长，编入了侵华日军小野联队苍田情侦中队。在情侦中队期间，陈大富为国民党中央军提供了日军的“密码本”，并与新四军游击队共同策划实施了“鸬鹚计划”，使驻守在大纵湖天瓢岛上新四军第九旅直属独立营获得了电台。其间，他又向新四军直属独立营传递了“鸬鹚密码”，为新四军取得“大纵湖大捷”立下了功劳。

在陈平安的笔下，陈大富还是延续着他爷爷陈二富给下的定论：陈大富就是一个打入日伪内部的特工，一个对抗日有功的英雄。陈大富到底是不是抗日英雄，虽然我说了不算，我认为陈平安说了也不算。陈大富是被国民党政府以汉奸罪名处死的，审判和行刑的都是国民党的中央军。那是抗战胜利以后，陈大富解甲回乡，还是没有逃过一劫，行刑的那天，我爷爷跟我说过他也去看过热闹，陈大富被枪决前，把陈二富叫到他身边说了一番话，估计那番话就是后来陈二富说给我听的话，陈平安很显然是受了他爷爷的影响，对他爷爷的话深信不疑。陈二富生前还有一番话没跟我说过，是陈平安后来告诉我的，他说陈大富行刑前，陈二富曾找中央军理论，说他哥哥陈大富参与了新四军的“鸬鹚计划”，对抗日是有功的。但中央军的一个副师长不屑地对陈二富说，就冲通共这一条，也够枪毙他了！

陈平安提到的“鸬鹚计划”我基本调查清楚了，那个计划也就是老克和我奶奶利用我爷爷的小划子船给新四军送电台的计划。可陈平安提到的“鸬鹚密码”又是怎么一回事呢？我给陈平安打了电话，希望他能将“鸬鹚密码”说得详细一些。但陈平安说他只听他爷爷说过“鸬鹚密码”，具体怎么一回事他也没有闹清。不过，他让我不要急，他说他的一个学生在做社会调查时，接触了一个曾在苏北当过新四军营长的人的后代，听说姓丁，至于是不是丁晟的后代，他想与他当面接触后再转告我。

过了两天，陈平安打电话给我，说找到了，找到了，就是丁晟的儿子，名叫丁抗战。老爷子曾在文史馆当过馆员，几年前退休后给他的父亲写传记。陈平安说丁晟在解放战争中成了团长，后来又当了副师长，抗美援朝时，在上甘岭战役中牺牲了。

丁晟有写日记的习惯，在“大纵湖大捷”前后，他曾写下了几篇日记，但写得不连贯，战争年代出现这种情况也不稀奇。陈平安看到过这些日记，凭他历史学教授的知识积累，很快理清了日记零乱的脉络：独立营收到电台后，旅部原先派出的收发报员就起了作用，他们组装好电台，找了隐蔽的位置插上了天线，并且搜到了旅部的电台频率，可是怎么发情报，成了难题。丁晟在日记中写道，没有“指人译”，我们既译不了收到的电报，也不敢用明码往外发电报。怎么办？我想来想去，还是决定先给旅部发出一个电报，就用明码。

嘀嘀嗒

嗒嘀嘀

嘀嗒嘀

……

这个电台频率被新四军第九旅收到了，也被苍田监听的电台收到了。苍田凭着掌握的新四军电台“译码本”，破译出电文：独立营已有电台。但随后第九旅回发给独立营的电文，收报员整理出数字后，却无法破译——

1331

2315

3069

……

这是什么意思？丁晟百思不得其解。倒是一旁的机要参谋提醒了他：“营长，我们的电台时刻被鬼子们监听，旅部发给我们的电文一定是最高的机要等级——指人译。‘指人译’正在南岸鬼子手中，看来是脱身不得，但电台能顺利送过来，他一定还会通过什么渠道给我们提供情报。”于是丁晟下令，只要我爷爷一下水放鸦，以听到我爷爷唱的渔歌为信号，立马安排人潜水，潜水员全部用芦管竖出水面，这样他们就不用探出水面来换气，他们两个一组，用拉起的大网在水底捕截那只脚上戴铜环的鸬鹚，然后从鸬鹚的喉囊中搜取情报。果然，他们当天傍晚就从鸬鹚喉囊中摸到了一张用油纸包好的纸条，丁晟打开一看，纸条上只有一行字：明晚佯攻北岸。

丁晟依计行事。第二天果然带人佯攻了北岸的川畸部，打了半个时辰，然后就撤了兵。又隔了一日，潜水员又从我爷爷的老鸦喉囊中取到了新纸条——六月十七日，先佯攻北岸，然后挥师猛攻南岸。并给旅部发报：4475、2437、3035、4433。

六月十七日，丁晟命令二连长带着三十多号人又去佯攻北岸，在鬼子乱作一团后，丁晟亲自挥师猛攻南岸，与新四军第九旅的外围部队里应外合，有的猛攻鬼子炮楼和各据点，有的围点打援，两个多小时就结束了战斗，取得了“大纵湖大捷”。

看完了陈平安整理的丁晟日记梗概，我与陈平安分析：当时老克进了苍田中队后，鉴于他的特殊身份，苍田并没有对他下手，而是待之若上宾。老克就利用这个信任，通过陈大富来传递情报，陈大富接收到情报后交给我奶奶，我奶奶再瞒着我爷爷放进鸬鹚的喉囊。

这个利用鸬鹚的喉囊传递情报的方式应该就是“鸬鹚密码”，陈平安很是兴奋，他爷爷陈二富说的“鸬鹚密码”终于搞清楚了，并且也有了丁晟的日记佐证。但我还是有个问题没搞清，陈大富既然能出卖老吴，老克也落了网，他为什么又心甘情愿地帮老克传递情报？我提出这个问题时，陈平安愣了一下，当时支吾了几声，就匆匆挂下了电话。

我知道我提出的尖锐问题让陈平安尴尬和难堪了，但这个问题不解决，那个传递情报的构想就难以成立。那次通话后，陈平安好几个月都没有和我联系，我那篇写“大纵湖大捷”的新闻报道，也回避了“指人译”这个问题，虽然报道见报了，但我总觉得不够圆满。

十二

又是一年的清明节，我和陈平安都不约而同地回到了大刘庄祭祖扫墓。我们又在庄里相遇了，这次陈平安给了我一份残破书信的复印件，他说是日本人投降后，国民党中央军接管了日本人原先掌控的地盘，陈大富感觉走投无路，就在家里给中央军写信，但信才写了两页纸，他就被中央军抓走了，看来信当时还没来得及交出，只匆匆地夹在一本书里。陈二富跟我爷爷一样不识字，这本书就静静地躺在他的床板底下，过了大半个世纪，才被陈平安给翻了出来。信中有涉及老克与苍田的部分描写：

……电台又有了动静，是新四军第九旅给天瓢岛独立营发出的情报，情侦中队的收报员整理了一组数字交给苍田。苍田找出密码本没翻译出来，老克主动站起来说："反切码，我知道。"

老克提到"反切码"，我也知道，这是明朝抗倭名将戚继光发明的。"反切码"被发明并应用在军事上后，过了整整一百多年，"摩斯码"才被美国人发明。

老克告诉苍田，"反切码"前 1－15 的数字，对应着一首诗的声母，第三列数字另对应一首诗或词的韵母，第四个数字则是古人应用的八声法，形成反切注意法。1－15，戚继光定下的诗句是：

柳过求气低，波他争日时。

莺蒙语出喜，打掌与君知。

韵母为一首词：

春花香，秋山开，嘉宾欢歌须金杯，孤灯光辉烧持缸。

之东郊，过西桥，欢声催初天，奇梅歪遮沟。

比如"5－25－2"，5 是声母"低"字，"25"是韵母"西"字，"2"是八声声调的"二声"，合起来则为一个"敌"字。

苍田以为自己掌握了"指人译码"，很是得意，但老克提醒他，指人译用的是反切码，但是诗句却是不停变换的，有上百首之多呢。

那个密码，老克很快破译出“向北岸佯攻”。苍田将信将疑，他转而征求我的意见，凭直觉我知道老克是故意错译的，我告诉苍田这个情报应该是这种译法。后来，老克交给了我一张纸条，让我转交给田荷花，我知道这是老克的计划，我就按老克的要求将情报传递出去了。独立营果然就佯攻了北岸，川畸联队向小野联队求援，苍田建议按兵不动，川畸以为苍田见死不救，还把苍田一顿臭骂。当事实证明是佯攻后，苍田开始信任老克了。我也悄悄问过老克，那个被译为“向北岸佯攻”的电报真实内容是什么，老克回复“用指人译。”

……情侦中队的电台又截获了一个情报，这回是独立营发给第九旅的，苍田仍请老克翻译，老克很快翻译完成了“接应你们从北岸突围”。苍田信以为真，我知道这回老克译的又是假的，因为那个截获的一组数字事实上是老克写好了让我给传递出去的。

陈大富的信写到这儿就中断了。我和陈平安也推断得出来，丁晟日记中提出的第一次佯攻其实就是老克布的一个局，以此取得苍田的信任。于是就有了第二次佯攻时，苍田听了老克翻译出的电文，当丁晟安排人佯攻北岸时，苍田立即向小野联队长报告，调集重兵火速向北岸靠拢，全力支持川畸联队，结果把南岸的兵力给抽空了，南岸守备的力量薄弱，独立营与新四军第九旅的下辖各团里应外合，一下撕开了南岸这个口子，取得了“大纵湖大捷”。

我们由此分析，老克传递出去的那组数字，也就是丁晟写在日记上的那组数字，真正“指人译”的电文应该是：里应外合，攻打南岸。

“我伯爷爷生前痴迷于电台，一定是老克对电台的精通，让他与老克惺惺相惜，所以他没有出卖老克，而且还积极为老克传递情报。”陈平安说到这儿，他有一种如释重负的感觉，有了这封信，陈大富给新四军传递情报的事情也就说得清楚了。不过，陈大富帮的是共产党新四军，估计他被国民党的中央军抓获时，谁会听他的呢？还有一点，陈大富因为要帮老克传递情报，陈大富老往我奶奶家跑，这可能是我爷爷痛恨他的重要一点。

至于我奶奶嘛，要把纸条塞进我爷爷放养的老鸦的喉囊太容易了，她只要帮着我爷爷去喂养他的老鸦就成，而且我奶奶就是经常这么干的。

回顾整个过程，我们可以小结一下。陈平安跟我说话的时候，就跟他在讲台上给学生们讲课一样，“新四军在取得‘大纵湖大捷’的前后，‘指人译’不是一个人，而是一个群体。这个群体包括老克，包括陈大富，包括你爷爷、你奶奶，还包括独立营营长丁晟，当然，你爷爷放养的鸬鹚也是‘指人译’的一分子。”我还有点儿不解，“指人译”应该是极个别的人才能译出的电文，这些情报经过这么多人还包括鸬鹚能算“指人译”吗？

陈平安又一次纠正我：“刘颂，你别犯教条主义嘛，近代革命史中成功的情报传递，都是一个链式传递的过程，靠某一个体是难以成功的。”他的话，我深以为然。

但是还有一个问题，我和陈平安到现在都没有找到最终的答案：被鬼子抓去的老克，他的结局怎样？虽然我爷爷一口咬定老克死了，我感觉他的判断是带有很强烈的主观色彩，也许他是为了娶我奶奶田荷花而故意这么肯定地说的。作为探谜的我们必须要找出证据才有说服力，后来我和陈平安找遍了所有能找的资料，问遍了所有能问的人，都不知道老克去哪儿了，在日本人投降的那一年是死还是活。

“也许，老克钻进电台里，化成那一个个数字符号了。”这当然是陈平安跟我开玩笑说的，我们谁也不会当真。

第二章　莲花落

一

那个穿一袭黑色旗袍的女人，是在一个水汽弥漫的清晨，乘着小划子船驶进大纵湖的。

那时，我爷爷刘先旺正和我奶奶田荷花抬着一小箩筐的鱼上岸。筐里的几条大头鲢离了水却仍然生机勃勃，极不安分地挺着身子，在筐里腾挪蹿跃。跟在后面抬筐的我爷爷，赶紧腾出手捂着筐口边沿，生怕不安分的大头鲢三下两下蹿出箩筐，有预谋地跃回水中，那可是一件很麻烦的事。

大头鲢是我爷爷喂养的水老鸦从大纵湖里拿上来的。我知道水老鸦的学名叫鸬鹚，很多地方也叫它们鱼鹰，但我还是按照我们苏北人的习惯叫它们水老鸦。按惯例，水老鸦大清早是不下水的，我爷爷积了几代人的经验调教它们，每天只让它们吃一顿，如果白天出去捕鱼，那就让它们吃一顿晚餐，然后饿上一整夜再加上大半个白天，一直饿到第二天下午，饿极了的水老鸦一碰到水，这才会像四处觅食的饿狼恶虎，奋勇争先，一往无前。

但是，有什么法子哩。鬼子兵的苍田中佐命令我爷爷天不亮就得替他到大纵湖拿鱼。我爷爷面露难色，他看了看精神头还没完全提上来的水老鸦，生硬地拒绝。苍田中佐微微一笑，丢下一句话：“鱼拿不上来，刘桑，你也就别上岸了。”

我爷爷知道苍田这孙子是说到做到的。我爷爷跟我提及苍田中佐时，总是这孙子、这孙子地说，搞得我这个真孙子很尴尬。我提醒我爷爷，我可不是苍田中佐。我爷爷的脸上就泛出了宽厚慈祥的笑容，他拍了拍我的肩头说：“对，苍田是灰孙子，跟你这孙子不一样。”我爷爷告诉我，鬼子兵进驻大刘庄后，就强制性封了湖。曾有几个人偷着下河取鱼，结果被湖岸边炮楼上的鬼子兵一枪给崩了。过了几天尸体才从湖中浮了上来。那个开枪的鬼子兵还被苍田中佐狠狠表扬了一通。我爷爷后来才知道，那个开枪的鬼子兵原来是个狙击手。

在大刘庄，人们都知道我爷爷刘先旺是苍田中佐经常挂在嘴上念叨的朋友。苍田中佐自打率鬼子兵进驻大刘庄以来，就喜欢吃我爷爷的水老鸦从大纵湖拿上来的大头鲢。大头鲢头大身子短，鱼头的重量要占到整条鱼重量的一半左右。活蹦乱跳的大头鲢被摁住后，锋利的剁骨刀一刀剁下去，有时也要剁两刀或者三刀，总之要让它身首分离，剁下来的鲢大头就着田家豆腐坊新出笼的豆腐炖，豆腐主要用来去膻气。下锅后先用猛柴急火烧滚了，再用细火慢炖上一两个钟头，起锅时撒点小葱、芫荽，乳白色的浓汤就香气扑鼻，勾出馋虫。苍田中佐就好这一口，他经常说我爷爷用水老鸦拿的鱼炖的鱼头汤，让他吃出了家乡奈良川的味道。苍田中佐的父亲是奈良川的放鸦人，要不是这场讨厌的侵略战争，估计苍田也会接过他父亲的小木船，成为奈良川上的放鸦人。

苍田中佐所率的鬼子兵，是追着一支新四军部队进驻大纵湖区域的。大纵湖是苏北里下河平原上最大的泻水湖，方圆四十多平方公里，湖岸边长满了茂密的芦苇，被人称为苏北的沙家浜。新四军的那支部队像一根钉子，一下子就插进了鬼子兵防御力量最为稠密的盐阜地区大纵湖，进驻到四面环水的大纵湖天瓢岛，他们借助遍地芦苇的天然屏障，让鬼子兵久攻不下。鬼子兵很恼火，就调动了周边几个县城的部队，还驱赶着和平军也就是汪伪军，沿着湖岸排兵列阵，修炮楼、建碉堡、扎铁丝网，目的就是要把这支抗日队伍给困死。

那支充当“钉子”的抗日部队，是新四军第九旅辖下的独立营。其时距皖南事变发生刚过三个月，劫后余生的新四军与从鲁南南下的八路军在盐阜地区会师，并在鬼子兵和汪伪军重重包围的夹缝里重建新四军军部。独立营营长丁晟奉命率部吸引鬼子兵和汪伪军的主力，以便给新四军主力部队在苏北开辟抗日根据地争取时间和空间。果然，丁晟率部一进入天瓢岛，鬼子兵就听话地跟风而至，一个三百多人的新四军独立营，竟调动了一千多个鬼子兵和五六千个汪伪军压了上来，鬼子后方的防御力量相对松弛了，新四军主力部队就有了更为广阔的活动空间。

苍田中佐进驻的大刘庄与天瓢岛一水之隔，也是新四军向西南方向拓展与兴化、建湖等地连成一片的重点防守地点。严格来讲，担当正面防守的应是鬼子兵的野战部队，苍田负责鬼子兵的情报大队，这支二线部队是不应调到一线战场的。但鬼子兵的想法是，新四军的部队在苏北平原上相对分散，各根据地之间需通过电台进行情报联络，只要锁定新四军的电台，蒙住新四军的眼睛和耳朵，新四军就会如我爷爷刘先旺抬在箩筐里的鱼，虽然会蹦跶，但怎么也蹦不出箩筐。苍田中佐在一次喝了几杯柏家大麦酒后，兴之所至，就是这样洋洋得意地跟我爷爷打比方的。

我爷爷嘴上笑嘻嘻地应和了几句，心里却不以为然。这鱼再凶，照样有水老鸦能拿，但驻守在天瓢岛上的新四军，鬼子兵只有干瞪眼的份儿，谁也拿不住。

二

我爷爷的青少年时代，正是兵荒马乱的混沌时代，他能侥幸地活下来，已经是他最大的造化了。我爷爷不是个多事的人，他从来不想卷入任何纷争，但每一次纷争却都没扔下他。

我爷爷刘先旺是一九二〇年出生的，自打他记事时起，大刘庄就乱成了一锅粥。先是国民党在大刘庄设了村公所，说是要缉拿共产党。后来，汪伪军也就是他们自称的和平军来了，既要缉拿共产党员，还要缉拿国民党。再后来，国民党的忠义救国军打跑了和平军，说要缉拿汉奸和汪伪军。再再后来，鬼子兵和汪伪军再度扑进了大刘庄，又要缉拿共产党和国民党……。我爷爷总是搞不明白，大刘庄的人口不过千，为啥共产党、国民党、汪伪军的人物都出全了？

客观上来说，我爷爷是个传统保守的人，这一点，大刘庄的人自有公论。他从我的曾祖父也就是我爷爷的父亲手中接下了那十二只水老鸦后，就老老实实地在大纵湖放水老鸦拿鱼维持生计，除了一门心思地算计水老鸦外，别无任何算计。后来，我爷爷二十出头了，准确地说是一九四一年的春天，他才有了人生的另一个重大目标，他对田荷花想入非非了，这有点癞蛤蟆想吃天鹅肉的意思。我爷爷不承认，但大刘庄的人就是这么认为的。

我爷爷的父母死得早，他一个人在大刘庄的村东头有两间土墙茅草屋，除十二只水老鸦外，此外再无值钱的家当。相比起来，后来成为我奶奶的田荷花家，在大刘庄算是个殷实的大户人家，田家在大刘庄开了个豆腐坊，田荷花的父亲田大茂是个生意精，他们家的房子有三进，一色的青砖小瓦骑马墙，还带个宽敞的大院子。在大刘庄，田家的经济实力只是比大地主陈茂财家稍逊一筹，如果说陈地主的家境排老一，那就没人能跟田家争这个老二的位置。而且，田大茂已经许过了陈家，要把田荷花嫁给陈茂财的大儿子陈大富。这是他们自小就定下来的娃娃亲，说是门当户对，当然也确实是门当户对。

由此可见，我爷爷面临的挑战是极大的。

但我爷爷自信满满，从开始打田荷花的主意时起，他就认为田荷花迟早会是自己的女人。若干年后，我爷爷跟我说起那段情史，他豁了几颗牙而显得更加干瘦的脸上，总会露出得意的笑容，他笑起来时眼睛变细却放射着逼人的亮光，眼角缠着许多笑纹，眉毛随着笑而一颤一颤的。你奶奶就是这大纵湖的鱼王，早晚会被我的水老鸦拿下。

我奶奶田荷花听到了这话很不服气，她绷着脸跟我爷爷争执："刘先旺，你说假话就不脸红？当初要不是你追得紧，轮得上你？"

我奶奶习惯与我爷爷唱反调，他们的前半生是这样，后半生还是这样。奇怪的是，我奶奶无论怎么不给我爷爷面子，我爷爷从来不生气，我奶奶一唱反调，他就心满意得地笑得更欢，也不言语，光看着我奶奶发火，好像他挑起的话头，就是为了引起我奶奶多说两句话来反驳。正因为我爷爷这样，我奶奶常有一记重拳打在棉花上的感觉，既费了力气又感觉没劲，唠叨了几句，也就闭口不说了。

田荷花未成年前，黄毛丫头一个，不显山不露水。但女大十八变，标致的身材、白皙的瓜子脸，随便往哪儿一站，就是一枝风姿绰约的红莲花。嗯，我想起来了，我奶奶是曾有个绰号，就叫"红莲花"。咱大纵湖当然不缺莲花，逢到盛夏，成片的莲花竞相绽放，但以白莲花居多，红莲花很罕见。这个绰号送给我奶奶，足可见她当年的迷人风采。

虽说田荷花与陈大富订下了娃娃亲，但动我奶奶心思的人还真是不少，而且个个都比我爷爷强。比如那个陈大富，他的父亲陈茂财送他到国民党在上海办的译电员培训班学习。这可是一件很拉风的事情，他后来曾扛着一部电台回到大刘庄显摆过，那时他的母亲恰好得了痢疾，要送到盐城县城里去治。从大刘庄到县城，当时都是走水路。陈大富说："走水路多慢啊，我发个电报，让城里给派辆车来。"果真，他"嘀嘀嗒嗒"地给县城里的同学发了电报，两个多时辰后，一辆军用卡车就驶进了大刘庄，拉上陈大富的母亲去了县城。陈大富发电报时，我爷爷也跟着大伙儿站在一旁看过热闹，村里有几个识字的人，看着陈大富拿着满是数字的电文，不知所云。陈大富翻出一个小本子对着发来的那组数字瞅了瞅，告诉大伙儿，城里马上派车过来。我爷爷对此不以为然，你小子有本事也给大纵湖里的大头鲢发个电报，告诉它们，我的水老鸦部队要开过来了，让它们赶紧开溜！

我爷爷的想法确实很无厘头，但他从不认为自己无厘头。反正谁要是跟他要追的女人田荷花搭点儿边，他就会高傲地用他无厘头的想法来鄙视谁！

陈大富本来是国民党军某部的一个译电员，后来汪伪政权成立，他倒戈投入汪伪军的怀抱，当上汪伪军电台大队的大队长，直属苍田中佐指挥，仗着鬼子兵的势红极一时，多少人想去巴结他，但我奶奶田荷花从来没正眼瞧过他，她从来不承认自己与陈大富有过瓜葛，尽管若干年后，陈大富的弟弟陈二富曾在他家的老槐树下，跟我多次提起过这桩往事，由于我奶奶从没正式认可过，所以我总是义正词严地告诫陈二富，我奶奶才不会成为汉奸婆呢。

陈二富的孙子陈平安是我的小学同学，我跟他爷爷争辩的时候，他正与我同桌，陈平安认为我作为一个晚辈，对待他的爷爷如此态度很不礼貌，陈平安经常跟我唠叨，不过，我才不理陈平安呢。大是大非面前，我是不会妥协的！这一点，我跟我爷爷很像。

我奶奶唯一承认和赞赏过的男人叫老克。老克当然不是他的真名，他的真名叫什么，我爷爷也不知道。我爷爷只知道老克是个从上海来到田家帮忙磨豆腐的远房表亲。我爷爷还告诉我，苍田中佐抓住了老克，说他是新四军的重要译电员。我爷爷心想，抓住了好，给他除掉了一个情敌。老克被抓了后，我奶奶突然之间对我爷爷待见起来，她请求我爷爷帮忙，不能让苍田中佐杀了老克。我奶奶的主动示好，让我爷爷受宠若惊，我爷爷答应了，在他的周旋下，苍田中佐真的没有杀老克。

这件事，我爷爷曾当作他人品大爆发的事例，多次跟我说过。我奶奶还是不以为然，继续唱着她的反调，她说："刘颂，别听你爷爷胡说八道，老克是新四军的破译员，鬼子兵没杀他，是因为他有利用价值，凭你爷爷的那点薄面子，鬼子兵才不会鸟呢。"

"啥叫……破译？"我爷爷一天书没读过，我奶奶读过两年私塾。我奶奶说出来的话有好些我爷爷听不懂。尽管他看到过陈大富收发电报，但他并不知道陈大富捧着密码本将收到的数字译成文字就是译电工作。我爷爷曾盯着陈大富问过，陈大富对我爷爷鄙夷地一笑回了一句："说了你也不懂！"我爷爷自作聪明，敢情这玩意儿就叫"说了你也不懂"，难怪"嘀嘀嗒嗒"，那奇怪的声音说了谁会懂呢？后来我爷爷才明白自己理解错了。这事儿他再也不好意思提了。因此每当我奶奶冒出句"破译"的术语，我爷爷就表现出很无知的样子，我奶奶就得意了，她再次拿我爷爷没读过书的事来撕我爷爷的面子。

我爷爷后来私下问我啥叫破译，那时我已是中学生了，对此一知半解，但已经够了，已经能跟我爷爷解释清楚了。我这么跟我爷爷打了个比方，我说破译就像你当年放水老鸦一样，你吆喝一声，水老鸦跳进水中，再吆喝一声，水老鸦乖乖上船。你吆喝的声音外人听不懂，只有你和水老鸦懂，这就是译电，如果还有人能听懂你吆喝的意思，这就是破译。

我爷爷听了我的解释后，突然咧开豁了牙齿的嘴得意地笑了："刘颂，老克能破译鬼子的密码，我也能，并且破译过呢。"我爷爷的话听起来很有料，也勾起了我的好奇心。在我的追问下，我爷爷讲起他的那次破译经历，与一个孤身走进大纵湖的女人有关。

三

大刘庄北面背靠大纵湖，西面和东面是一望无际的麦地，村南的大路四通八达。若是和平年代，大刘庄风调水顺，有湖有地，老百姓能过着丰衣足食的生活。可是，鬼子兵来后，大刘庄全乱套了，村庄东面、西面的麦地被鬼子兵浇上了汽油，将正在拔节抽穗的麦子给烧了，鬼子说麦子遮挡了他们的视线，他们不能让新四军和游击队的人利用这大块麦地作掩护，对他们发动偷袭，同时，也绝不把粮食留给对抗他们的人。

鬼子兵作孽烧了麦子，大刘庄的人很是恐慌，他们还指望收了麦子过日子呢。但他们敢怒不敢言，谁敢在鬼子亮晃晃的刺刀下跟鬼子讨说法哩？我奶奶说过，鬼子兵如果真的只是拿刺刀捅，倒也没什么可怕的，大刘庄也有几个硬汉相信，白刀子进红刀子出，吓唬谁啊！头砍了碗大的疤，老子二十年后还是一条好汉。大刘庄人的胆子是被苍田中佐发明的"铲大头菜"给铲怕了。所谓"铲大头菜"就是挖一个坑，把被行刑的人推进去，脖子以上的地方露出地面，人进坑后再填土，土一填实，人的血气就往上涌，然后鬼子兵将闪着寒光的腰刀一挥，就把人头给砍了，上涌的血喷溅而出，能喷射出十几米高。

大刘庄的人看到过苍田中佐亲自指挥过“铲大头菜”，那个听说是抗日游击队里的小伙子，被“铲”的时候，血溅得很高，血雾喷溅在四周的麦地里，透过喷溅的热血，人们看天空都是红彤彤的。这一铲，就把大刘庄人的胆子给铲没了。

没有地，我爷爷倒是不怕。因为自我爷爷往上数的好几代，就没有地，光靠着在湖里取鱼为生。鱼取上来，我爷爷就会拿到村南头的大路边去卖，卖回来的钱换点粮食。

没了麦地后，村里的人靠湖吃湖，也想下湖取鱼，但苍田中佐下了禁渔令，谁要是违反禁令下湖，岸上的鬼子兵就开枪打谁。炮楼上埋伏的那个狙击手，据说开起枪来百发百中，不要说大刘庄的人像怕恶鬼一样地怕他，就是新四军的丁晟营长，也吃过他的亏，在一次交锋中，就是那个狙击手，一下子伤了独立营的好几个战士。

封湖禁渔后，苍田中佐唯独对我爷爷网开一面，因为苍田中佐爱吃我爷爷的水老鸦拿上的大头鲢，所以我爷爷是个特例。

苍田中佐安排人在村南修了一座高大的炮楼，姚忠柱的头颅就高悬在炮楼上。悬着有好几天了，我爷爷才发现。他当时只看到炮楼上悬着一个球状的东西，待走近了看，才看到是一个人的头颅。那颗头颅是被砍下后，血淋淋地挂到炮楼上去的，头颅下方的地上滴满了血液，渍红了那块小小的土壤，虽然过去了好几天，血腥味仍然很重。

那是谁的头颅啊？我爷爷不知道，他定定地站在头颅下方，仰望了好久，都没认出这人是谁。他想找人打听，但每一个经过的村里人，没人理会他。我爷爷一开口，他们就朝悬着的头颅望望，摇着头，叹了口气，不敢言语，匆匆离开。

那个头颅主人的名字，后来还是我奶奶田荷花告诉我爷爷的，她说那个人叫姚忠柱，是国民党忠义救国军的司令。前不久，鬼子兵不知从哪儿得到了情报，由苍田中佐带队偷袭了忠义救国军的驻地，原来，忠义救国军的驻地离大刘庄并不远，就在湖岸边的汪家塘。经过一番激战，一百多个忠义救国军全部阵亡，苍田中佐亲手割下了姚忠柱的头颅，悬到炮楼上示众。并且扬言，他也要将新四军独立营营长丁晟的头颅，跟姚忠柱的头颅挂一块示众。

我奶奶跟我爷爷解释时，我爷爷并不清楚忠义救国军是哪方面的。他想了想说："这些人要是不跟日本人对着干，就不会死了。"我奶奶听完这话，狠狠地啐了我爷爷一脸的唾沫星子，她低吼起来："刘先旺，你个大汉奸，有多远滚多远！"

其时，我奶奶正在添柴火烧豆浆，老克刚磨下来的生豆浆，被倒进锅里用大火烧滚，烧滚后待自然凉下来，就可以切成方方正正的豆腐了。我奶奶啐我爷爷时，一锅豆浆刚刚被烧滚，呼呼地冒着热气。这一啐，让我爷爷倒吸了一口凉气。我爷爷想笑两声解解嘲，但笑相却比哭相还难看。

倒是老克，那个一直被我爷爷明里暗里叫着"娘娘腔"的人，帮着我爷爷打圆场。老克说："先旺没见过大世面，他不清楚啥是忠义救国军也是情理之中的事。荷花，是不是汉奸是个立场问题，这顶帽子不能随便往哪个人头上戴的。"

奇怪，我奶奶田荷花的性格一向以泼辣著称，在她这一生中，好像从没服过谁。但听了老克的话后，我奶奶竟然跟我爷爷道歉：

“刘先旺，我收回刚刚说的话，谁让你瞎说的，再瞎说，我还要啐你。”

这哪像是道歉啊。但我爷爷跟我讲这段往事时，他坚定地认为我奶奶当时是向他道歉了。那好吧，我不跟爷爷他老人家争了，我爷爷是个好面子的人，我就当作是道歉吧。

正因为“娘娘腔”老克能管控我奶奶，我爷爷刘先旺既喜又惧。喜的是，在老克的说教下，我奶奶待见他多了。惧的是老克这个说话斯文的男人，将是我爷爷无法赶超的情敌。

那天在我奶奶所谓的道歉后，老克一边推磨一边给我爷爷讲解。他说抗日的力量分成几股，一股是国民党军队，一股是共产党领导的新四军和八路军，还有一股就是社会各界的力量。这三股力量合成一体，就是全民抗战。

“忠义救国军属哪一股的？”我爷爷主动向老克请教。

老克笑笑，用手撸了一把脸上的汗，继续说：“国民党军正面战场打了不少败仗，被日本人打怕了，听到日军来就躲得远远的。原先属于国占区的警察和没来得及跑的军人，就地组织起来抗日，他们就是忠义救国军。”

“同样是军人，忠义救国军咋不经打？”我爷爷又抛出了一个问题。

这个问题是我爷爷经过对比后才想到的。同样是抗日部队，天瓢岛上的新四军独立营守着孤岛好几个月，数倍于独立营的鬼子兵和汪伪军就是拿他们没办法。苍田中佐也组织过几次正面冲锋，但每次都大败而归，有几十个鬼子兵和汪伪军的尸体，还是苍田中佐威逼着我爷爷用他的小划子船从大纵湖里给拖上岸的。

“人跟人不一样，有的人天生强壮，有的人天生怂样。”我奶奶插了一句话。

老克否定了我奶奶的话，他说：“这个丢了头颅的姚忠柱，是个有血性的抗日将军。他被杀，肯定是部队内部出了内奸。”

“内奸是谁？”我爷爷有了强烈的好奇心，他打破砂锅问到底。

老克摇头，咬着牙说：“现在还不知道，不过我们一定要把他找出来，让他血债血偿！”

“你是说……我们……我们去找内奸？”我爷爷几乎不相信自己的耳朵，我奶奶也吃了一惊，两个人的目光齐刷刷地盯向了老克。

老克重复了一遍：“是的，就是我们！”

四

我爷爷在湖边看到的那个穿着一袭黑色旗袍的女人，此刻已走进了苍田中佐的办公室，她就站在苍田中佐面前。两个荷枪实弹的鬼子兵，用亮晃晃的刺刀交叉着，将用小划子船送旗袍女人过来的小跟班蛮横地挡在外面。

苍田中佐的办公室是临时征用的，这是大刘庄头号大地主陈茂财家的一处宅院，院内长了两棵高大的银杏树，阳光透过茂密的银杏树叶罅隙，斑驳地洒在院子里。院内前后共两进青砖小瓦堂屋，前一进堂屋的东间做了苍田中佐的办公室，西间是刑房，中间是会客室。前后两进堂屋相距十来米，两进堂屋的边沿，一左一右，各有一排厢房，东边的厢房是厨房，西边的厢房是电台室。后面的一进堂屋则是苍田中佐和他几个手下的卧室。

我爷爷拎着两条用青茅草串起来的大头鲢，通过了院子前鬼子哨兵的检查后，接下来他要从会客室东侧的一个小门，自南向北穿过去，再右拐进厨房，配合着厨师老牛给苍田做豆腐炖鲢大头。我爷爷会取鱼，也会做鲜鱼宴，他的鲜鱼宴很对苍田中佐的胃口。

我爷爷走进会客室时，听到一个女人用很冷的声音在跟苍田说话，她说的是苏北里下河一带的方言，声音低沉缓慢，一字一顿。苍田中佐是个中国通，听得懂中国话，也会说一些中国话，因此，他与中国人交流从来不要翻译。

“苍田，我此次来是想取回我男人的头颅。”那女人说。

这话提醒了我爷爷，让他想起了那个悬挂在村南炮楼上的头颅，那个头颅敢情是这个旗袍女人的男人啊。我爷爷有了好奇心，他故意把脚步走得很轻也很慢，想继续往下听。但他的脚步声还是没有躲过苍田鬼精的耳朵。

苍田不理会那个旗袍女人，而是冲外间喊道：“刘桑，进来一下。”

苍田中佐很少叫我爷爷进他的办公室，我爷爷也很自觉，苍田不叫他，他从来不进。就拿西间的刑房来说，我爷爷从堂屋经过时，多次听到里面传出来的惨叫声，听得我爷爷的心跳得扑通扑通的，有好几次，我爷爷想推开刑房的门进去看个究竟，但他忍住了。

我爷爷应声走进了苍田中佐的办公室。苍田中佐套着长筒皮靴的粗短腿任性地搁在靠窗的办公桌上，他矮壮的身子歪斜在太师椅里，像极了个小头戴着大帽子的滑稽演员。穿着一身黑色灯芯绒旗袍的女人靠桌站立，左胸口绣着一朵硕大的红白绿色相间的荷花，绿的是荷叶，白色是莲花的花朵，红色是莲花的花蕊，几片小花瓣调皮地伸到了女人的脖颈处。

旗袍女人盘起了长长的头发，插着一个看上去很精致的银色发簪。我爷爷估摸她的年纪应该跟田荷花差不多大，事实上，这个女人的年龄比我爷爷还大好几岁，她已经是一个三岁小男孩的母亲了。保养得好的女人，看不出年纪这很正常。

旗袍女人眼睑低垂，并不抬眼去看苍田，她两只手交叉在下腹部，瘦长的手指在用力地相互绞着。她个子不算高，但站得很挺拔，腰杆笔直，这让哈着腰进去的我爷爷，竟在她面前矮了一截。我爷爷靠近她时，还感觉到一股寒气，我爷爷甚至怀疑她是不是从冰天雪地中走来的，要不然呢，在南方的初秋里，哪来的寒气？

“你丈夫有几个夫人？”苍田中佐问。

“就我一个。我们感情很好。”那个女人冷冷地答。

苍田中佐将肥硕的身子窝在椅子里，沉默了片刻。他好像想起了什么，对我爷爷说：“这位是韩小姐。”苍田当起了介绍人，又指着我爷爷道，“这是我的好朋友刘桑。”

“请称我韩女士。”旗袍女人执拗地纠正道。那个时候，小姐还是个尊称。小姐与女士是有区别的，嫁了人的，只能称为女士。

“嗯，韩女士，姚忠柱将军的遗孀。”苍田中佐笑了，脸上的横肉一直在欢快地跳动着。

提到姚忠柱，我爷爷想起来了，就是头颅被悬在炮楼上的那个人的名字。

“我想要回我男人的头颅，中国人讲究全尸安葬，没有头，我男人入不了土。”韩女士还是低垂着眼睑，没看我爷爷，声音冰冷，语气执拗。

“你男人已经死了，葬与不葬没什么意义。”苍田的态度很明确，不愿意归还头颅。

“死者为大，请把我男人的头颅还给我。”韩女士还在坚持。

苍田从桌上放下了那双腿，他坐正了身子。快速地扫了一眼韩女士，然后将目光移到了我爷爷身上。我爷爷不知道苍田的葫芦里到底卖啥药，他半哈着腰站在那儿，手中拎着的两条大头鲢还在挣扎，我爷爷抖了抖青茅草，大头鲢没理他，继续挣扎。

苍田注视了我爷爷一阵后，一脸横肉的脸上浮现出狡黠的笑容。他指了指韩女士，又指了指我爷爷，然后跟我爷爷说：“刘桑，你也老大不小了，这位韩女士新丧了丈夫，作为朋友我有意撮合你们。”

苍田的话音刚落，韩女士与我爷爷同时一怔。韩女士终于抬起了眼睑，飞速地打量了一眼我爷爷，然后语气很重且坚决地说：“苍田，我只想要回我男人的头颅！”

“韩女士，你不给我面子？”苍田说的话像一把刀子，闪着寒光，照着要害招呼过来。

韩女士还是那句话：“请把我男人的头颅给我带走。”

“刘桑，你的意见呢？”苍田盯着我爷爷。

我爷爷干咳了一声道：“太……太君，我们的风俗是人无全尸不安葬，我也想请太……太君把头颅还给她。”

苍田突然笑出声来：“刘桑，你误会我的意思了，我是让你把这个女人带回去做老婆。”

“太……太君，这玩笑可开……开不得！”我爷爷连忙摇手。

“你不带回去做老婆，她就得死！”苍田收敛了笑容，浮现出狰狞的表情，这句话似乎是从他牙缝里费了好大的劲才挤出来的。那会儿，我爷爷怎么看苍田，他都像从十八层地狱里刚爬出来的小鬼。

苍田中佐撂下狠话，我爷爷只得屈从了。不屈从有什么办法呢？苍田中佐一声招呼，就有两个鬼子兵端着三八大盖走进来了，他们“哗啦哗啦”地拉着枪栓，我爷爷胆战心惊，他手中拎着的两条大头鲢趁此机会上蹿下跳，但我爷爷动也不敢动，他生怕自己一动就被荷枪实弹的鬼子兵误以为他要反抗。鬼子兵杀人是从来不需要借口的，哪怕我爷爷是苍田中佐所谓的朋友，他们也会照杀不误，这一点，我爷爷是有自知之明的。

五

我爷爷从苍田中佐那儿领回了一个漂亮的女人，这事无论如何在大刘庄也低调不起来。我爷爷刚把那个漂亮的韩女士领进门，整个大刘庄都知道了，人们已经暗中议论开了。

这样的艳福，我爷爷哪里消受得起。韩女士在两个端着三八大盖的鬼子兵押送下，跟着我爷爷，走进了村子东头那两间土墙茅草房。被用芦苇秆圈养在屋前的十二只水老鸦，突然见来了这么多人，它们很是兴奋，张着翅膀揣着尖嘴冲着来人“咕咕咕”地直叫。有一个矮胖的鬼子兵，端起枪瞄准了领头的那只水老鸦，被另一个瘦高个的鬼子兵摁下了，他跟矮胖的鬼子兵嘀咕了几句，矮胖的鬼子朝我爷爷看了看，就把枪收住了。

我爷爷正高度紧张，他没注意到两个鬼子兵的动作，也压根不知道他的一只水老鸦刚刚逃过了一劫。韩女士已经坐在草屋门前的一个树桩上，她的腰身仍然挺得笔直，头半仰着，眼睛直勾勾地看着天空，一言不发。

我爷爷在韩女士面前站也不是坐也不是，索性拎了一桶小杂鱼准备喂水老鸦。这是反常的，大白天，我爷爷从来没喂过水老鸦。那个瘦高个的鬼子兵，用生硬的中国话冲我爷爷取乐：“花姑娘……领进屋的干活。”

那个矮胖的鬼子兵看来属于冲动型的，他见我爷爷没反应，就想上前去揪韩女士，韩女士朝他瞪了一眼，他略一迟疑，瘦高个的鬼子兵赶紧上来又跟他嘀咕了几句，他才罢休。这回他们的动作没逃过我爷爷的眼睛，我爷爷嘿嘿干笑了几声道：“太君，大白天，不干活的。”原来，我爷爷早就听清了瘦高个鬼子的话。

“哟——西。”瘦高个的鬼子兵抬头看了看天，笑道，“天快黑了。”

两个鬼子兵在我爷爷的茅屋没逗留多长时间，他们就走了。临走前，瘦高个的鬼子兵不忘威胁了韩女士几句：“东边，南边，西边，通通的，大日本皇军，你的，逃不出去的。”

他们走了，我爷爷真真切切地捧了个烫手山芋。

事情发生得太突然，我爷爷还处于梦游之中。韩女士看鬼子兵走远了，她淡淡地用命令的口吻说：“你，坐下。”这是韩女士跟我爷爷说的第一句话，我爷爷扔下手中装有杂鱼的小木桶，十二只水老鸦眼看到嘴的美食，被韩女士给搅黄了，它们不满了，高声叫喊起来。吵得我爷爷很是心烦，我爷爷喃喃地说：“这帮畜生，还反了！”

我爷爷听话地坐在泥地上，不知所措地望着韩女士。韩女士也看着我爷爷，她突然笑了，她笑起来很好看，还有两个深深的酒窝，田荷花也很漂亮，但没有酒窝，我爷爷就怔怔地看着那酒窝像涟漪般在她脸上荡漾、收敛。

“苍田很看重你，你帮我向他讨回我男人的头颅。”韩女士眼睛定定地瞟着我爷爷，眼神中满是期待。

我爷爷挠挠头，挠了好一阵头，实在挠不下去了，就把两只手放在腹部来回搓，搓了一阵后，我爷爷才下定决心道：“我试试。”

“那好，我们现在就去。”韩女士眼中流泻着亮晶晶的光。

我爷爷抬头看了看天色道：“现在去不行，苍田中佐这个时辰会乘着洋油艇去巡湖，要很晚才能回来，一回来就喝酒，喝醉了就睡觉。要不明天吧？”

韩女士沉默了。我爷爷又在地上坐了片刻。一条细长的蚯蚓不知从哪个地缝里拱了出来，缓慢地爬上我爷爷盘着的小腿上，我爷爷厌恶地一把抓住它，随手往水老鸦群里面一扔，水老鸦们一阵欢呼，最终那只可怜的蚯蚓也不知道落进了谁的肚里。我爷爷盯着水老鸦们研究了一番，也没确认出到底是谁吃了那只可怜的蚯蚓。他感到兴味索然，从地上爬了起来，拍了拍屁股上的泥土说：“肚子饿，我弄点吃的去。”

韩女士仍然没回他，我爷爷就自个儿忙去了。

那天晚上，我爷爷烧了一锅鲜美的杂鱼汤，他舀了一碗端给韩女士。韩女士不吃，“我只想要回我男人的头颅。”她翻来覆去的，还是那句话。

看着乳白色的鱼汤，再想想姚忠柱那颗血淋淋的人头，我爷爷一下子也没了胃口。

我爷爷心里惦念着田荷花。天黑了下来，我爷爷也清醒了。他不能不明不白地跟韩女士度过这一夜，要不然，他怎么跟田荷花交代？我爷爷就想去田家豆腐坊，问问田荷花这事该咋办。但我爷爷走出屋头没走几步，就有人从暗处对他喝道：“回去！”我爷爷转头四顾，没看到人影，以为耳朵听错了，继续往前走，这时从阴影里走出了几个人，借着微弱的星光，我爷爷看清了，是几个汪伪军，站他面前的是陈大富。

陈大富冲我爷爷低喝：“皇军有令，哪儿也不许去！”说罢，陈大富拍了拍我爷爷的肩膀，又趁那几个人不注意，悄悄往我爷爷手里塞了一个纸团。

我爷爷走不掉，只得捏着陈大富暗中塞给他的纸团，带着莫名其妙的情绪，回到了他的茅草屋。

六

在大纵湖的西南角，紧挨着大刘庄，有一个叫汪家塘的小村落，如今已经并入了大刘庄。

抗战期间，盐阜地区发生了一次比较有名的汪家塘战斗。可惜的是，一支一百多人的忠义救国军，在日军及汪伪军的重重包围之下，全军覆没，忠义救国军司令姚忠柱阵亡后，被鬼子兵割下了头颅，悬于炮楼示众近一个月。

二十世纪九十年代初期，姚忠柱被追认为抗日烈士。省民政厅拨专款在汪家塘建了姚忠柱烈士纪念碑。纪念碑上镌有“断头将军”四个鲜红的大字。据说，这四个大字是蒋介石题写的，姚忠柱生前只是国民党军的一个上校团长，他牺牲后，才被国民党追授为陆军少将。

关于姚忠柱将军的生平，县志上只有寥寥数语：

> 姚忠柱，1915年生于江苏省盐城县，1931年攻读于南京讲武学堂，毕业后就职于南京警察厅。1937年12月，南京保卫战失败后，姚忠柱带着几十名警察逃出南京，拉起忠义救国军大旗，活跃于大纵湖日占区，对日寇形成侵扰。忠义救国军建立之初，就吸纳了不少流氓混混，队伍素质较差，后因叛徒出卖，被日军及伪军围困于汪家塘，全军覆没。姚忠柱战死后，被日军割下头颅悬于炮楼示众，其妻韩芷兰孤身走入敌营，历经艰辛要回丈夫头颅，以全尸安葬。姚忠柱抗日殉国后，被国民党追授为陆军少将。

我翻看这段资料时，我奶奶和我爷爷早已先后辞世数年。他们作为韩女士孤身入敌营索要丈夫头颅的亲历者，应该对这件事的来龙去脉一清二楚。可惜的是，在他们生前，虽然跟我讲了很多往事，唯独这件事，他们讲得甚少，或者是有意回避。

难道有难言之隐？

对于这个问题，我的同学陈平安曾经给过我一个答案。他说他的伯爷爷也就是那个做汪伪军电台大队长的陈大富，那天晚上奉命看守韩女士，曾经给我爷爷塞过一个纸团。这事我爷爷曾经跟我说过，毋庸置疑。可我爷爷说，那个纸团只写着他看不懂的数字。而陈平安坚持说这组数字就是一组电台密码，他提供给我爷爷的，是他利用职务之便从鬼子的电台译电员处抄来的，这组密码就是有人利用电台发送给鬼子的，鬼子的译电员译出来后，然后就紧急行动，出兵包抄了汪家塘，使姚忠柱率领的忠义救国军遭受了灭顶之灾。

按照陈平安的说法，是他伯爷爷陈大富将那个出卖姚忠柱将军的内奸信息提供给了我爷爷。陈平安说这番话时言之凿凿，但我认为后面的话不太靠谱。原因有二：其一，陈大富是汪伪军的人，抗战胜利后被国民政府当作大汉奸给枪毙了，从身份上来讲，他巴结鬼子兵还来不及，怎么可能泄密；其二，即使他把这组密码交给爷爷，我爷爷既不是共产党也不是新四军，更不是译电员，普通老百姓一个，交给他有啥用？

我把这两个问题提了出来，陈平安似乎早就做好了准备，他用很笃定的语气对我说："刘颂，你别忘了，那个老克就是新四军的译电员，后来证实他的身份是'指人译'，他在你奶奶家借着帮工的名义留下来，实际上是搜集情报。我伯爷爷陈大富当时就是想通过你爷爷，把这组数码转给老克，让老克来破译发报人的身份，这个发报人，肯定就是出卖姚忠柱的叛徒。"

陈平安提到了"指人译"，这是军事情报中的专用术语，军事情报按照机密等级分为秘密、机密、绝密和指人译。我为此专门查过资料，资料上对指人译的解释是指人译不需要密码本，因为密码就记在他们的头脑中，比方说两个指人译，一个从甲地发报一个在乙地收报，即使中途被截获，也难以破译，因为他们没有密码本，而且相互的约定很不规则。比方说二战期间，美国的电台密码经常会被日军截获，后来美军找到了一个人口极少的土著民族，他们的语言外人很难看懂听懂，美军征召了这个土著民族的人担任收发报员，结果日军再也无法从中截取军事情报。

话题再回到我与我同学陈平安的对话上。当陈平安信誓旦旦地坚称是陈大富提供的内奸情报后，我当然毫不犹豫地进行反驳："陈大富为何要把情报通过我爷爷传递给老克，他为什么不亲手交给老克。这不是脱裤子放屁多此一举吗？"

陈平安回道："刘颂，你有所不知，老克的'指人译'身份自打他一进刘家庄就被鬼子兵知晓了，是交通员老吴出卖的。鬼子兵为了不打草惊蛇，以钓出更大的鱼，一直佯装不知，但暗中一直对老克密切监视。这个情况，你爷爷你奶奶和老克都蒙在鼓里，但我伯爷爷知道，他通过你爷爷转交，是为了避嫌。"

"照这样说，你伯爷爷对抗日是有功的，可为啥国民政府把他当成汉奸给枪毙了呢？"

我的反问没有给陈平安任何情面，因为我一直深受我爷爷的影响。我爷爷在世的时候，只要提到陈大富，他就咬牙切齿地断定他是一个大汉奸。哪怕他给过我爷爷所谓的情报，我仍会延续着我爷爷的固有思维，不想让陈平安借此机会给陈大富翻案。

陈平安埋怨我："你就像你爷爷，死脑筋一个。"

他埋怨归埋怨，触及敌我分明的原则性问题，我是不会妥协的。

七

那天晚上，我爷爷刘先旺度日如年。

他被几个汪伪军拦截回去后，就在堂屋里陪着韩女士干坐着，陈大富给他的纸团，他展开来看了一眼，见是一组数字，简单的数字我爷爷也认不得，他以为陈大富拿他恶作剧，欺他不认字，故意给他难堪，于是看了一眼后，他准备就着洋油灯，把纸团给烧掉。

韩女士扫见了纸团，低喝一声："别烧。"

我爷爷吓了一跳，其时，纸团的一角已经着火了，被韩女士一说，他赶紧扑灭了那团火，纸团的一角还是留下了烧焦的痕迹。韩女士接过纸团看了又看，我爷爷问她，纸团上写的是啥？韩女士摇摇头："就是数字，我也没看明白，不过有人塞给你这纸团，一定是有用的。"说罢，她把纸团还给了我爷爷，嘱我爷爷藏好。

不能就一直这么干坐着吧，我爷爷提了个建议。他建议韩女士睡竹床，他就在堂屋的灶门口前打地铺。"今晚上就委屈你，等天亮了我就去找苍田太君，我跟他说道说道，把你给放回去。"

"拿不回我男人的头颅，我绝不回去。"

韩女士很是固执。她提到丈夫的头颅时，一阵风从黑天瞎地的外面吹进来，差点将豆苗状的洋油灯吹熄，我爷爷以为是姚忠柱显了灵，吓得浑身汗毛都竖了起来。

不过，还没等到天亮，事情又发生了重大转折。

就在那天深夜，有一个四十多岁的中年人摸到了我爷爷的茅草屋。他一敲门，让一直坐着发呆的韩女士一惊，韩女士没接受我爷爷的建议，她固执地坐在堂屋里，我爷爷熬不过她，已把灶门口的稻草一摊，倒在上面睡觉。

听得敲门声后，我爷爷一跃而起。小声问："谁？"

门外没有应答声。我爷爷只得起身开门查看。门刚一开，一个满脸络腮胡子的中年男人就闯了进来。韩女士竟然认得他，小声地惊呼："吴参谋。"来人将右手食指放在嘴唇中间，做了个"嘘"的噤声动作，然后他朝门外四处张了张，见外面并无动静，随手把门关好。

我爷爷作为旁听者，他很快就听明白了。这吴参谋也是忠义救国军的，是姚忠柱手下的机要参谋，那天鬼子包围汪家塘时，他正奉命到新四军某部联络工作，逃过了一劫。这次来，他是向韩女士打听军饷下落的。

提到军饷，韩女士一脸茫然："吴参谋，忠柱他在外面抗战，我守在建湖老家，有一年多没跟他见过面，我哪晓得军饷不军饷。"

吴参谋着急了："五十根金条，是我陪姚司令领回来的，你好好想想，藏在哪儿，你一定晓得。"

"我真不晓得，你已经是第六个问军饷的人了。"

"还有人问过？"

"是的，我从老家出来给我男人收尸，就不停有人问，包括划船送我来的小罗也一路追问，你说我一个妇道人家，在家带宝宝，忠柱的事我从来不过问，我哪晓得什么军饷不军饷的，再说，我男人生前一再跟我说，打仗是男人的事，让我别插手，什么话也不要问。"

吴参谋狐疑地盯着韩女士看了好一会儿，他似乎想起了什么，正想继续发问，但破门而入的几个鬼子兵和汪伪军，没再给他发问的机会，他们一拥而上，将吴参谋五花大绑，连同韩女士直接押向苍田的办公室。也不知道什么原因，他们被押走时，我爷爷莫名其妙地跟在后面，陈大富看了一眼我爷爷，也没有说什么，任由我爷爷跟进了苍田中佐的办公室。

吴参谋直接被送进了刑房。苍田中佐往刑房走的时候，看到我爷爷也跟了过来，他朝我爷爷挤出一抹笑容，走过来拍拍我爷爷的肩膀：“刘桑，你立了大功，守株待兔抓了一只大肥兔。”

我爷爷还是莫名其妙，不知其所以然。后来他在堂屋里听到了苍田的审讯，终于听明白了大概意思。那个吴参谋刚开始什么话也不肯说，苍田中佐吩咐用了刑，吴参谋惨叫几声后，就竹筒倒豆子全交了。他说就在围剿前的几天，他跟着姚忠柱从国占区领回了五十根金条的军饷，姚忠柱说现在处境很危险，不能发，就把五十根金条分批藏了起来。忠义救国军覆灭后，吴参谋想到了这笔军饷，由于谁也不知道姚忠柱的军饷藏在何处，吴参谋就推论在姚忠柱遇难前，他曾回了一趟建湖老家，会不会把所藏的地点告诉了他老婆韩芷兰。为了得到这笔钱，他急着找韩芷兰，一路打听，得知她孤身进了大刘庄，他就冒险跟过来，想得到这笔巨额军饷，没想到才和韩芷兰见面不久，就被设伏在外面的人给抓了起来。

再追问，吴参谋还是那几句话。吴参谋实在没什么情报价值，当天夜里，苍田中佐的手一挥，就有两个鬼子兵直接把吴参谋拖到室外给毙了。

毙了吴参谋后，苍田中佐跟韩芷兰谈起了交易，他笑眯眯对韩芷兰说：“咱们做个交易，你男人的头颅你可以领回去，但你要把军饷的埋藏地点告诉我。”

韩芷兰还是那句话：“我一个妇道人家，哪晓得什么军饷不军饷。我只想要回我男人的头颅。”

苍田中佐恼怒起来，气急败坏地说：“想取回你男人的头颅，你就得付出代价。”

双方处于僵持状态，我爷爷不知道哪来的勇气，竟然上前做起了“和事佬”：“太君，这女人一心想要回男人的头颅，要是她真晓得军饷，她不会不说的。她这么说，肯定是她真不晓得。要不……太君还是把头颅还给这女人吧，挂炮楼上，怪瘆人的。”

苍田看了我爷爷一眼，托着腮帮子略一沉吟：“好吧，刘桑，我考虑考虑。”

八

应该是在中国改革开放后的第二年吧，我们家收到了从美国芝加哥寄来的一封信。

信封上用繁体字写着“刘先旺先生亲启”。我父亲刘建国捏着信封看了许久，从收件人地址逐字看到寄件人地址，又从寄信人地址逐字读到收信人地址。他很疑惑，这信到底是不是寄给他父亲也就是我爷爷刘先旺的？

从我父亲刘建国的名字上就可以看得出来，他出生在新中国成立的那一年。跟所有同时代贫下中农的子女一样，他先是被推荐读完初小，后来又在锣鼓喧天声中参军入伍。在南京军区某部当了几年兵，最后捧着一本“五好战士”的荣誉证书光荣退伍，被安置进大纵湖公社邮电所工作。收到海外来信的那一年，我父亲已是乡邮电所投递班的班长了。

那天，我父亲骑着他那辆被刷成绿色的飞鸽牌自行车，早早地下班回家。骑到了自家的院场上，他没有下车，右脚踩着脚踏上，左脚绷直了撑地，左手从悬挂在大杠下面的邮袋里掏出那封信，右手习惯地按动着自行车上的掼铃，冲门里喊：“刘先旺同志，有你的信。”

我爷爷就坐在堂屋里织补着渔网，听到车铃声，他朝外面瞟了一眼，看到是撑在自行车上的刘建国，他没理他，继续埋头织补渔网。我父亲又喊了一声：“刘先旺同志，有你的信。”

我爷爷没好气地冲了我父亲一句：“你给我滚下来。”

一句话吼醒了刘建国，他也被自己的职业习惯吓了一跳。连忙跳下车来，小心地支好自行车，然后将信拿到堂屋，讪笑道：“爸，有你的信，美国寄来的。”

“美国？”我爷爷疑惑地看了看我父亲扬在手中的信，他并没有我父亲预想中的激动，相反，他带着嘲讽的表情道，“一定是阴谋，烧了它！”

这时，我奶奶田荷花闻声从厨房间走出来，她正在灶间烧猪食。家里养了两头大肥猪，已经到了出栏的时间，我奶奶仍是舍不得肉猪出栏，她要继续喂肥点。她盘算着，要把这两头大肥猪给卖出好价钱，把钱攒下来，到了年底的时候，就帮我父亲把媳妇给迎娶回来，我父亲老大不小了，三十岁出头了，婚事半年前就定了下来，但一直没迎娶，这倒不是因为刘建国穷讨不上老婆，而是因为刘建国吃的是公家饭，上门说媒的人一拨接一拨，我父亲刘建国挑花了眼，结果高不成低不就，就把婚事给拖了下来。

听到这父子俩的对话，我奶奶田荷花两只手在围裙上来回擦了擦，她白了我爷爷刘先旺一眼道："都啥时候了，还怕海外来信？"然后迫不及待地命令我父亲，"你拆开，看看是谁寄来的？"

我父亲拆开了信，信写得不长，大致内容如下：

刘先生：

大刘庄一别，竟匆匆四十余载矣。民国三十八年，余带念柱迁徙台湾，及两年转道美国，个中历尽艰辛，不说也罢。念柱学业有成，已在芝加哥大学担任教授。多少年来，余一直感念先生之恩，很想冒昧致函言谢，然知大陆政策，恐添先生之烦恼。近闻中国改革开放，欣慰之余，余奋笔写此信，无他，以此存念也。

如健，代问田女士荷花好。

信的落款是"韩芷兰"。我父亲刘建国很快将信读完了，他似乎意犹未尽，还将信纸举到光亮处看，似想看看有没有加密的内容。但让他很失望的是，信就这些字。

一无所获的刘建国未及我爷爷有所反应，紧问一句："韩芷兰是谁？"

"信念完了？"我爷爷答非所问。刘建国读信的时候，我爷爷虽然没看着我父亲，但他早已停下了手中的活计，竖着耳朵在听。

"就写了这么多。"我父亲答道。

“哦。”我爷爷只是哼了一声，用眼睛的余光偷偷地看了看我奶奶，而后继续埋头修补渔网，似乎这封信跟他没任何关系。

“韩芷兰是谁？”我父亲又追问着。

我爷爷没答腔。我奶奶将我父亲拉到一边，瞟了一眼我爷爷，小声说：“这个女人，差一点就成为你娘。”

我父亲张大了嘴巴，很是吃惊。他不能不吃惊。我父亲好像明白了什么，虽然我奶奶的话有严重的思维漏洞，如果这个叫韩芷兰的女人真的成为我奶奶，按照遗传学的规律，这世界上肯定就没有我父亲了，当然，也不会再有我了。

想想真可怕！

九

鬼子兵布下的暗哨，他们要等的人其实不是那个吴参谋，而是忠义救国军一个叫姜鲁的军需官。那天晚上，姜鲁也潜入了大刘庄，也要与韩芷兰碰头，如果不是那个倒霉蛋吴参谋先他一步，那么落网的只能是他——姜鲁。

姜鲁也是因那五十根金条而来。金条是他与姚忠柱从国民党江苏省党部取回来的。这一点，那个被苍田毙了的吴参谋是撒了谎的。姚忠柱当时只带着姜鲁去领回金条，但吴参谋知道这情况，因为他是机要参谋，双方间往来的电文经过了吴参谋的手。吴参谋当时跟韩芷兰那么说，无非是想取得韩芷兰的信任，顺顺当当地套出藏金条的地点。

汪家塘战斗那天，姜鲁与吴参谋一样也因公外出，逃过了一劫。所不同的是，吴参谋只因先他一步来到大刘庄而丢了性命。

命运，有时就维系在一个拐点上。迈对了，万事大吉；迈错了，万劫不复！

这个姜鲁后来投奔了新四军，因作战勇猛，屡立战功，不断被升职，到新中国成立时，他已是中国人民解放军的一个团长，在授衔时被授予了上校军衔。他曾写过一份回忆录，提及汪家塘战斗，据他回忆，汪家塘战斗后，他被国民党江苏省党部紧急召过去训话。让他负责追回五十根金条。

姜鲁据理力争："这些金条，本来是要发军饷的，忠义救国军的弟兄们都战死了，干脆做安家费吧。"

"胡扯！"给他训话的一位长官跟他吹胡子瞪眼睛，"忠义救国军就是一帮乌合之众，这笔钱不能发，你要负责追回，千万别落入新四军的手中。要是有一根金条给了新四军，对你军法从事。"

那位长官追钱心切，哪料到他这一逼，起到了相反的作用。吴参谋被暗哨抓住后，当时藏在暗处的姜鲁看得真真切切，心里很清楚，他如果再去找韩芷兰，只能有一个结果——自投罗网。他干脆不找韩芷兰了，也不向党部回话了，直接就摸到了新四军第九旅的一个敌后根据地，投奔了新四军。

自我爷爷和我奶奶相继去世后，我一直被这桩历史谜案纠缠着。到底陈大富给我爷爷塞的那个纸团是什么意思？

经过多年的努力，我通过查县志、寻档案，还走访了几位新四军的老战士，再结合我爷爷和我奶奶在世时跟我讲的一些往事，我大致梳理清楚了：当时韩女士来到大纵湖找苍田中佐讨要她丈夫姚忠柱的头颅，还是那个出卖姚忠柱将军的内奸向苍田中佐事先告了密，说是姚忠柱生前领回了一笔数额巨大的军饷，可以用这笔军饷作为诱饵，将漏网之鱼一网打尽。那个内奸用心极其险恶，他当然明白，如不把这些人一网打尽，将来他们其中会有人来找自己算账，为了保命，他索性将内奸坚持做到底了。

我爷爷在世的时候，他给我讲的那些往事是碎片化的，完全是想到哪儿讲到哪儿，没有系统性，再加上那个时候我也小，只是带着听故事的好奇心去听他讲的那些往事。及至我参加了工作，在报社做了记者，我经过多年的回忆，慢慢梳理出我爷爷所讲的那些往事，才发现我爷爷给历史留下了一个谜团——那个内奸是谁，最终结局如何？

陈平安也跟我一样，他也对这个谜团充满了好奇心。他后来成了大学的历史学教授，对许多历史的谜团如数家珍，但同样他对伯爷爷陈大富留下的谜团也就是陈大富给我爷爷的纸团到底是做什么用的，一时也没有找到答案。

直到两年前，我所在的报社为纪念创刊七十周年，安排专人整理报史准备出一本纪念图书，我的谜团才由此解开了一半。顺便说明一下，我所在的这家报社，是新四军当年在盐城县重建军部时创办的，创办历史比较久远。我作为收集报史资料的一分子，工作之便，我得到一位老读者四处收集来的抗争时期的老报纸，其中有一份报纸，出版日期是一九四四年十月十二日，头版有一条三百多字的消息吸引了我，消息的标题用的是对仗式——

内奸出卖姚将军罹难

里应外合新四军惩凶

消息只有短短两百多个字，导语部分说的是姚忠柱率领的忠义救国军，因内奸的出卖经历了汪家塘战斗后几乎全军覆没。消息的主体部分说的是新四军大纵湖游击队在队长王怀的率领下，找到了出卖姚将军的内奸姚平安后，夜袭兴化大姚庄，将姚平安当场击毙，为姚忠柱报仇雪恨。

消息的标题中虽然写到了“里应外合”，但内容里并没有触及“里应”的任何实质成分，只一语带过，语焉不详。我循着这个日期，将此后的老报纸一张张细细翻阅，很遗憾，后面的报纸再也没有提到这件事。

“里应”到底是怎么个“里应”法？我一头雾水。送报纸来的那位老读者见我不停地在翻阅报纸，恨不得钻到报纸里面去找，他笑着说：“刘记者，你不要翻了，肯定找不到你要找的内容，你想啊，出版报纸时，正是抗战时期，报纸上怎么能透露出打入敌人内部的我情报人员的信息呢？”

这话有道理。我立即停止了翻阅。不管怎么说，看到这份老报纸总算有了些许收获，至少我知道了这个内奸叫姚平安，兴化大姚庄人，他最终的下场是在新四军大纵湖游击队执行的除奸行动中被击毙了。

那么新四军游击队到底怎么找到姚平安的？这还有待我进一步深探下去进行解密。

十

我父亲刘建国从以前的邮电所现在的邮政支局退休后，钓鱼成了他打发时光的最佳活动。我进城上班并在城里安家落户后，不怎么回大刘庄了。我父亲钓到了鱼，隔三岔五就骑着自行车赶几十里路送过来，我跟我父亲说过很多次，让我父亲不要送鱼了，在城里的菜市场买鱼很方便。我父亲不高兴了，他说城里的鱼有大纵湖的鱼新鲜吗？

这倒是实话，在大纵湖里野生野长的鱼与菜市场售卖的养殖鱼完全是两回事。那些养殖的鱼被娇养惯了的，却不好吃。这倒跟当下的某些人有得一拼，绝大多数娇贵的富二代，脾气都很大很臭，不是吗？

话题扯远了，再说回我父亲吧。我父亲进城不光是送鱼，他主要是送口信。一进我的家门，屁股还没坐下，我的父亲依然保持着老邮递员的职业习惯，他跟我说：

“刘颂，我这次来哩，是替你妈捎个口信给你，你们千万别让晶晶着凉，记得给她多穿点衣服。”

“你妈还让我带口信，别老给晶晶买零食，零食吃多了不好。”

“噢，对了，你妈还带了口信，让你有时间带晶晶回大刘庄，她想晶晶了。”

……

晶晶就是我的宝贝女儿，六岁了，已经上了幼儿园。我父亲刘建国每次来，总有带不完的口信，口信的内容始终离不开晶晶。我媳妇渐渐地不高兴了，好像她不会带孩子似的，用不满的语气说：“爸，你大老远来就是为了带口信啊，现在手机挺方便的，电话里说微信上说都可以啊，省得你专门跑一趟。”

“那不一样！”我父亲板着脸，语气很严肃地说，“面交的口信才有温度。”

你没看错，我父亲刘建国确实说到了“温度”二字。我媳妇还是觉得挺搞笑的，她正在检查晶晶写的作业，听到我父亲的话后，她从晶晶的作业本上抬起了头，盯着我父亲刘建国看了又看，那架势好像要与我父亲争论一番。我赶紧朝她使眼色，制止了她欲挑起的对抗赛。事后，我开导我媳妇，我父亲是个老邮递员，职业习惯，他愿意带口信就让他带呗。

提到了我父亲的职业，我突然浑身一震，有了灵感：我爷爷跟我提过那个叫韩芷兰的女人从美国写来的信，后来他们继续通信了没有？我父亲既然是老邮递员，他应该记得很清楚。灵感附体后，我立即打电话给我父亲，我父亲一听，高兴地说：“有啊，当然有啊，我送给你看，还是你回来看。”

“我回去看吧。”我不想让我父亲大老远骑车进城，能让他少跑一趟是一趟吧。

韩芷兰那几年与我爷爷一共通了九封信，这九封信我父亲不是一下子拿给我看的，他就像钓鱼一样，我每回去一次他只给我看一封信。我通常是周六回大刘庄，不管我回去得多早，我父亲总是记性不好似的四处乱翻乱找，每次找到信的时间都卡得很准，差不多都是到傍晚时分才找到，而这时我的母亲已将晚饭烧好端上了桌，既来之则安之，我就看信吃饭两不误。众所周知，我父亲就好弄两口酒，我陪他吃饭，少不得也要陪着他老人家喝上几口，喝了酒当然不能开车回去了，只能在大刘庄住上一宿，隔日才回城。

“你肯定钻进了你爸设下的圈套。”我媳妇这样跟我分析过。我想想也是，我回大刘庄看信，一定是我爸设下的圈套吧。这并不重要，重要的是我从信里看到了什么？那么，我从信里看到了什么呢？九封信中有八封就是讲些客套话和当时韩芷兰在美国的生活情况，只有一封信，也就是我所读到的第七封信，对当年的事情有所提及。

> ……时过境迁，然先生之音容仍深嵌于余之脑海。当年若不是先生冒死襄助，老克先生智勇传递情报，锄奸队应时而动，则余之心头之恨何时能解？现在不妨有一事如实告知：当年吴参谋所言五十根金条，确有其事，是我代夫君忠柱藏于塘子口，后悉数捐给新四军用于抗日之事业。其时此事仅吾知、老克知，现告知刘先生，还望代余守密。

文字虽短，信息量很大。我将这段文字反复地看了好几遍，突然想起了我同学陈平安的爷爷陈二富以前跟我讲过的往事。这不能怪我的健忘，因为很多时候，人的记忆是片段式的，就像深深隐藏在平静湖面下的水藻，平时看不到，当打捞的钩镰钩住它们往上连根拔起的时候，它们才会从看不透的水中一节一节地呈现出来。而我看到的这封信，正如那只打捞的钩镰，连根拔起了我幼时的记忆。

我记得还在上小学时，陈二富还健在，因为我给陈平安取了个“小汉奸”的绰号，陈平安很不服气，他又说不过我，只得拉着我去见了他的爷爷陈二富，想借助于他爷爷的口来辩驳我。对了，就在我们大刘庄如今还枝繁叶茂的那棵老槐树下，陈二富捋着胡子，脸上的皱纹跟老槐树上皱巴巴的树皮一样老，一笑起来，皱纹又深又密，看上去十分恐怖，仅仅从相貌上来说，我就产生了排斥的心理。陈二富跟我说：“刘颂，陈大富对抗日是有功的。”

一上来，陈二富就下了这个结论，我当然严词拒绝这个结论，陈大富是汉奸，抗战胜利后被国民政府给枪毙了，这是公论，不仅我们大刘庄的每一个人知道，《盐城县志》上也记着这一笔呢。

陈二富敏感地捕捉到我的心理感受，看得出来，他的敏感不是天生的，应该是后天养成的。你想啊，哥哥陈大富是个大汉奸，抗战胜利后陈二富的日子能好过吗？他不谨小慎微，很可能活不到给我讲故事的年纪。所以陈二富先肯定了陈大富后，话锋一转，转到了我爷爷身上：“刘颂，你爷爷是个大英雄！”

这话我爱听。一听这话，我拉长的脸立马短了起来，一副眉开眼笑的样子。我当然不会放过这种心理优势，追问陈二富：“我爷爷是怎么个英雄法？”

陈二富咧开没什么牙的嘴笑了一笑，皱纹就如水波在他的脸上四处荡漾。他又捋了一把胡子，慢条斯理地说：“姚将军遇害被割下头颅后，他的夫人来到大刘庄，向鬼子兵讨要丈夫的头颅。鬼子兵知道姚将军生前领了一笔未来得及发放的军饷，就设了一个计，将姚将军的夫人限制在大刘庄，引诱姚将军幸存的部下来自投罗网。陈大富是鬼子兵电台的译电员，从告密的电报中，他译出了出卖姚将军的就是内奸姚平安，而姚平安只要多活着一天，就会有更多的人受到伤害，于是陈大富就将这张电报传给了你爷爷，你爷爷传给了老克，老克发出电报通知了新四军游击队，游击队派出除奸队迅速除掉了姚平安。”

我知道我后来为什么会对这段记忆选择性地健忘了，因为陈二富说来说去，还是将功劳记到了陈大富的头上，这是我极其反感的。汉奸除了出卖外，还能干啥好事！正因如此，我对陈二富的话不以为然，也就没有放在心上。

十一

陈平安曾经告诉我一个小小的秘密，他说他的奶奶差点是韩芷兰。

陈平安跟我说这话的时候，我们正一块儿走在上学的路上，我推着大铁环，注意力一直只集中在大铁环上。推着大铁环上学，可以将路走得快一点。这种娱乐工具如今的孩子们早已经不玩了，但我还是怀念推着大铁环上学的日子。

“刘颂，我跟你说话，你没听到啊！”陈平安见我没认真听他说话，很不高兴。他又重复了一遍，“我说我的奶奶差点是韩芷兰。”

“哪个韩芷兰？”我边推铁环边问。

“就是给你家写信的那个韩芷兰，姚将军的老婆。”陈平安的脸上有点小得意。

“韩芷兰要是成为你奶奶，哪来的你？”我只用了一句话，就把陈平安噎住了，半天都没跟我再说一句话。

没想到二十多年过去了，以前的陈平安同学如今成了陈平安教授后，仍念念不忘他多年前的那句话。某一天，他兴奋地给我打电话，说是他联系上了远在美国的韩芷兰。韩芷兰当时已经八十多岁，身体不好，正住着院，电话先是她的儿子姚念柱接的，但听说大陆的一个教授打电话给她，她坚持接了电话。

“韩老太太告诉我，她差点就改嫁我爷爷陈二富。”

“这，这怎么可能？鬼子当时是将韩老太太嫁给我爷爷刘先旺的。”

“刘颂，这你就有所不知了。老太太都告诉我了，为了揪出内奸，给她丈夫报仇，她曾当着陈大富和你爷爷刘先旺的面说过，谁给她找出内奸，她就改嫁给谁。”

“等等，平安，你是说老太太当着陈大富与我爷爷说过这话？”

“是的。刘颂，我知道你想问什么，你一定会问，老太太在敌人的眼皮底下，哪有机会说这样的话，对不对？”

我讪笑一笑，真被他猜对了。

“陈大富带人看着老太太，你爷爷也在场，她说了这句话后，没人有反应。鬼子兵也摇头嘲笑她是痴人说梦。”

“就算这样，你爷爷又是怎么知道的？”

“是陈大富回去后告诉了我爷爷，我爷爷见过老太太一面，惊为天人。陈大富还说，他知道内奸是谁。我爷爷特别高兴，就央求着陈大富将老太太许配给他。但陈大富甩了我爷爷一巴掌，说我爷爷糊涂。”

“你伯爷爷和你爷爷的谈话，老太太是怎么知道的？”

“那天陈大富喝了些酒，好像心情很开心，经我爷爷一套，就将内奸的名字套到了手。然后我爷爷借着给苍田中佐送菜的机会，偷偷跟老太太把这事儿给说了。”

“老太太当时什么反应？”

“老太太央求我爷爷帮她除掉姚平安，说只要除掉姚平安就会改嫁我爷爷。但我爷爷哪有那能力，说是回头想想办法。此事后来也就没了下文。”

“幸亏你爷爷没娶成韩芷兰，要不哪来的你？”我还是二十多年前的那句老话。这回陈平安没有沉默，他笑道：“刘颂我也告诉你，这个世界上也差点没有你。因为是你爷爷帮助除掉的姚平安，听老太太说，她当时真想留在大刘庄跟你爷爷过日子。要是你爷爷口一松，哪来的你？”

因果轮回。陈平安的一句话也反过来将我问住了。

我一时沉默下来，但我知道，我的沉默不是没法回陈平安的话，而是我觉得奇怪，我爷爷是个藏不住话的人，尤其是拉风的事，如果不让他一吐为快，他肯定如鲠在喉。陈二富以及陈平安，还有那个韩芷兰都一再说我爷爷立了大功，为什么我爷爷却没把这件事当回事，或者其中另有隐情？

这又是一个问题，谜一样的问题。

十二

二〇一七年十二月十三日，国家公祭日。南京举行了南京大屠杀死难者公祭仪式。

在此之前一个多月，我所在的报社就开启了“抗战老兵故事”的主题采访宣传活动。我经过多方辗转，联系到了在上海的几个新四军老战士的后人，没想到竟找到一个名叫丁抗战的人，一问，他竟是当年在大纵湖建立抗日根据地的新四军独立营营长丁晟的儿子。

丁抗战告诉我，他父亲生前有记日记的习惯，他在整理父亲的遗物时，从日记本中发现了写有一组数字的字条。

“字条还在吗？”我问。

“当然在。”丁抗战到他的书房里找了找，翻出了一张泛黄草边纸写的字条，字条上的数字是：

3579

2219

3606

8953

……

我数了数，纸条一共列出了二十组数字。“这肯定是电报的摩斯密码。”

“我当然知道是密码。”

“破译出来了吗？”

“我前后花了五年多时间，走访了很多译电员，也翻阅了很多资料，就是没破译出来。”

“丁老，电文的内容，您父亲就没在日记里记录？”

丁抗战摇头苦笑道：“这组密码，夹在我父亲在苏北抗战时用的日记本里，那时战争吃紧，随时都有牺牲的可能，我父亲不可能将密码解密于他的日记里，万一被鬼子兵搜走，那可是泄密的大事件。”

正如丁抗战所言，他给我看的他父亲的那个老日记本，日记大多寥寥数语，非常简洁。比如，“克敌堡二座，毙敌五人。”“拉练。防鬼子火攻。”等等。

在他的日记本上，我发现有这么一句话：“晚，电令锄奸队锄姚。”

丁抗战眼尖，见我盯着那句话看，他说：“这组密码就是从这页里翻出来的。”丁抗战出生于抗战胜利的那一年，他也没有亲历过抗战硝烟，他父亲丁晟又是一个非常严谨的人，不像我爷爷，动不动就喜欢搬条板凳坐下来，也不管爱听不爱听，拉着我在他对面的板凳上坐下来，听他讲述他的往事，丁晟倒是很少跟他的子女讲他的战争往事。所以，除了得到这组密码和看到这句话后，我从丁抗战处再无别获。

从上海回来后，我将这组密码通过微信发给了陈平安。

陈平安好久没回复我的微信，大概过去了七八天时间，我都快忘了这件事，我突然收到陈平安回复的微信：你发来的密码我查过了，虽然没能译出来，但我知道这是新四军的“指人译”密码，老克和丁晟应该就是新四军的“指人译”。

看到回复后，我立即打电话给陈平安。电话那端，陈平安好像正忙着开一个什么研讨会，他声音压得很低，过了片刻，他的声音才大了起来，估计他是走出会议室来接的电话。他对我说：“刘颂，‘指人译’密码很难翻译，没有密码本，全靠头脑记，所以这组密码除了老克等‘指人译’外，谁也破译不出。我推断是老克发给丁晟的，鬼子就是截获了密码，也不知所云。”

陈平安这么一说，我心里顿时明朗了。我把所有的线索又梳理了一遍，大致理出了个头绪：陈大富给我爷爷刘先旺的那个纸团，是陈大富负责译电的，他当然不能直接将译电内容传递出来，被鬼子兵发现了，那可是杀头之罪，于是他抄录了译电码，暗中交给了我爷爷，然后由我爷爷传递给老克，老克立即用“指人译”发报给丁晟，丁晟又电令锄奸队行动，除掉了出卖姚忠柱将军的内奸姚平安。

可是，陈大富为什么要冒险传递情报？我爷爷又是怎样将电报传递给老克的？老克又从哪里搞到电台给丁晟发了电报？丁晟又是怎样电令锄奸而不被鬼子发觉的？

前不久，陈平安又给我打电话来，他说有了重大发现。在他开说他的重大发现之前，我故意调侃他：“你这个历史学教授，不去研究你该研究的历史，专门研究起你爷爷和你伯爷爷了，这哪像大学教授，做你们陈门的教授得了。”

陈平安淡淡地一笑，反问我：“刘颂，你不也在研究你爷爷吗？”

是啊，我们都在研究爷爷辈的人。算了，不跟他耍贫嘴了，先听听他的重大发现吧。你还别说，陈平安不知道使了什么法子，反正他找到了陈大富生前写的日记本。

写到这儿，我知道大家一定会奇怪：这丁晟写日记，怎么陈大富也写日记。他们以前是不是也像现在流行微信朋友圈一样流行日记朋友圈啊？

说实话，我以前也跟你们一样，也很奇怪，不过现在不奇怪了，怎么说呢，丁晟记日记，记得更像是流水账，作为新四军的一个前线指战员，事多压力大，想起什么事随手记下来，这符合常理。至于陈大富为什么记日记，他分析他伯爷爷是迫不得已，对了，他是这么跟我说的，我知道我写的这段文字陈平安教授一定会看到，所以我得相信他的说法，就用迫不得已吧，这迫不得已是用在陈大富身上的，具体地说，就是陈大富做汉奸是迫不得已的，他写日记是希望有朝一日鬼子兵被打败了，这日记好为他做证明。

不幸的是，抗战一胜利，他隐藏起来的日记本还没拿出来，就被国民政府抓住当作大汉奸给枪毙了。

十三

陈大富的日记里写了这么一段趣事：我爷爷赶着他的水老鸦去大纵湖拿鱼，途中经过田家豆腐坊，按照以往的惯例，我爷爷领着他的水老鸦部队经过田家豆腐坊时，必然会停留一下，他会赶着他的水老鸦部队雄赳赳气昂昂地走进田家的院子，接受田荷花的检阅后，然后才正式走上战场。

但那天不知道怎么回事，我爷爷的水老鸦部队刚进门，田荷花就发起了飙，跳着脚大骂我爷爷，说我爷爷的水老鸦又脏又臭，她拿起一根棍子驱赶起水老鸦，水老鸦受了惊，在院子里四处乱飞。我爷爷莫名其妙，跟我奶奶吵，他说你还说我的水老鸦又脏又臭，不是我的水老鸦拿的鱼，你哪来鱼吃？这一吵，就将跟踪着他们的几个鬼子兵和汪伪军给引到了明处，他们上来帮助拉架，他们不能不帮助拉架，苍田中佐还指望我爷爷的水老鸦拿鱼吃呢。他们好不容易才将吵成一团的两个人给拉开，我爷爷为此郁闷了好几天，他郁闷的那几天，水老鸦下湖不再从田家豆腐坊走，而是从村东绕了好大一个弯子。

当然，陈大富的日记里不是这么写的，但意思就是这么个意思。陈平安指着日记上的这段话跟我说："刘颂，你还看不出来吗？这场戏是你爷爷和你奶奶上演的苦肉计，通过吵架引出跟踪监视的鬼子兵，你爷爷应该将我伯爷爷给他的纸团塞到了哪只水老鸦的嘴里，老克呢就趁着混乱取走了那个纸团。老克是译电专家，几组数字一看就明白了，内奸是姚平安，住在大姚庄。"

陈平安的话确有道理。接下来的日记，陈大富记录了他给丁晟发电报引诱丁晟上当的事。根据日记的原意，事情的经过大致是这样的：

陈大富通过电台给丁晟发了封电报，他是以老克的口气发的。大意是姚将军的遗孀被鬼子关在大刘庄，请丁晟速来解救。丁晟很快回电，说当晚就行动。丁晟还给活动在大纵湖外围的游击队发了一封电报，请他们从外支援，里外夹击。丁晟发出去的电报当然被鬼子兵给截获了，苍田中佐如获至宝，调集兵力加强防备，还把驻扎在大姚庄的鬼子兵、汪伪军集结过来加强防范。当晚，丁晟的独立营的确是向大刘庄方向的南岸开了几枪，外围的游击队也的确是集结过来，在外围也放了几枪。可是，苍田中佐却中了计，原来丁晟根本没打算从南岸突围，而是佯攻，他们的真正目的是调虎离山，当晚派出了除锄队干掉了内奸姚平安。

在那场佯攻中还有一点值得注意，独立营的小划子船奔向南岸时，不知是谁，从南岸射出了一发信号弹，信号弹没有照亮湖面，反而照亮了鬼子建在湖边的五座炮楼中的一座，炮楼上有几个鬼子一下子暴露在独立营战士的面前，他们毫不犹豫地开枪射击，几人应声而倒。

事后，苍田中佐大发雷霆，要彻查此事。但在战斗中所有的人都慌了手脚，谁也不知道那个乌龙式的信号弹是谁发出来的，最后此事不了了之。陈平安一直坚定地认为这乌龙信号弹就是他伯爷爷陈大富发射的，目的就是将那个独立营痛恨的狙击手暴露在他们面前，好让他们尽快除去，以解心腹之患。

我对此不敢苟同，因为没有充足的证据予以证实。假设是老克发的呢？我们相互间谁也说服不了谁，只能将乌龙信号弹当成谜案封存起来。

“刘颂，我伯爷爷陈大富是配合老克和丁晟行动的。”陈平安在我面前托腮沉思，还来回踱了几步，分析道，“那组我们破译不出来的‘指人译’密码，是我伯爷爷陈大富发给丁晟的，苍田中佐看不懂密码，就听他胡诌。”

“‘指人译’密码是怎么到陈大富手中的？”

“那还不简单，你奶奶田荷花那时还是我伯爷爷的未婚妻，他们见次面不算困难。”

“苍田中佐已经知道了老克的‘指人译’身份，为何不抓了他？”

陈平安终于不来回走动了，他坐到了我对面的沙发上，笑道：“苍田是什么人？一个日本奈良川放老鸦拿鱼人的儿子，他也会放长线钓大鱼，将计就计，想利用老克诱出丁晟的独立营，结果偷鸡不成蚀了把米。这件事后，老克就从大刘庄消失了，去了哪儿，谁也不知道呢。”

这回轮到我托腮沉思了，谜底到这儿也该结束了。解到最后，陈大富还算是个对抗战有功的人，虽然我心里还不能完全接受，但唯有这样的解释才能说得通。要不是陈大富被国民政府抓住就枪毙了，也许他能公开更多的秘密。

历史，就是一团谜。

这团谜，就是因类似陈大富这样的知情人突然死亡或消失而产生的。谁说不是呢？

再来说说韩芷兰老太太吧，她前几年病逝于美国。在她生命的最后时刻，由她口述，他儿子念柱记录了一段她的回忆录。她得知内奸姚平安被锄奸后，十分欣慰，她曾经问我爷爷愿不愿意娶她，我爷爷当然摇头，再说他也不知道是他传递的情报除了内奸姚平安，他的心中有田荷花呢，也只有田荷花。我奶奶田荷花还为此吃了一段时间的醋。韩芷兰知道我奶奶吃醋，她还安慰了我奶奶，说她说的话是随口说的，她很爱自己的夫君，哪怕自己的夫君战死沙场，她仍会爱他，哪怕只有一口气，她也爱他。

事实上，她没有食言，她做到了，她一辈子没再改嫁，就是证明。

十四

韩芷兰在大刘庄还表演了一场“莲花落”。

据说“莲花落”的起源是盲人戏，讨饭的盲人唱的戏文，后来演变为民间戏。在苏北里下河这一带很流行。苍田中佐不知道从哪个渠道得知韩芷兰是个唱“莲花落”的高手，他心血来潮，非要韩芷兰表演一场不可。结果韩芷兰还真的答应了。

表演“莲花落”的那天下午，韩芷兰还是穿着她那身黑色的旗袍，就在晒麦场上表演起来，不值勤的鬼子兵、汪伪军都来看了，苍田中佐还让我爷爷叫上了村民一起来看。当然，老克与田荷花也来了。

演出开场前，苍田走到晒麦场的中央叽里呱啦地说了一通大东亚共荣之类的屁话。他的发言结束后，韩芷兰就登场了，她拿着唱“莲花落”的七件：右手两片大竹板，左手执五片小竹板，合起来就是七件。大竹板打板，小竹板打眼。

韩芷兰一上场，先打了一巡垛板，接着又打了一巡散板，然后又打了一巡慢三眼。三巡有板有眼过后，她开唱了，她果然声音清脆，显得很专业：

梦萦相亲逝去早，寄居建湖姚家坳。

五年蒙君深呵护，一片芳心君知晓。

屈原投江存离骚，子建名随洛神飘。

夫君兵败汪家塘，陈年过往魂常绕。

这是“莲花落”中有名的戏文《千古情怨》。当然被韩芷兰稍稍改了戏文。整个戏文长达四百句，韩芷兰竟然一句句都唱了出来。戏文的每一句话，苍田中佐都认真推敲过，戏文很正常，这是痴情女子对已逝丈夫的深切怀念。

但是当韩芷兰的回忆录到了陈平安手上，教授不愧是教授，他竟然从中发现了玄机，他对我说，那五十根金条的军饷就埋在汪家塘。

“何以见得？”我反复看了戏文，还是一头雾水。

陈平安侃侃而谈：“韩芷兰与姚忠柱结婚只有四年，姚忠柱就殉国了，为什么她要唱五年？五不就是暗指五十嘛。子建，你看看是不是差不多与紫金同音。建湖姚家坳，很明确的地名啊。”

经他这么一点拨，我脑洞大开。但我还是奇怪，陈平安不费劲就能得到了暗语，为何苍田就听不出来？陈平安继续解释：“苍田毕竟是日本人，虽然会说中国话，但是他对中国话中的暗语，还不如中国人那么熟稔。他的亏，就吃在自负上。”

陈平安的分析有其合理性，并不显得牵强附会。

那么，这暗语肯定是传递给老克的。很多时候，军事情报并没有我们想象中的那么神秘，反而越是神秘的东西越是容易解密。相反，韩芷兰在大庭广众之下，仅凭几句戏文就将情报传递出来了。这真应了那句老话：越是危险的地方越是安全。

后来，我和陈平安都认定是老克将这一重要情报传递了出去，新四军游击队的人挖出了金条，送到了新四军总部。这与我找到的一张老报纸上的一条消息相互印证：这条消息说是新四军某师得到一位民主人士的捐赠，获得了五十根金条，他们用这批巨额财富从上海购回了枪弹和药物，战斗力得到了加强。那位民主人士没点出名字，这在错综复杂的形势下，不点名字的原因，我们应该都懂，就不细说了吧。

对了，最后还要交代一下，苍田中佐守株待兔的计划落空后，他奉还了姚将军的头颅。

奉还头颅的那天，来了几个外国记者，苍田中佐将从炮楼上取下的姚将军头颅放到了一个木盒子里，奉还仪式搞得挺隆重，苍田中佐让几十个鬼子兵分列两行，他上香、祭拜后，将木盒子郑重其事地交到了韩芷兰的手中。得到头颅后，韩芷兰离开了大刘庄，请人将夫君的头颅与身子缝合后下葬。

如今，立在烈士陵园的姚将军墓碑上虽然写着“断头将军”四个鲜红大字，其实，姚将军是全身安葬的。

这一点，我们这儿的人差不多都知道。

第三章　水龙吟

一

雄田健二，鬼子兵的狙击手。

我爷爷刘先旺记不住这个名字，不过他有的是办法来记。在我们苏北里下河平原一带的方言中，“健”与“贱”“二”与“啊”差不多同音。这下我爷爷就省事了，他把“雄田”两字省略，把“健二”记成“贱啊”，瞧，这多省事。当然，我爷爷背后称他“贱啊”，当面当然不能这样叫，得后缀上“太君”二字，合起来就是“贱啊太君”。

“贱啊太君”不喜欢说话，黢黑的马脸又瘦又长，脸上布满沟壑纵横的皱纹，既深且密，像用一根根细绳横着竖着勒绑住一张脸，脸上的肉从绳子的网格间漏了出来，这使得他的面部表情极其生硬僵化，活像我爷爷老屋后老榆树上长得皱巴巴的那块极其丑陋的树皮。“贱啊”这名字真有意思，我爷爷每当到屋后的柴垛上去搬柴，抬头看到那棵老榆树，他就会想到“贱啊太君”，他就不由得想笑。“贱啊太君”的眼皮总是耷拉着，似乎有什么宝贝掉到了地上，一辈子都在认真寻找的样子。

这“贱啊”的眼睛能杀人哩。我爷爷的印象中，只看到他睁开过一次眼睛，就这一次，我爷爷就一辈子也忘不了。怎么形容呢？我爷爷不停地挠着头皮，想跟我打一个恰当的比方，可惜的是，他不善于打比方，头皮挠了半天，花白的头发和雪花样的头皮屑倒被他挠下来不少，断断续续地落到了他的黑布棉袄上，像落了一层霜。等那层“霜”渐渐地稠密了后，我爷爷从板凳上站了起来，精神十足地抖了抖身子，“白霜”变得稀薄了，这一抖，我爷爷也找到了一个自以为是的比方，他跟我说：“刘颂，你看过毒蛇的眼睛吧，就是‘草上飞’的眼睛，这‘贱啊’的眼睛就跟‘草上飞’的眼睛一样。”

我怕蛇，不要说看到蛇，就是听谁提到蛇，我就浑身哆嗦。“草上飞”是我们这一带所能见到的最毒的土蛇，头扁尾巴秃，喜欢躲在阴暗的坟堆草中，只要稍稍惊动它，它就会飞起来发起攻击。对，是飞起来，它没有翅膀，但它攻击的时候，整个身子就会从草丛里蹦出来，那速度跟飞一样，无论是人还是牲畜，只要被它咬上一口，往往来不及抢救，命就没了。

谁能看到“草上飞”的眼睛啊，我爷爷刘先旺肯定也没看到过！不过，通过他的比方，已经足够让我展开丰富的想象力，肆意地联想了。据我爷爷回忆，他看到“贱啊”睁开的那双“蛇眼”，是在大纵湖岸边的芦苇丛中，没错，就是在那儿，那时天已黄昏，暮色四合，夕阳最后的余晖笼罩在大纵湖上，大纵湖像快要熄灭的炉火，随着夕阳的收工，水面从金黄色逐渐变成暗青色、淡黑色、浓黑色……我爷爷刚刚完成了他的本职工作，放着他的鸬鹚也就是俗称的水老鸦，从大纵湖取了些鱼回来，上岸的时候，我爷爷突然看到水码头西边不远处的芦苇丛中，像有个什么东西影影绰绰地戳在水中。我爷爷感觉不对劲，这水码头他每天都要上上下下好几回，这么多年下来，说他熟悉水码头的一草一木一点也不为过。我爷爷刚开始是逆着光向西平视着看，没看清楚，待他沿着水码头的土台阶往岸上走了走，站到了稍高处，从上往下俯瞰，这下看清爽了，他看到了一个人，其实说他看到一个人是不太准确的，因为那个人的大半个身子浸在水中，我爷爷目光所及，只能看到他没被水浸的胸口以上的背影部分。

那个人的头上遮盖着大纵湖常见的水草——挖耳草，手中还平端着一个长家伙，一动不动，像木桩一样就站在从岸边疯长到湖水里的芦苇丛中，我爷爷也不知道那个人已经在那儿站了多久，总之看上去已经很久了。这是谁啊？站水里干吗？我爷爷很好奇，他俯身捡了块土疙瘩，准备对着那人扔过去。结果他在瞄准时吃了一惊，他看到有一个细长的黑影在那个人的脖子上蠕动，我爷爷伸长脖子细一看，是一条无毒的水蛇，也是我们这一带常见的赤链蛇，那条赤链蛇已经在那人的脖子上绕了一圈，它昂着头，吐着信子，正在细细端详那人的脸庞，似乎随时想吻上一口。

那个人还是没动。

他没动，我爷爷倒是受了惊吓，扔出去的土疙瘩失了准头，没打中那人的脑袋，土疙瘩扔到了那人的身边，“扑嗵”一声，土疙瘩入水了，在水中溅起了几朵浪花。那人的头这才稍稍动了动，将脸转向了我爷爷。也就在土疙瘩入水的那一瞬间，赤链蛇也受了惊，它没有“吻”那人的脸庞，果断地给那人的脖子解了套，哧溜一下，钻进了水里。

那人的脸偏转向我爷爷，抬起眼皮从低处向上看，我爷爷惊叫了起来——贱啊太君！

我爷爷惊叫的时候，他离“贱啊”太君并不远。“贱啊”太君身子没动，那双完全睁开的眼睛，就像“草上飞”的眼睛一样，黑暗、阴冷、凶残，狠狠地瞪了我爷爷一眼。那一眼，就让我爷爷这一辈子都忘不掉了。我爷爷受了惊吓，连爬带滚地上了堤岸。他本来是走在水老鸦队伍的后面，这是他惯常的做法，他豢养的十二只水老鸦不太听话，我爷爷得举着长长的木橹在后面督阵，它们才会老实。结果我爷爷被“贱啊”太君一吓，他蹿到了水老鸦队伍的前面，那些水老鸦也不知道我爷爷咋了，也“呼啦”一下，队形散乱，跟着我爷爷狼奔豕突。

二

这太上老君啊，用金刚圈套住了孙猴子，把他往炼丹炉里一扔，想用三昧真火烧死他，炼丹炉里的火势大啊，太上老君站在炉子边也被烤渴了，随手拿起了一只葫芦瓢，到水缸里舀水喝，正喝着，丹炉里“轰”的一声巨响，孙猴子蹦出来了，太上老君一慌，“咣当”一声，水瓢从天上掉到了大纵湖，就成了天瓢岛。

我爷爷刘先旺跟我讲这个故事的时候，他正在水缸边拿着水瓢舀水喝。那个时候正是改革开放的初期，咱们大刘庄还没通自来水，家家户户都在厨房的灶台边摆放着一个大水缸，这是厨房里的标配。从大纵湖里担上水来，把水缸盛满，再往缸里扔几块明矾沉淀净化一下，一家人的吃喝用水就全靠它了。那天，我爷爷刘先旺说到紧要处时，他手中的水瓢也“咣当”一声，从高处扔进了水缸，水缸的水是满的，那时我大概十岁吧，个子刚好比水缸高了半个头，我爷爷扔下的水瓢砸起的水花溅了我一脸，我躲不开。我盯着水缸里的水瓢出神，那水瓢从高处往下坠落时，受重力的影响在空中翻了个身，口朝下，背朝上，浮在宽口紧腹的水缸中央，随着水波晃动着。

我对我爷爷心悦诚服，那前宽后窄的葫芦瓢，可不就是浓缩版的天瓢岛嘛。

天瓢岛是大纵湖的一个离岸岛。大纵湖名冠了一个“大”字，顾名思义，自然是一个极大的湖泊，湖面面积近四十平方公里，湖形略近椭圆形，地势由东北向西南微倾，像极了一个盛满了水但没能端平的脸盆，水似乎要随时从盆里漫出来。大纵湖生长着茂盛的野芦苇，这野芦苇从不按规则和套路生长，岸上、水边、湖中，它们想长哪儿就长哪儿，很任性。这芦苇，也向来被住在大纵湖沿岸的居民视为宝贝，生火做饭，用晒干的芦苇。盖土墙茅草“丁头府”，用芦苇作龙骨。睡觉的炕上，自然少不了芦苇编织出的芦席。芦苇穗，被摘下来做成扫帚。就连四处飘飞的芦苇花絮，也可以收集起来填枕头。新中国成立前，我爷爷没有棉被盖，他自己用芦苇花絮缝了一床被子，很暖和。

芦苇笼盖了整个大纵湖，你别以为我夸张，真的是笼盖。我在描述大纵湖时，你可以在头脑中把它想象成亚马逊热带雨林的样子，只不过，茂密的不是雨林中的树木，只是芦苇罢了。我查过官方的统计资料，大纵湖的芦苇面积达到了十四万平方米，成片铺展在湖岸、湖中，先民们在秋季收割芦苇时，才久而久之地在湖中形成了水道。这被墙一样的芦苇夹出的水道，很怪异，好像有高人指点了似的，如果你从高空俯瞰下去，芦苇墙与水道组成的形状就是一个八卦阵形，内中有三十三个岔口，六十六条水道，如果没有我们这儿熟悉的人指引带路，你进得去肯定出不来。不信，你来大纵湖试试，或者，你百度一下看看，你就明白我所言不虚了。如今这儿建起的大纵湖景区，最著名的景点就是“芦苇迷宫”，还被英国吉尼斯大全收为世界之最呢！

天瓢岛就处在大纵湖“芦苇迷宫”的正中央，岛略高于水面一米多，方圆有一百多亩地，自然，茂密丰盛的芦苇将天瓢岛掩盖得严严实实。隔岸望去，只看到风中飘荡的芦苇，就像一个潜水的人，脸都闷进水中了，只剩下乱蓬蓬的头发浮在水面上。靠岛的水面，时常浮着一层白霜，那是被风吹落的芦苇花，飞了一阵后，累了，掉在水中随波逐流。

说实话，我一开始对当年新四军三师九旅独立营在天瓢岛开创抗日根据地是极不理解的，独立营孤军深入天瓢岛，尽管有“芦苇迷宫”作掩护，可仍是一个四战之地啊。他们凭什么守得住孤岛？所以我一直以为我爷爷刘先旺是在跟我讲故事，他姑且讲之，我姑且听之，如此而已。直到后来我参加了工作，查到了史料，新四军独立营的确是在天瓢岛创建过袖珍型的抗日根据地，尽管时间不长，从上岛到离岛大约据守了两个多月的时间，但事实是存在的。

一九四一年一月，震惊中外的皖南事变发生后，新四军在苏北里下河平原的盐阜地区重建军部，开辟华中抗日根据地。重建军部的基干力量是从鲁南南下的八路军和从江南北上的新四军，两支队伍的先头部队在盐阜地区的白驹狮子口胜利会师后，鬼子兵的屁股立即被烧着了，心急火燎地从各地调集兵力，为新四军后续部队的会师设置了重重障碍。为打破敌人的围剿，三师九旅制订了一个“钉子计划”，即让丁晟率领独立营挺进天瓢岛牵制日军。九旅首长是这么给独立营营长丁晟下命令的：“你们要像钉子一样钉进天瓢岛，至少死守两个月，牵制日伪军主力部队，给后续部队的会师和整编腾出时间。”

就这样，丁晟率部突进，从鬼子兵和汪伪军的夹缝中“钉”进了天瓢岛，这枚“钉子”一下子刺进了鬼子兵的腹部，成为他们的心腹大患，他们果然从四面八方调集了大部队，沿着大纵湖四周湖岸围拢起来，准备歼灭这股“钉子”部队。

可是鬼子兵的牙口不好，丁晟所率的独立营是一枚极其难啃的“钉子”。首先是鬼子兵的小汽艇进不来，大纵湖南部和西部的鲤鱼河、中引河和大溪河是它主要的进水河道，东北部的蟒蛇河是它的主要出水河道，为配合丁晟的独立营守住天瓢岛，新四军三师九旅调集了参战部队与当地抗日游击队一道，在河道沿岸设伏，并且在河道中设置了多处暗桩，小汽艇进不了大纵湖。鬼子兵急了，从淮安机场调了飞机前来轰炸，但一方面三师九旅进行了严防，另一方面，即使有飞机冲过防线，飞临到天瓢岛的上空，独立营的战士依托“芦苇迷宫”做掩护，敌机找不到具体目标，只能在岛上来回盘旋，对着芦苇丛乱扔炸弹，炸弹炸得很热闹，但伤不了独立营的筋骨。当然，鬼子兵也投过汽油燃烧弹，但丁晟他们上岛时正值春夏之交，芦苇青青、水汁饱满，燃烧弹的效果不明显，况且大纵湖不缺水，前面刚燃着火苗后面就被扑灭了，大火哪烧得起来。

没有小汽艇，也没有飞机，等于捆住了鬼子兵的手脚，他们急得哇哇叫，也派出过多批水鬼兵来骚扰过，可是水鬼兵派出一拨被干掉一拨，派出两拨被干掉两拨，就是近不了丁晟他们的身。鬼子兵还准备用炮轰，同样因为水路过不了大炮，只能用轻便的迫击炮瞎轰，炮弹落在岛上，虽然薅掉点芦苇，就像从密发中揪下一小绺头发，影响不了大局。鬼子兵没办法，只得困守。为切断丁晟他们与外线部队的联络，鬼子兵将苍田中佐的情报大队推上了火线，情报大队就驻扎在大纵湖南岸的大刘庄，对了，大刘庄就是我爷爷刘先旺住的那个庄子。敌我双方对峙僵持中，守岛的独立营很是悠哉游哉，他们就在鬼子兵的眼皮底下，下湖捉鱼、生火做饭，这哪像打仗啊，跟到马尔代夫的小岛上度假似的，鬼子兵看着他们，却毫无办法。

直到苍田中佐祭出了“法宝”——请来了鬼子兵的王牌狙击手雄田健二，他的到来，给新四军独立营带来了极大的麻烦。

三

我奶奶田荷花碰上了一桩麻烦事。当然，她碰上麻烦事的时候，还没有成为我的奶奶，我爷爷刘先旺那会儿正荷尔蒙四溅地狂追着田荷花。

在我们大刘庄，谁都明白，癞蛤蟆想吃天鹅肉，说的就是我爷爷刘先旺追田荷花的那档子事。这是明摆着的门不当户不对，我爷爷的父母死得早，他是孤儿一个，除了拥有十二只水老鸦和四处漏风的两间土墙茅草“丁头府”外，别无任何值钱的家当。而田荷花则不同了，田家豆腐坊在大刘庄苦心经营多年，家底早就厚实了，田荷花的父亲也就是田家豆腐坊的掌柜田大茂，就看不上我爷爷，这符合他的价值观。况且，田荷花自小就与大刘庄头号大地主陈茂财的儿子陈大富定下了娃娃亲，人家陈大富现在是“和平军”电台中队的中队长，鬼子苍田中佐跟前的红人，我爷爷拿什么去跟他争？

但我爷爷不死心，他从来就没把陈大富看在眼里。那个鸟人，迟早会吃枪子儿。我爷爷经常在心里这么念叨，没想到的是，念念不忘，必有回响。他的念叨却是一个极为精准的预言，在鬼子兵投降的一九四五年，陈大富还真的被国民政府以汉奸罪给枪毙了。我爷爷这一生中也许是他唯一一次准确的预言，被他津津乐道了一辈子。我不知道我们大刘庄究竟有多少人听我爷爷刘先旺讲过这神奇的预言故事，反正我自小就是听着这个故事长大的，一点儿也不夸张。

唯一让我爷爷感到不安的是那个叫老克的人。老克瘦高个儿，立式板寸发型，眼睛特别明亮，人看起来很精神。他说起话来慢条斯理，身上不管穿什么衣服总是那么干净得体。这让我爷爷看得很不爽，但有什么办法呢？人家是田荷花的远房表哥，大老远跑来给田家豆腐坊打长工，田家豆腐坊原先是有一头大青骡的，那是田大茂花了二十块大洋从城里牲口市场买回来的，在田家豆腐坊已经服役了好几年。当鬼子兵追着丁晟率领的新四军独立营进驻到大刘庄后，田大茂担心大青骡会成为鬼子兵的美餐，他听到鬼子兵要来大刘庄的风声后，赶紧将大青骡赶到了兴化的一个亲戚家寄养起来。没了大青骡，豆腐还得照做，大青骡的工作就由老克给顶上了。如此一来，老克推磨磨豆浆，田荷花往磨孔里倒黄豆、生火煮豆浆，两人终日厮守在一块，我爷爷能不着急吗！

着急也没有用，我爷爷除了送鱼去换点豆腐，或者捞点热豆浆喝外，没机会在田荷花面前表现啊，我爷爷急得团团转。但老天还是没辜负了我爷爷这么个有心人，那天，他得知田荷花害了疽背，我爷爷也得过那是个要命的皮肤病，不及时看的话，能把皮肉给穿透。大刘庄原先有一个行医的老中医，人们叫他刘老先生，这刘老先生脾气很怪，心情好的时候，和善可亲，穷人们去看病抓药，他能分文不取，脾气一坏起来，谁也不待见，就是盐城县的县长老婆生病了，请他去出诊，他都不去。鬼子兵来了后，刘老先生索性不再行医，把医书都给烧了，把家中无毒性的中药全扔到了大纵湖喂了鱼，有毒性的中药则深埋到了地下。

如此一来，我奶奶所害的疽背除了去外地治，在大刘庄是没人给治了。不过这正是我爷爷在田荷花面前表现的机会。我爷爷当然不会治病，他除放水老鸦拿鱼外，我并不知道他还有别的什么特殊技能。但我爷爷会整合资源啊，驻守在大刘庄的鬼子兵中有一个女军医叫中村洋子，又瘦又高，皮肤白得吓人，偏又喜欢涂脂抹粉，嘴唇画得跟血盆似的，我爷爷暗中叫她“画皮女鬼”，她是苍田中佐的手下。我爷爷有信心能请出“画皮女鬼”给我奶奶治病，这倒不是他与“画皮女鬼”有啥交情，而是苍田中佐把我爷爷看成了他的朋友。这要命了，我把我爷爷的这个秘密和盘托出时，你们一定认为我爷爷是个汉奸是吧？不过你们误会我爷爷了，他不是个汉奸，他没做过伤天害理的事情，这点我可以保证。

准确地说，不是我爷爷刘先旺跟苍田中佐交朋友，他也交不上，而是倒过来了，是苍田中佐把我爷爷视为朋友。记得那年鬼子兵进驻大刘庄时，就有两名鬼子兵端着刺刀要去扎我爷爷豢养的水老鸦，水老鸦倒是很有血性，它们没一个惧怕刺刀，竟然用它们尖利的喙跟鬼子兵的刺刀干上了，那两个鬼子兵很年轻，好奇心很强，一瞧水老鸦跟他们干仗，这两个家伙兴奋起来了，索性就逗起了水老鸦，人鸦大战正斗得起劲，苍田中佐过来了，两个鬼子兵见长官来了，不敢再逗下去了，准备玩真的，估摸着他们想把这水老鸦干掉孝敬长官呢。岂料他们正举枪准备射杀水老鸦时，苍田中佐暴跳如雷，冲过来就给这两个稚气未脱的鬼子兵各甩了两个响亮的耳刮子，然后叽里呱啦对这两个鬼子兵一通臭骂。骂得两个鬼子兵面面相觑，不知道犯了啥条令。骂完后，苍田中佐走到怔在当场的我爷爷面前，用熟练的中国话问："这是你的？"

我爷爷连连点头："是，是我的。"

苍田中佐拍了拍我爷爷的肩膀，肥硕得像个小冬瓜的胖脸上挤出了笑容，他一笑，鼻子下面的仁丹胡上升了有一厘米的高度，他很亲昵地问我爷爷："你的，什么名字？"

"我叫……刘先旺。"

苍田中佐把"刘先旺"反复念叨了好几遍，算是记住了。然后他走到还笔直站在他身后的两个鬼子兵面前道:“刘桑,我的朋友,你们谁也不许伤害。”苍田中佐是用中国话说的,他是故意说给我爷爷听,估计那两个小鬼子兵听不懂中国话,但他们从苍田中佐的表情上可以看得出来,这刘先旺惹不得了,包括他的水老鸦也惹不得了。

我爷爷后来才知道,这苍田中佐并不是因为他是刘先旺才放过他一马,而是因为他豢养的十二只水老鸦起了作用,苍田中佐是看在水老鸦的面子上,与我爷爷刘先旺交上了“朋友”。

大纵湖盛产湖鲜,尤其是那头大身子粗的大头鲢,苍田中佐就好这个,鲢头炖豆腐,多鲜美啊。苍田中佐还有一个怪癖好,这大头鲢叉上来的不吃,网上来的不吃,他就爱吃水老鸦拿上来的。水老鸦活捉大头鲢时,大头鲢哪服气被它们拿啊,就在它们嘴里玩命地直蹦,发起了拼死抵抗,这一蹦,就把它们所有的活力都蹦出来了,所以被水老鸦拿上来的大头鲢,比网住的、叉住的大头鲢都凶,而将这活蹦乱跳的大头鲢鱼头一剁,往锅里一放,大火烧沸、细火慢炖,那味道就一个字——美。我爷爷记得苍田中佐第一次吃他的水老鸦拿上来的大头鲢时,竟然流泪了,没错,他就是流泪了。苍田中佐说,我爷爷用水老鸦拿上来的鱼让他想起了老家奈良川,他父亲就是奈良川上放水老鸦的人。

仗着“朋友”这层关系,我爷爷把田荷花的病情一说,这苍田中佐挺爽快,立即把“画皮女鬼”给叫了过来,吩咐她去给田荷花治病。苍田中佐还拍着我爷爷的肩膀笑道:“刘桑,你不用担心,洋子的医术一流,田荷花的,一定会大大的感谢你。”苍田中佐的中国话怎么说得这么顺溜,我爷爷很纳闷,除此而外,他还纳闷另一件事，他从没在苍田中佐面前表露过自己喜欢田荷花的事，因为陈大富是苍田面前的红人，他哪敢提这档事。但苍田中佐是怎么知道的，他有读心术？想到这儿，我爷爷吓出了一身冷汗，这苍田不可等闲视之，这家伙鬼精得很哩。

我爷爷领着“画皮女鬼”往田家豆腐坊走时，正碰上来找苍田的陈大富，陈大富一看他们俩在一块，愣了一下。随即，他明白了，我爷爷这是领着女军医去给田荷花看病呢。他不冷不热地说了句：“刘先旺，你可别找麻烦上身啊。”

我爷爷白了他一眼，闷声道：“我不领她去给荷花看病，才麻烦呢。”

陈大富看了一眼“画皮女鬼”，摇了摇头，走开了。

不幸的是，还真被陈大富言中了，“画皮女鬼”的到来，引起了田荷花的极度不满，她先是绷着脸推说自己的病不打紧，有家传偏方可以治，不劳这军医费心，“画皮女鬼”咧着猩红的嘴笑，就是不走，田荷花后又抗拒治疗，找各种借口要把“画皮女鬼”给支走。可这“画皮女鬼”却像张狗皮膏药，黏上了田荷花，撕也撕不开，这么说吧，田荷花就是上个茅房，她也得在茅房外守着。

治疽背一天哪成啊，每天都要换药，这“画皮女鬼”就每天登门，换好了药也不走，就在田荷花家看着老克和田荷花磨豆腐，有时还抢着往磨眼里塞黄豆，还不时找话题跟老克聊天。“画皮女鬼”的中国话也说得很顺溜，跟老克他们交流一点也没有障碍。我爷爷那些天也像打了鸡血，像个功臣似的也天天往田家豆腐坊跑，田荷花见到我爷爷来就头疼，倒是老克见到我爷爷仍是笑嘻嘻的，我爷爷就一脸傲慢地跟老克说：

“这军医可是我请来的。”

“是，是你请来的。”老克一边推磨一边笑着回答。

“没我把军医请来，荷花的病就没法治。”

“是，你不请军医来，荷花的病就没法治。”

“你看，军医来治了几天，荷花的脸色就好多了。”

“是，军医来治了几天，荷花的脸色就好多了。”

这老克推磨的手脚不停，脸上的笑容不变，他一直重复着我爷爷的话。

我爷爷有点恼，恼过了又乐了。他转而对“画皮女鬼”说：“傻子才学舌呢，这小子就跟傻子差不多。”

“画皮女鬼”看了老克一眼，似笑非笑地说：“是，傻子才学舌呢。”

“画皮女鬼”也在学舌，我爷爷一愣，没法往下说了。

我爷爷尴尬地转了转，想跟正在灶间添火煮豆浆的田荷花搭讪两句，田荷花头往别处一扭，没理他。我爷爷讨了个没趣，他掀开锅盖，拿碗舀了碗还没烧开的豆浆，“咕咚咕咚”一口气喝了下去，喝完豆浆，他掀开衣襟抹了抹嘴，然后从鱼篓里取出两条大头鲢，往灶旁的水缸里一扔，无趣地走了。

田荷花在后面跳着脚骂：“刘先旺，你个狗日的，你弄两条脏鱼，把我一缸水都搅浑了。”

我爷爷在前面边走边咧着嘴笑，这闲人的气多，病人的气也多，田荷花这么一发火，病毒就发出来了，嗯，病肯定好得快。我爷爷就是这么想的，所以他不在乎田荷花叫骂，田荷花骂得越凶越好。没办法，我爷爷就是这么个欠骂的人。

我爷爷跟我讲这段往事的时候，我一直不明白，他好心地给我奶奶田荷花请来了医生，我奶奶咋就不领情呢？我拿这个问题问过我奶奶，我奶奶跟我说，你爷爷是好心办坏事，这“画皮女鬼”哪是来给我治病的呀，实际上是来暗中监视老克的，想从老克这儿刺探情报。我奶奶还说，这鬼子苍田中佐号称有“四大金刚”，第一个就是王牌狙击手雄田健二，第二个是这女特务“画皮女鬼”，再一个就是负责电台的陈大富。我奶奶说到这儿时停住了，我爷爷正从外面晃荡着向屋里走来，我没管我爷爷。我着急问，奶奶，还有一个呢？

“就是他。”我奶奶指着我爷爷，悄声说，“就是你爷爷。”

我张大了嘴巴，表示震惊，非常震惊。前面的三个都说得通。可把我爷爷说成苍田中佐的“四大金刚”之一，我怎么也不能接受。这确实难以接受，一接受，那我爷爷不就成了地地道道的大汉奸了，如果这被坐实了，那我还怎么在我的同学陈平安面前抬起头来呢？

四

陈平安踌起来了。踌是我爷爷经常用的一个字，他说他豢养的水老鸦，在岸上走路跟鸭子一样，两条腿一踌一踌的，趾高气扬，除了把我爷爷放在眼里外，其他一切都不放在眼里，包括曾经拿枪跟它们斗狠的鬼子兵。好牛掰，是不是？

踌，在我们这一带，也常用于形容一个人。比如，这个人好踇啊，那意思就是说这个人很狂，目中无人。陈平安的踇，无处不在。可以从话语中流淌出来，可以从眼神里喷射出来，也可以从走路生风的姿势里飞奔出来。我有点不适应了，很不适应。什么人哪这是，从前他在我面前总是唯唯诺诺、恭恭敬敬的，这才几天啊，就踇成这样了，我不适应。

陈平安是我从小学到中学的同学，他跟我一般大，我们两家挨得近，上学放学几乎形影不离，在外人眼里，我们当然是好得不能再好的发小。但在我们内部，却是阶级立场极其分明的，这么说吧，我一直自视我为“红三代”，陈平安是我眼里的“黑三代”，因为陈平安的伯爷爷也就是被鬼子苍田中佐视为“四大金刚”之一的陈大富的缘故，我给他起了个“小汉奸”的绰号，而且我还买一赠一，额外赠给他一个“小金刚”的绰号。至于叫他“小汉奸”好呢，还是叫他“小金刚”好呢，那要看我的心情，也要看陈平安的表现。

当然，那个时候我还不知道我爷爷刘先旺也是苍田中佐的“四大金刚”之一，这是个秘密。抗战胜利后，我们大刘庄就没人提及这事儿。因为我们大刘庄所有的人都认定，大刘庄只出了一个汉奸，那就是陈大富。

陈平安开始踇起来，是从他听了他爷爷陈二富讲的一段往事后开始的。

我们大刘庄北面依傍大纵湖，庄子的中间有一条大路，拿现在的眼光看，其实并不大，也就能容纳两辆汽车勉强擦肩而过罢了。这条路南北通贯，南面通向出村的大路，北面通向大纵湖最大的一个水码头。这条路有个仙风道骨的名字——逍遥路。据说大刘庄在道教鼎盛的明代，出过一个庄主，是个道教中人，开路时就取了这么个名字。这条逍遥路成了大刘庄的中轴线，随着大刘庄的人丁兴盛，路两侧就陆陆续续地盖起了房子，日子过得好的人家，把房子盖在路边，一溜儿的青砖黑瓦房，墙的山头建起了高大的徽派马头墙，靠路的一面破墙开起了搭子店，有布庄、药房、肉铺，还有个小钱庄。

大刘庄是个讲究秩序的地方，你从庄名就可以看得出来，我们这地方东边靠着黄海，先民们曾靠海吃海，在此升起大灶煎煮海盐，于是我们这儿就出现了许多以“灶”命名的地方，比如头灶、二灶、三灶等等，我们大刘庄就属过去的七灶乡管辖。这灶的顺序是由北往南排列的，秩序感很明显是不是？先民们煎煮出的海盐，得有仓库来放，过去海盐是官营，官府就把存放海盐的仓库按东南西北来命名，我们大刘庄过去就是一个大盐仓，处在西边，直接就被命名为大刘庄，这个村庄名一直沿用了好几百年，现在村组合并了，没有这个庄名了，但我们这个庄的人们还是习惯对外面宣称，我是大刘庄的。

逍遥路的东侧，是富户集中的地方，一字排开大刘庄头号大地主陈茂财家开的钱庄、布庄，接下来依次是田家豆腐坊、柏家大麦酒坊，还有刘老先生的中药房，路西侧则是平民的住家和开的店，西侧中段有个类似于现在的农贸市场，我爷爷就经常把鱼摆到那儿去卖，他的茅草土屋盖不到路边上，要沿着路西的一条东西逼仄长巷走上老远，走到靠近最偏远的晒麦场的地方，那才是我爷爷的家。

十多年前，逍遥路修建成水泥路。而在我小时候的记忆中，逍遥路是用麻石铺成的路。那可是极有讲究的，你想啊，苏北里下河平原一马平川，看不到一块石头，物以稀为贵，我们这儿能用麻石铺路，能算不上讲究吗？你肯定要问，这麻石从哪儿来的。其实答案很简单，我们这儿产海盐的那阵子，盐商从大刘庄将白花花的海盐用船运出去，回来的时候，船空了，为了压住风浪，盐商就会沿路采购些石头作为压舱石，这石头运来后，盐商让苦力将石头抬上岸，腾空船后再运盐，而抬上岸的石头，有的铺了路，有的盖了房子，还有的被石匠雕成石狮子，摆放在大户人家的门口。听我爷爷说，陈大富的老宅，就有一对近一人高的石狮子，高大威武，我爷爷曾试图举过，但别说举，就是撬它，也纹丝不动。

话题好像扯远了，那就收回来吧。再说回这条逍遥路，在我小的时候，这麻石路在中间一段有百十米的地方中断了，泥土裸露了出来，一下雨，这段泥水路就特别难走，不让你踩一脚泥绝不罢休。长长的一条路，为什么就这块地方没铺麻石，我曾经就这个问题问过我爷爷，我爷爷就长叹一声，喃喃地说："这都是陈大富老子陈茂财作的孽啊。"

恕我赘言，要说起这段"断头路"，我还得啰唆一阵子。还是从水码头说起吧，我爷爷刘先旺下湖放水老鸦捕鱼时，都是从那个水码头上下的，他的小划子船也常系在水码头上。水码头从岸边挖了土台阶，一直下斜到大纵湖里，用伸出的跳板延伸进湖面，约有五六米的样子。水码头东侧不远处的河坡里有一块平地，庄里的人称它叫"鹤落仑"，据说过去有仙鹤在此栖息过，地名也就这么叫起来了。鹤落仑原先长满了茂盛的芦苇和荒草，鬼子兵进驻大刘庄后，苍田中佐指挥人砍掉了鹤落仑上的芦苇和荒草，别出心裁地盖了间小木屋，小木屋里搞了间桑拿房，你没看错，的确是一间桑拿房，据说这个点子是陈大富出的。鬼子兵沿大纵湖岸边团团围住天瓢岛后，敌我双方进入了胶着状态。这鬼子兵倒挺会享受的，自打这间桑拿房建起后，他们就经常过来蒸桑拿，蒸好了，冒着热气的身子往大纵湖里一跳，真畅快。苍田中佐几乎每天都来蒸，他还拉着我爷爷蒸过，我爷爷不识好歹，蒸了一会儿就感觉出不来气了，说多难受就有多难受。

“画皮女鬼”也爱蒸桑拿，这可是一件了不得的事。男人们脱得光溜溜的还说得过去，我爷爷年轻的时候，就是光溜溜地下湖游泳、洗澡，大刘庄的男人也大多是这样。但“画皮女鬼”也脱啊，而且不避嫌地脱，脱得只剩下两根遮羞带（我爷爷的原话），白花花的肉体就露出来了，更要命的是，这白花花的肉体与众多鬼子兵或黑或黄的肉体混在一块，特别醒目，有忍不住的鬼子就到那白花花的肉体上乱摸乱揉，“画皮女鬼”不以为意，任他们又摸又揉。可他们后来不敢乱摸乱揉了，不是鬼子兵自觉了，也不是他们荷尔蒙下降了，而是谁敢摸揉那白花花的肉体，雄田健二就会教训他一通，别看雄田健二瘦弱，拳头的劲大得很，教训了几个鬼子兵后，他们就老实了，只能对着“画皮女鬼”白花花的肉体直咽口水，再也不敢放肆地摸揉那白花花的肉体了。

好了，有了桑拿房，得有燃料和滋生蒸汽的石头对不对？燃料现成的，鬼子兵拆的大刘庄人的门板、船板呗，石头呢，就是撬了逍遥路上的一段麻石，砸碎了，桑拿房的设施就齐全了。据我爷爷说，撬麻石也是陈大富出的鬼点子。对这一点，我不是太认同，鬼子兵又不傻，现成的石头踩在脚下，还要陈大富多此一举出点子？好吧，既然我爷爷刘先旺喜欢把一切坏事都往陈大富身上记，那就让他记去吧。谁让陈大富是汉奸来着。

事情就发生在小暑节气的那天下午。那个下午暑阳高照，阳光灿烂，大纵湖的水清碧澄澈，苍田中佐又来蒸桑拿了。坐在桑拿房里他可能觉得无聊，就让我爷爷放水老鸦下水拿鱼，他那双死鱼般凸起的眼睛，从桑拿房的木头缝里往外看。不知怎的，下水的水老鸦表现并不出色，拿了一个多时辰，才拿了几条大头鲢上来，我爷爷用一根杨柳枝将这几条大头鲢从腮里往嘴里串出来，大头鲢还在蹦跳，我爷爷就站着小划子船上甩了两甩，想让它们安稳下来。这一甩不打紧，突然“噗”的一声，勾连成圈的杨柳枝竟然断了，大头鲢从杨柳枝上逃脱了，趁机跃进了水里，不见了踪影。几乎与此同时，小划子船的后面不远处传来“啊”的一声轻叫，我爷爷一吓，回头看，却没看到人，但看到离小划子船几米远的地方，往上泛起血泡，殷红的鲜血把一小片湖水都染红了。奇了怪了，咋回事？我爷爷愣怔着看着手中空荡荡的杨柳枝，不知所措，脸上写满了沮丧的表情，大头鲢溜了，空着两手，怎么向苍田中佐交代？

好在苍田并没有追究我爷爷，相反，我爷爷沮丧地上岸后，他还主动过来拍了拍我爷爷的肩膀，脸上堆满了笑容：“刘桑，大大的精彩。”我爷爷莫名其妙，看着他光溜溜的光身子，联想到了大纵湖里又短又胖的罗汉鱼。我爷爷愣怔的当儿，感觉到身后有股冷气袭来，接着，一个人影从他身边晃了过去，“贱啊太君”，我爷爷轻呼一声，雄田健二扛着他那杆长得不能再长的枪，照例在地上寻宝贝似的，没理我爷爷，与我爷爷擦肩而过。

事情就是这么个事情，我爷爷从来没对我讲过，要不是听陈平安复述他爷爷陈二富的话，我压根不知道这回事。陈平安讲完后，我怔怔地看着他："这……这算啥事？"陈平安诡异地一笑道："刘颂，你是真装糊涂还是假装糊涂，这你还看不出来啊，鬼子在桑拿房里蒸是一个诡计，你爷爷当了钓饵，天瓢岛上的新四军中了计，派了个人来以你爷爷的小划子船作掩护，想悄悄潜过来端掉这个桑拿房，干掉苍田，没想到被潜伏在暗处的鬼子狙击手雄田健二一枪给打死了。"

我脸上有点挂不住了，我知道陈平安的分析有道理，甚至是无懈可击。但我哪能就这么承认呢，要是承认了，陈平安还不踛上天啊！我说我不相信鬼子有百步穿杨的功夫。陈平安说你不信也得信，事后苍田还给雄田健二庆了功。我问陈平安，你爷爷陈二富是怎么知道的？陈平安答，我伯爷爷陈大富就在场，这事是陈大富讲给我爷爷听的。

我还是不能相信。回去后，我将这事问起我爷爷。我爷爷脸色变了，他背负着两只手，微仰着头，在院子里来回转了几圈，我听到他嘴里在喃喃地说："还有这事啊，我记不得了，记不得了。"

完了！从我爷爷的动作和表情来看，这事肯定有的。这可咋办？陈平安得意地说："刘颂，从今天开始，你不许再叫我小汉奸，也不许再叫我小金刚，你要是敢叫，我就把你爷爷的这事抖出去，看你这个自称根正苗红的'红三代'怎么在同学们面前抬起头来。"

陈平安就从这开始彻底踛了，我拿他没办法，只能由着他踛。唉！

五

“哐，叮叮，咚咚咚，叮叮，咚咚咚……”

“哐哐哐，叮叮咚，咚咚叮，咚咚咚……”

这是在干吗呢？这是王家班的木工师傅在为我爷爷的大划子船打排斧呢。

什么是排斧？不要说你没见过，我也没见过。不过我爷爷在世那会儿，倒是津津乐道，乐此不疲地跟我描述打排斧的场面。他经常用这句话作开场白：“嗬，那场面热闹啊，真是热闹，比我娶你奶奶还热闹。”

其实，打排斧就是苏北里下河水乡俗称的“捻船”。也就是在一艘木船的船体完工后，需在船体各木板的板缝之间打上腻子，腻子是用桐油、石灰、麻丝捣制而成，船缝打上这种腻子，既不漏水，又黏结牢靠。为把腻子腻紧腻实，就需要在打腻子时使其受力均匀，这样才能打得实在，使用耐久。

打排斧的场面是激动人心的，一艘木船往往由数十人一手持凿，一手持斧，一致动作，把腻子打入木板缝中。为了保证动作的统一，节奏的整齐，用力的平衡，又由一人手执大锣指挥。打排斧时根据锣点的节奏，或快或慢，或强或弱，协同动作，其轰鸣声震耳欲聋，能传到数里以外，听起来很是威武雄壮。

王家班打的排斧威震大纵湖这一带。大纵湖一带水网密布、沟河纵横，稍为像样的人家都有一艘或大或小的木船，王家班的木工师傅们也就忙得很，小木船几乎就不接，只干大船的活儿。

一旦王家班子的排斧声传来，工地周围的四乡八邻都会像看大戏似的拥来观赏。据说新中国成立前，王家班的人有一次在大纵湖西岸边上修船，排斧声吸引来数百人围观，造成拥挤，堤坝塌陷，落水好几十人，有两个人被湖水淹死了。

我爷爷做梦都想不到王家班会给他造船打排斧，这全仰仗苍田中佐的“恩赐”。鬼子兵围住大纵湖后，实行禁船令，规定期限内不自己拖上岸的木船，无论大小，无论是谁家的，鬼子兵不讲任何情面，浇上汽油一把火就给烧掉，甚至还有几个偷偷下湖打鱼的渔民，被岸上的鬼子兵一枪给崩掉，很恐怖。而在大纵湖的南岸，只有我爷爷的小划子船例外，因为苍田要吃他豢养的水老鸦拿上来的鱼。鬼子兵横行大纵湖时，我爷爷的船成了唯一能下水的船。我时常在想，对于这段往事，我爷爷会不会骄傲呢？应该不会的，因为我爷爷提及这段往事时，他脸上没有骄傲的神采，我爷爷是个喜欢骄傲的人，说明这件事不值得他骄傲。

你们都知道了，我爷爷原先是有一艘小划子的，这艘小划子是我爷爷的爷爷传下来的，到我爷爷手中，已是第三代了。在大纵湖岸边居住的人，对船可是有感情很讲究的，这么说吧，你就是烧了他的屋也不能烧了他的船，要不然他会跟你拼命，烧屋自然也会拼命，不过比起烧船来，拼命的指数要低一些。

鬼子兵来了后，他们可不管大纵湖这一套讲究，他们说烧就烧，不光将没按要求拖上岸的船点火就烧，就是拖上了岸的船，他们也是想烧就烧，比如苍田中佐心血来潮建起来的那间桑拿房，就拆了好几艘船来当木柴给烧了，乡亲们想拼命，可是在鬼子兵明晃晃的刺刀、黑洞洞的枪口下，谁敢真扑上去拼命呢。跟鬼子兵还有什么道理好讲？

我爷爷的小划子船也被烧了，就是那个鬼子兵的狙击手雄田健二给烧的。

那天傍晚，我爷爷照例驱赶着他的水老鸦下湖拿鱼，我爷爷的小划子船上有盏马灯，高挂在竖在小划子船后梢的竹竿上。鬼子兵没来之前，我爷爷是舍不得点这马灯的，因为点马灯的煤油难找，鬼子兵来了后，苍田中佐大手一挥，送了一铁桶的煤油给我爷爷，而且一再叮嘱我爷爷，傍晚下湖后一定要点马灯，他说这“纵湖渔火”会让他想起奈良川，想起他老爹。点就点吧，反正不用自己的煤油。但不久就出事了，那天我爷爷正返航，突然“噗”的一声轻响，马灯底部储油的部分被一枚子弹打穿了一个洞，煤油就从马灯里流了出来，流进了船舱。我爷爷还没有回过神来，又是“噗”的一声轻响，挂马灯的绳子又被一枚子弹打断了，马灯“啪”的一声摔进船舱，外面的玻璃罩摔碎了，罩子里的火苗像刚被释放的囚犯，“呼”的一下，与流进船舱的煤油干柴烈火般相遇，船舱瞬间燃起了大火。大火刚起时，在船舷上各就各位的水老鸦还不知道咋回事，它们还挺兴奋，我们的主人大方了，点了这么大的一团火照着我们啊。后来火势汹涌起来，它们一瞧，不对劲了，船着火了。你别看这些水老鸦捕起鱼来在水中似凶狼恶虎，但嗜水的家伙都怕火，水火不相容嘛。它们惊慌起来，有的扑着翅膀跃入水中，有的就在船舷上扑翅膀，那翅膀掀起了风，火借风势，越燃越大，我爷爷手忙脚乱，不知道是舀水浇火好，还是整顿水老鸦队伍好。总之，他好一阵忙碌，总算把着了火的小划子船划到了岸边，先把那十二只水老鸦赶上了岸后，再看小划子船，已经被烧得没用了，成了一具残骸，船板散了架，就横七竖八地漂浮地大纵湖上。

我爷爷的船着火时，被炮楼上值班的鬼子兵看到了，赶紧将这一异常情况报告给苍田中佐，我爷爷失魂落魄地上了岸后，苍田中佐也带人来到了岸边。我爷爷跳着脚骂："哪个龟儿子把老子的船给打了！"我爷爷的眼睛都急红了，我爷爷已经顾不得什么苍田不苍田，小划子船毁了，我爷爷的半条命也差不多没了。

一个阴冷的声音从我爷爷的身后传来："是我打的。"

我爷爷一怔，这么多鬼子兵，只有雄田健二能发出阴冷的声音。

说着话，雄田健二从一堆芦苇丛的水中钻了出来，身上水淋淋的，简直跟水鬼一样。我爷爷吓得一激灵，虽已进入了盛夏，我爷爷还是感到了阵阵寒意。

"贱啊太君，你……怎么烧我的船？"

"叫我健二太君，我再也不想听到你叫我贱啊太君。"雄田健二竟然将中国话说得挺滑溜。我爷爷更感觉心一惊，这狗日的鬼子兵，怎么个个都会说中国话！

以前他总是"贱啊贱啊"地叫着，那是欺负他听不懂中国话，没想到这小子竟然听得懂，只不过没跟我爷爷计较而已。

"你凭啥烧我的船？"我爷爷怒气冲冲地问。

"我的，需要理由吗？"雄田健二冷冷地回了一句。说完，他不再理会我爷爷，扛着枪，大摇大摆地上岸走了。我爷爷更生气了，什么人哪这是，什么人哪这是，烧了老子的船，连声招呼都不打。我爷爷要冲上去拖住雄田健二辩理，准确地说是要干上一架。苍田中佐一把扯住我爷爷："刘桑，你不要命了！你的船被烧了，我再给你造一艘大大的船。”

“不，我就要我原来的小划子船。”我爷爷挺固执。

“刘桑，不给我面子？”苍田中佐也生气了，声音有点高了，透出了杀气。

陈大富也不知道从哪儿冒了出来，劝我爷爷：“刘先旺，你别给脸不要脸啊，太君给足你面子了，太君烧了大刘庄多少艘船，哪艘船赔过？”

“你死开去，哪轮到你说话！”我爷爷冲了陈大富一句，不过，他觉得陈大富这话说得有点像人话。

“刘桑，给不给我面子？”苍田中佐又催问。

一只上了岸的水老鸦，不知道哪根神经搭错了，竟然又回过头来大摇大摆地走到我爷爷面前，我爷爷一脚踏到了它肥硕的屁股上，水老鸦被踢飞出去好几米，我爷爷还不罢休，又捡了块土疙瘩扔过去，又打中了那只倒霉的水老鸦，水老鸦惨叫一声，扑扇着翅膀慌忙归了队。水老鸦聚在一起开会去了，你们人类不好玩，不可理喻，不陪你们玩了。水老鸦安定下来后，我爷爷拍了拍手上的灰尘，转头看了看大纵湖，借着暮色的光亮，小划子船被烧残的木头已经漂远了，我爷爷咬着牙，从牙齿缝里蹦出了一句话：“我就要王家班给我打的船。”

“可以，你的要求我可以满足。”苍田见我爷爷就范，他露出了一丝狡黠的微笑。其实，我爷爷心里还是不满意的，大船放到他面前，他还是觉得自己的小划子船好。可有什么办法呢？陈大富说得没错，别人的船被烧了，没见鬼子兵赔过一寸木板，对他已经算不错了，烧了一艘小划子，赔上一艘大划子，从经济价值来讲已经很划算了，我爷爷如果不答应，那他真不要命啦！

六

那个老克，哦，不对，是那个“娘娘腔”，别看他老实巴交的，没想到他也做了汉奸。我爷爷跟我讲起老克的时候，他脸上的表情很复杂，讲话的声音也不如以往讲故事时那么洪亮，好像在跟我说悄悄话。但他的话还是被我奶奶听到了。

我奶奶当时正在厨房做饭，锅里刚放了油和生姜，正噼噼啪啪地热闹着，不知她的耳朵怎么那么精，她竟然越过这噼噼啪啪的声音，听到我爷爷讲起了老克，她拎着锅铲就奔进了院子，我和我爷爷正对坐在院子里的那棵老银杏树下，我爷爷一边抽着水烟一边给我讲着他经历的往事。我奶奶从厨房里奔出来时，手中举着铁锅铲。我奶奶的脸色很不好看，我吃了一惊。我爷爷倒很机警，转过头见是我奶奶，他就笑笑：“荷花，咋啦？谁惹你生气啦？”我爷爷对我奶奶很温柔，这是他一贯的作风。

“刘先旺，你刚才说啥了？”

“我说什么了……噢，我正跟咱孙子讲故事呢。”

“你刚刚是不是说了老克是汉奸的话？”我奶奶咬着牙问，脸上乌云一片，是给刮点风就能下雨的那种乌云。

“我……我说了吗？没有啊……刘颂，你给爷爷做个证，我刚才真没有提到老克吧。”

“爷爷，你忘了，你正说到老克，你说老克是个大汉奸。”那个时候我才九岁，我尽管看到奶奶的脸色不对，但是我要做个诚实的孩子，我爷爷撒谎可以，因为他不是孩子了，我还是个孩子，我就不能撒谎。

我奶奶听了我的话后，用锅铲指着我爷爷：“刘先旺，我可告诉你，当着孩子的面，你要是再瞎放屁，我就把你赶出去，你信不信？”我爷爷看着我奶奶手中的锅铲，那是一把生铁锅铲，用的年代久了，铲子的端口已经磨出了锋刃，在阳光的照耀下，闪闪发光。我爷爷看来有点害怕，他还没开口说话，我奶奶又加了一句：“刘先旺，你听好了，不光当着孩子的面不许讲，你当着谁的面都不许讲，不许讲，就不许讲，听到没有？”

我奶奶气势汹汹，我爷爷只有点头的份儿。他一边点头还一边笑：“听到了，我记住了，还不行吗？你快去炒菜，锅子都快炸了。”

可不，奶奶在灶房里添的是晒干了的芦柴，易燃，火大，铁锅里真冒出了黑烟，我奶奶一看不妙，提着锅铲又进了厨房。我爷爷这才掉过头，似对我说又似在对他自己说：“好男不跟女斗啊，好男不跟女斗。”

我爷爷为什么会说老克是个汉奸？我奶奶又为什么会跳将出来强烈反对？

这两个问题折磨了我好多年。我多次问过我爷爷，我爷爷不肯说了，他知道我嘴里藏不住话，传到我奶奶耳中那可是凶多吉少。我也问过我奶奶，我奶奶也是没说，她只是反复跟我说了这么一句话：“老克是个英雄，不是汉奸，绝不是！”

这个谜团就一直存在我心底，就那么一直存着。

二十世纪九十年代初，我大学毕业进了地方上的报社工作。有一天，我接到陈平安给我打来的一个电话，陈平安那个时候还没有评上教授，还只是师范学院历史系的一个青年讲师。那天，陈平安很兴奋地跟我说："刘颂，我最近对新四军在大纵湖与日寇的战斗做了研究，有了重大发现。"

"啥发现？该不是又找到了证据，证明你伯爷爷不是汉奸了？"我故意调侃陈平安。陈平安的确是因他伯爷爷陈大富的事而对历史特别是近代史感兴趣的，这也难怪，自从陈大富是汉奸形成公论后，他弟弟陈二富可没少吃苦，吃的那些苦我就不说了，你们可以想象得出来。陈二富被批斗的事，陈平安没见过，但他听他爷爷一把鼻涕一把眼泪地说过，在他心中留下了深刻的印象，或者说是留下了一个沉重的阴影，所以那个时候，他对我给他起的"小汉奸""小金刚"的绰号敏感得一塌糊涂。

"刘颂，你有没有点儿正经啊。我说的不是陈大富的事，是老克的事。"陈平安提到老克，我兴奋起来，忙问："什么情况？"

"是这么回事，你听说过鹤落仑大战的事吗？"

"当然听说过啊，据说守天瓢岛的新四军独立营向大纵湖南岸的鬼子发起攻击，想突围而出，结果遭到鬼子兵的重兵伏击，突围惨败，伤了好几个人呢。"

鹤落仑战役我听我爷爷说过，他替新四军感到可惜，那天枪炮声响起时，他好奇地趴在岸边的芦苇丛中看，看到独立营的几十号人嘴里含着芦苇管，从天瓢岛出发，潜水越过"芦苇迷宫"，快到鹤落仑时，突然埋伏在芦苇丛中的鬼子兵枪炮齐响，双方发生了激战，战斗持续了约莫半个多小时，独立营的战士没打得成功，撤回去了，我爷爷看到水中有血水泛了起来，知道独立营有战士受了伤。

“刘颂，我告诉你，那天的突围，鬼子兵为什么有充足的准备？那是因为有人诱导了独立营，发出了假情报，让独立营上了当。”

“谁？谁出卖了独立营？”

“说出来也许你不信，就是被你奶奶当作英雄崇拜的老克，正是他出卖了独立营。”

“老克在南岸鬼子兵的眼皮底下，他怎么出卖的？”

“老克是新四军的‘指人译’，你晓得吧？他是新四军派出支援独立营的，他在鬼子的眼皮底下搜集情报，然后想方设法传递给独立营。独立营营长丁晟原先也是搞情报出身的，我查过他的资料，他曾在上海的译电员培训班学习过。正是老克传出了假情报，让丁晟上了当。”

“平安，你等等，老克的情报是怎样传递出去的？”

“你爷爷的小划子不是被烧了嘛，鬼子给他赔了一艘大划子，不是王家班帮助做排斧的吗。那排斧的节奏就是传递的情报。我报一组数字给你听啊。”

4344

4522

2234

1324

……

上面的这组数字是陈平安报给我的。虽然我对译电不了解，但我看得出来，这组数字就是摩斯密码。陈平安说翻译出来就是：

明日下午三时攻南岸突围。

“不是没密码本吗，你是怎么翻译出来的？”我很奇怪。

“我查了很多密码本，终于查到了一本跟这组数字对应的。‘指人译’是用大脑记密码，但不等于就没有密码本。我查到的可是一个孤本噢，很难见到的。”

“你这组数据是怎么得到的？”我问陈平安。

“嘿，这还不简单，我带学生去听了一场排斧表演，那节奏让我顿起灵感呗。”

“可是，排斧的节奏怎么会碰巧跟这组摩斯密码对应起来呢？”

“刘颂，这点得说到我伯爷爷陈大富，你别打岔啊。”陈平安停顿了一下，听我没打岔，他接着说，“我伯爷爷陈大富也参与了这次行动，他回来告诉过我爷爷陈二富。我跟你说过的，我伯爷爷陈大富精通音律，对音乐很是痴迷，要不是那场讨厌的战争，我伯爷爷肯定是位出色的音乐家。”

陈平安越说越离题万里了，我急得不行，急忙打断：“陈平安，你就别往海里说了，还是往老克身上说吧。”

“那天晚上，陈大富回到家后，就把当天听到的排斧用音律给记了下来，取名《王家班排斧曲》，这个《王家班排斧曲》后来被我爷爷陈二富给藏了起来，恰好又被我翻了出来。我带学生观看了排斧表演前，我特地带着我伯爷爷陈大富记下的《王家班排斧曲》去，结果发现不符合，难不成是我伯爷爷记错了，我一琢磨，就出现了这组数字了。”

接了陈平安的电话后，我心情久久不能平静。我推开窗户，站在窗前深呼吸了几口气后，我回到办公桌前，找出一张白纸画了画，把大体的脉络搞清楚了：我爷爷介绍军医“画皮女鬼”去给我奶奶治病时，我奶奶不是跟我说过“画皮女鬼”是个特务吗，估计老克是被“画皮女鬼”给策反了，这老克就投敌了。苍田中佐就指使狙击手雄田健二对着我爷爷船上的马灯开枪，故意放火烧了我爷爷的小划子船，然后请来王家班逼着他们按老克编排好的排斧曲做事，独立营营长丁晟正竖着耳朵听对面的动静呢，一听这传递过来的情报，以为上级下达了突围的命令，于是就组织突围，结果却中了苍田这家伙的奸计……

如此一来，那老克成了汉奸无疑是坐实了。可我那恩怨分明的奶奶为什么偏偏要把一个汉奸当成英雄来敬仰呢。我已经问不到我奶奶了，因为在接到陈平安这个电话的几年前，我奶奶就病故了。

七

二〇〇五年，抗战胜利六十周年。新四军抗战纪念馆收到了社会各界捐赠的一批新四军当年在苏北里下河地区抗战时用过的实物，有新四军当年使用过的马刀，也有新四军用过的军旗，新四军颁发的勋章等等，不一而足。一天下午，纪念馆的陈馆长打电话给我，他让我赶快过去一趟，说是他们收到了上海寄来的一批捐赠物品，其中有一个日记本，有可能解开当年鬼子兵王牌狙击手雄田健二的死亡真相。那些年，我为了解开老克、雄田健二的谜可没少麻烦陈馆长，囿于纪念馆所收集的资料有限，我去了多次，那些物品几乎都认识我了，但还是没解开这道谜。难得陈馆长还把我拜托的事放在心里，我很感激他。

那本日记竟然是独立营营长丁晟所写的。捐赠者是他的儿子丁抗战。这本日记是丁抗战在整理父亲的回忆录时发现的，日记是用圆珠笔写在一本糙纸本上的，糙纸本的纸质已发黄发脆了，我在陈馆长的帮助下，小心翼翼地打开了日记本。

日记本的前十多页，记录了丁晟率部征战鲁南、挥师南下转战苏北里下河平原参与新四军在盐城重建军部的大略经过，战争年代，也不可能每天都记日记，也没有那么从容的时间记日记，因此很多事，都是一笔带过。在丁晟日记本的第十七页至第二十二页，记录了他创建天瓢岛根据地与日作战的过程。在第十九页上，我看到了这么一段内容：

六月二十二日，傍晚。炊事班长老伍在生火做饭时，中了敌人的黑枪，第一枪打穿了老伍的肩胛骨，第二枪划伤了战士小孙的脖子。打伤老伍的子弹是贯通的，从前面穿进，从后面穿出，老伍竟然没感觉到自己被子弹打穿了，他也没感到疼，要不是有战士看到他后背上渗出血迹，提醒了他，他还不知自己被子弹给打了。子弹是从南岸打来的，隔了两千多米的距离啊，还隔着两道芦苇墙，敌人是怎么精确地打到老伍和小孙的？我很震惊，当即召开军事会议分析敌情，二连长孙国跃说鬼子兵可能有狙击手。鬼子兵的狙击手我在鲁南战场上见过，他们使用的是三八式改装的狙击步枪，一次只能填一发子弹，而且我也知道狙击手有一个铁律，绝不能在一个狙击点开两枪，可是从黑枪射来的角度分析，这两枪都是从同一个狙击点射出来的，难道鬼子有两个狙击手？鉴于敌情紧急，我做了三点布置：一是加强戒备，要求通知到每一个战士做好隐蔽，再也不许生火做饭；二是加强观察，尽快发现鬼子狙击手的位置；三是伺机干掉那个狙击手。

在同一页，又记了一则简短的日记：

六月二十三日，侦察班长向我报告，经过一天一夜的观察，没有发现鬼子的狙击手。

翻开去，背面连记着三则简短的日记。

六月二十四日，下午。负责放哨的战士小吴，在拨开芦苇移动位置时，不幸中枪，右腿被一枚子弹射穿。

六月二十五日，中午。战士小刘换岗时，又中了一枪，右胳膊被打穿。

六月二十五日，下午。二连三排长在巡岗时，被南岸射来的一枚子弹打飞了军帽。好险啊，再往下移一点，三排长就没命了。侦察班长报告，他们全班人集中在岛上的南沿观察，一直没有发现鬼子的狙击点。这倒奇怪了，我在鲁南见过鬼子兵的狙击手，开枪时都有火光啊，这鬼子兵开的枪咋一点都没有，这到底是啥枪？不管他用的啥枪，一定要把这家伙除掉！

从以上数则日记来看，鬼子兵的狙击手雄田健二对天瓢岛上独立营造成了很大的威胁，由于他的存在，岛上的独立营战士不敢生火做饭，怕升起的烟引来黑枪，也不敢公然下湖捕鱼了，那更加会暴露目标中黑枪，甚至不敢拨动芦苇，芦苇稍一动，同样会遭到黑枪！

接下来的一页记录了这么一段内容：

六月二十八日：鬼子在南岸建起桑拿房，已经有一阵子了。我们观察到苍田每天下午必来蒸桑拿，二连长孙国跃几次请战，要过去炸掉这帮王八蛋。我考虑到安全，一直没有同意。今天二连长孙国跃又来请战，我还是没同意，孙国跃急了，说我被鬼子的黑枪打怕了，当起了缩头乌龟。我被他一激，同意了他可以去试试，正好对面大刘庄有一个渔民，每天都放水老鸦下湖捕鱼，孙国跃就捆了几个手榴弹在身上，用塑料纸封好，他借着船体在前方的掩护，悄悄潜到南岸的近处，不料却被鬼子狙击手的黑枪给打了，孙国跃同志沉身湖底！这鬼子兵，你不管躲在哪儿，老子一定要把你找出来干掉！

从这页翻过去，下面的一则日记，则记着干掉雄田健二的内容：

七月十二日，傍晚。我们得到指人译的情报，里应外合，终于干掉了那个混蛋狙击手。

干掉鬼子的狙击手，丁晟就记了两行字。后面再也没有与此相关的内容了。

到底怎样干掉鬼子狙击手雄田健二的？

我着急起来，从头翻到尾，再也没见到与此相关的内容。在日记本的最后一页，用铅笔写了一行字：九七式狙击步枪，内置式弹仓，可连发五发子弹。

我和陈馆长面面相觑，陈馆长说：“刘记者，你看我也没用，答案不会写在我的脸上，这样吧，我们不妨打电话问问丁抗战，也许他知道些内情，上面留着他的电话号码呢。”

只好如此了。电话很快打通了，丁抗战听我说明情况后，他在电话那端想了想说道：“我想起来了，在我小的时候，家父曾带我去看过一次枪展，看到过缴获的日军对华作战时所用的武器，其中就有这种你们所说的九七式狙击步枪，我父亲对此很感兴趣，详细问过这种狙击步枪的性能，这段文字很可能是他回来后补记上去的。”

从纪念馆回来后，我查过日军狙击步枪的资料，在二战期间，日军共用过三种狙击步枪：第一种是三八式改装狙击步枪，也就是在丁晟日记中所写的他在鲁南战场见过的那种步枪，这是一种手动方式的非自动步枪，加装二点五倍率的光学瞄准镜，一次只能填充一发子弹；第二种就是丁晟日记中补记的九七式狙击步枪，内置式五发弹仓供弹，加装四点一倍率的光学瞄准镜，其精确射程为六百米，最大射程可达三千米；第三种是九九式狙击步枪，与九七式相比，使用时会产生火点，暴露目标。

我查到的这些资料，证实了丁晟的判断。我也可以断定，雄田健二使用的是九七式狙击步枪。资料显示，鬼子兵的狙击手在实施狙击时，一般都由两人组成，其中一个是观察手，而我回忆我爷爷跟我讲过的往事，他从来只说雄田健二是一个人活动，从来没见过他的助手。这说明雄田健二不光是一个出色的狙击手，而且极端自负，作战能力极强。细思极恐。

八

一九四四年七月十二日，雄田健二莫名其妙地死了。他的死，不仅很蹊跷，而且很窝囊。

雄田健二是在那间桑拿房里被一炮给轰死的，与他一同被轰死的还有那个被我爷爷称为“画皮女鬼”的女军医中村洋子。苍田中佐赶到时，中炮起火的桑拿房已经被抢先一步赶到的陈大富带人给浇灭了。桑拿房被烧得一片狼藉，两具焦尸缠到了一块，苍田中佐想他们分开，但是两人抱得太紧，费了好大的劲都没分开。苍田中佐气得直跺脚，干脆让人把两具焦尸架上火，继续烧，烧成了骨灰。然后找来两只青花瓷坛子，也分不清谁是谁的骨灰，就那么简单地捡分了一下，分别贴上雄田健二、中村洋子的标签，托回日本的鬼子兵捎回了日本。

让雄田健二死于非命的那一炮是从哪儿打来的？我爷爷生前没跟我说过这件事，还是我后来专程到上海采访原新四军独立营营长丁晟的儿子丁抗战时，他告诉我，他听父亲生前说过，鬼子兵的那个狙击手，是被鬼子兵的迫击炮给轰死的，那个迫击炮就架在大纵湖南岸边的芦苇丛中。

鬼子兵为何自摆乌龙，自己人炸死自己人？对于这个问题，丁抗战没办法解释。据说这么大的一件事发生后，苍田中佐处理得十分隐秘，他把陈大富带去的几个参与救火的汪伪军都给杀了。对留下一条命的陈大富，苍田中佐对他冷笑道：“陈桑，这事你知我知，如传出去，你的，死啦死啦的。”

结果，这件事真没有传开。要不是前段时间陈平安清明回老家祭祖时，偶然从他爷爷陈二富的老式木床底下翻出了陈大富写的日记，陈平安不知道，我也不会知道。陈大富的日记中详细地记述了这件事，末了，陈大富写了一个“刘”字，善于画画的陈大富还在“刘”字的后面画了一个竖起的大拇指。

“刘颂，我伯爷爷陈大富写下的这个‘刘’字，我估摸是你爷爷干的这件事，他在给你爷爷点赞呢。”陈平安猜测道。

我差点跳将起来，我当然希望我爷爷刘先旺能成为抗日英雄，可是这怎么可能呢！我爷爷那个性，干出这么大的事，他能不会整天挂在嘴上跟我说？我一下子否定了陈平安的猜想，尽管他的猜想充满了诱惑力，但我是个实事求是的人，我一直就实事求是，这是我坚持的风格，你别笑！

“刘颂，你别以为我是瞎猜测，我可是有依据的，当时跟鬼子兵要好的就只有你爷爷了。”

“陈平安，你可别话中有话啊，什么是我爷爷和鬼子兵要好？是那个苍田中佐喜欢吃我爷爷给他捉的鱼好不好，我爷爷那也是为了活命。还有，你伯爷爷陈大富不也跟鬼子兵要好嘛。”

“刘颂，你激动个啥！”陈平安笑看着我，笑容里有点不怀好意。

“好，我不激动，你说说你的分析吧。”

“我的分析是这样的。”陈平安侃侃而谈，他仿佛站上了讲台，而我则成了听他讲课的学生。他说，雄田健二为什么会去那间桑拿房？肯定是有人将他给引诱去了，那个女军医，也就是被你爷爷刘先旺称为“画皮女鬼”的女特务中村洋子，也是被人引诱过去的。之所以把他们引诱过去，就是想制造两人偷情被烧死的假象。

他们俩偷情，有这种可能。我爷爷不是说过那“画皮女鬼”去蒸桑拿时，鬼子兵喜欢抓揉她那白花花的肉体，而雄田健二总是跳将起来教训那些心怀邪念的鬼子兵，这个举动当然证明雄田健二暗中喜欢“画皮女鬼”，要不然，他凭啥这么激动，这么爱吃醋？

“可这与我爷爷有什么关系？”

“这也正是我苦思冥想的问题，刘颂，你再想想，你爷爷和你奶奶有没有跟你说过什么话？”

我爷爷和我奶奶跟我说的话多着呢，我脑子里飞快地旋转着，你还别说，我还真想起来了，我奶奶当年在世的时候，有一次因为我爷爷说的一句话提到了老克，且有大不敬的意味，我奶奶就跳将出来跟他吵，吵得没完没了。我爷爷急了，就说：“当年，你跟我打赌，说只要我敢偷‘贱啊’的长枪，你就嫁给我，我做到了。你怎么还没完没了地跟我吵。”

“这就对了，刘颂。”当我回忆起这段往事，陈平安的眼睛亮了起来，“枪就是雄田健二的命根子，被你爷爷偷走了，雄田健二就一路追了出去，一直追到了桑拿房，结果就被迫击炮给轰死了。”

“枪既然是雄田健二的命根子，我爷爷怎么偷得到？”

“刘颂，你爷爷不是经常往苍田中佐那儿去吗？雄田健二就住在我伯爷爷家的陈家大院，深夜里雄田健二睡着了，你爷爷偷了枪跑出来呗。”

我想起来了，我爷爷确实是经常往苍田中佐的住处跑，苍田中佐也住在陈大富的祖屋里，我爷爷捕鱼后上了岸，就会将活蹦乱跳的鱼送到苍田的住处。苍田规定过，这鱼从湖里弄上来后，就得立即送到陈家大院天井里的一个荷花池养起来。俗话说老虎也有打盹的时候呢，我爷爷趁雄田健二睡着了，把枪用布条一包偷出来也很合理。可是，雄田健二怎么会亲自去追？他怎么又知道偷枪的人跑到了大纵湖岸边的那间桑拿房呢？

“这雄田健二特立独行，狙击手都这样，仗着自己有天赋，不把别人放在眼里，雄田健二的枪不见了，当然会起身自己去找，至于为什么追到桑拿房，雄田健二肯定会想，偷枪的人会往哪儿跑，肯定是往天瓢岛上跑啊，他当然往水码头方向追。”

“平安，你这个推论太侥幸了，有不少要事先设定好，哪一步错了，都不行，不带这样推论的。”我觉得陈平安的推论里漏洞太多，会产生N个结果。

陈平安笑问：“我记得我们小时候看你爷爷下湖拿鱼，他到哪儿都拿着那根木橹，有这么长吧。”说着，陈平安比画了起来，那根木橹是有这么长，一米四五的样子。我爷爷的船上有竹篙，也有木橹。竹篙是在浅水处用的，到了湖水深处，竹篙探不到底，只能改木橹摇船。我爷爷说过，以前有人专偷木橹，于是我爷爷只要离了船，就把木橹给拆下来扛上，一方面防偷，另一方面也是他管理水老鸦的武器，谁不听话，就会来上一橹子。

陈平安见我沉思，他不慌不忙地掏出一根烟，给自己点上，然后又用不慌不忙的腔调说：“木橹跟狙击步枪差不多长，你爷爷偷了雄田健二的狙击步枪，应该是出于紧张，把木橹给扔到了现场，雄田健二一看这木橹就明白了，肯定是你爷爷偷走了他的枪。而且，你爷爷不是用黑布把枪给裹着了吗，这一裹，他大摇大摆地往前走，鬼子兵的哨兵见惯了你爷爷扛木橹的样子，就当作你爷爷扛的木橹，他们做梦也不想到你爷爷敢偷雄田健二的狙击步枪。”

陈平安的话刺激了我的灵感，我也从陈平安手中的烟盒里取出一根烟，点上，狠狠地吸了一口，然后将烟雾重重地喷了出来，烟雾在我面前舒展开来，像极了笼罩在大纵湖上的薄雾。等到面前的烟雾散了后，我对陈平安说："我明白了，我爷爷用的是狸猫换太子之计，他偷出了枪，雄田健二当然会紧追不放，也不会轻饶了他，他想好了退路，就是当雄田健二追上他时，他就会借口说自己乌灯黑火的，将狙击步枪当成木橹给拿了，再说还有苍田那小子给我爷爷撑腰呢，所以他认为雄田健二不会拿他怎样，算好了这一步，他才有胆子偷枪。"

"对了，刘颂，应该就是这么回事。"

"那个女军医又是怎么去的呢？"

"女军医不是帮你奶奶治过病吗？"

"是的，她治病是假，来监视我奶奶家帮工的老克是真。"

"这就对了。"

"又对什么呀？"

"雄田健二死的那天，女军医不是帮你奶奶治病吗，你奶奶肯定会把她往哪儿引，假如她来个借口，就说要到桑拿房尝个鲜，她白天不好意思去，就晚上去，那女军医正收拢人心呢，肯定会带着你奶奶去。"

"去了，又能咋办啊？我奶奶也动不了手啊。"

"这很简单，不是还有那个老克吗？老克肯定守在桑拿房，待女军医领着你奶奶到了桑拿房，早就潜伏此处的老克弄昏了她。等你爷爷把雄田健二引到水码头后，老克他们故意在桑拿房里弄出点动静，雄田健二肯定要去查看，一进门，就被早有防备的老克弄昏了，然后把两人绑了个结结实实。”

“既然要弄死他们，直接杀死就算了，为何还要先弄昏再用迫击炮轰呢？”

“刘颂，你不动动脑筋想想，他们一死，苍田中佐肯定要验伤，无论是拿刀扎死还是拿枪打死他们，苍田能验不出来？这雄田健二与中村洋子都是苍田的心肝宝贝，他们俩被人弄死了，他能不暴跳如雷？到时，遭殃的是咱大刘庄的乡亲啊。这个局设计得很高明，让鬼子哑巴吃黄连，有苦说不出。”

陈平安的分析，虽然带有强烈的个人色彩，但确实很符合逻辑。这么说，我爷爷、我奶奶还有老克设了一个局，弄死了雄田健二与中村洋子。

我突然又冒出了一个问题：“陈平安，我记得你说过老克不是投敌了吗？怎么又成了你这次推理中的英雄了？”

“我低估了老克。”陈平安说，“老克不是被中村洋子策反了，他是故意投敌，就像三国时的黄盖一样。鬼子对他的突然来投，起初应该是不放心，后来老克搞了一出排斧号声传递情报的戏，让收到情报的丁晟率部攻打南岸，为的就是辅助老克赢得鬼子兵的信任，而他之所以要打进鬼子的内部，首要的任务就是除掉鬼子兵的狙击手雄田健二，你想啊，你奶奶为什么打赌让你爷爷去偷枪，一定是老克预先布好了的局。”

我不得不佩服陈平安的推理能力。陈平安还从公文包里掏出了一个本子，他翻开，一组数字跃入我的眼帘。陈平安指着这组数字道：“这组数字我曾经在电话里念给你听过，我后来对照那个密码孤本验证过，我发现我原来的破译应该有点问题，我原来给你破译的是：明日下午三时攻南岸突围。但经过验证，还有‘34’这两个数字漏译了，如果把这两个数字代入进去，全文应是：明日下午三时佯攻南岸突围。”

“这么说，新四军独立营起了外合的作用，而老克、我奶奶、我爷爷则起了里应的作用，是这样的吧？”

“不，还有一个人。”

“谁啊？不会是你爷爷陈二富吧？”我故意调侃陈平安。

陈平安头摇得像个拨浪鼓，笑道：“不是我爷爷陈二富，是我伯爷爷陈大富。”

“去你的，又想着给陈大富翻案。”

“刘颂，我不是翻案，事实应当就是如此，你想啊，鬼子兵的迫击炮为什么会轰到那间桑拿房？我伯爷爷陈大富当天晚上不是值班巡逻吗？当然会走到沿岸那个迫击炮的位置，守迫击炮的只有一个鬼子兵，据陈大富私底下跟我爷爷陈二富讲，那个守迫击炮的鬼子兵因为对中村洋子非礼动过手脚，被雄田健二教训了一通，他一直怀恨在心，那天晚上，他看到雄田健二与中村洋子进了桑拿房，恨从心头起，怒向胆边生，一不做二不休，开了一炮，轰死了这对偷情的男女，而后自己开枪自杀了。”

我又抽了一根烟，沉思起来，陈平安的推理的确丝丝入扣，如果把这些推理罗列起来，整个就是一张网，一张网住雄田健二顺便干掉中村洋子的惩罚大网！

顺着陈平安的思路，我脑子里出现了这张网，而且浮现了实施整个行动计划的路线图：为了除掉雄田健二，老克假装被中村洋子策反，并且通过传递所谓的情报，在丁晟率部佯攻的配合下，取得了苍田的信任。而我奶奶则通过我爷爷的便利条件，把雄田健二引到了桑拿房，因为雄田健二平时特立独行，设伏的狙击点也不为外人所知，要在鬼子的眼皮子底下干掉他，必须把他引到预设的地点，而陈大富则配合着老克的行动，他利用巡逻的机会预先干掉了那个守着迫击炮的鬼子兵，伪装成他自杀的样子。他要干掉这鬼子很容易，他有很特殊的身份，鬼子不会对他设防。干掉鬼子后，他算准目标，朝桑拿房开炮，并将开炮现场伪装成鬼子兵自己干的，干了后又因害怕而自杀了。如此一来，自己人干掉了自己人，苍田还有什么话说，当然只得打落门牙往肚里咽了。

我将路线图从头脑中扯了出来，陈平安边听边点头。听到最后，他补充了一句："桑拿房是我伯爷爷建议建起来的，他应该事先算好了炮弹的落点位置，要不然，哪能打得那么准。"

陈平安补充的这句话，突然警醒了我。他言下之意，自打陈大富提议在鹤落仑建这间桑拿房时，就是布这个局的开始。但我转念一想，我会不会落进陈平安设下的思维陷阱啊，如果这路线图是正解，那陈大富不成了抗日英雄了？那他陈平安不就彻底给陈大富翻案了。想到这儿，我突然冒出一句："陈大富既然有功，怎么还会被以汉奸罪给枪毙了呢？"我发现我的心眼真小，多少年过去了，我一直压制着不想陈平安给他的伯爷爷陈大富翻案，过去是，现在还是。

"刘颂啊！"陈平安将飘向远方的目光回投到我的身上，"人都是有千面的，谁也不会把谁彻底看透，我跟你在一块，别以为就我们俩，其实有'五个人'在场呢，你别朝我瞪眼睛，我说出来你就明白了，‘五个人’就是你以为的你、你以为的我、我以为的我，还有我以为的你、你以为的你。这‘五个人’交错起来，你说你能看透我，我能看透你吗？”

我被陈平安绕来绕去的话给绕晕了。想想，觉得很有道理。看来，这小子不光精通历史，还精通起哲学了。几句话，就把陈大富送进了哲学的境界。

我正准备说什么，陈平安一摆手，接着长叹了一口气，道：“枪毙我伯爷爷的是国民政府，你想啊，我伯爷爷暗中给共产党干事，国民党能开心吗？”

这话又有道理，我竟然无话可说了。

九

二〇一五年九月，中国举行纪念中国人民抗日战争暨世界反法西斯胜利七十周年盛大阅兵活动。这一年，也是我在报社工作的第二十个年头，我所供职的这家报社，创办于新四军在盐城重建军部的这一年，当年是新四军创办的一张军报，后来改为地方党报。报社设立了报史馆，珍藏了一批创办初期的报纸原件，在一九四四年七月二十日这天报纸的头版，发布了一则《大纵湖南岸大捷》的消息：

七月十五日，在苏北大纵湖天瓢岛建立抗日根据地的我九旅直属独立营，在营长丁晟的率领下，与我九旅二团、四团、九团里应外合，对驻扎在大纵湖南岸的日伪据点进行分纵合击，一举击溃日军小野联队，击毙日寇一百三十五人，歼灭汪伪军三百六十人，取得了苏北里下河地区的“大纵湖南岸大捷”，打通了苏北里下河地区的水上通道，使新四军盐东县根据地、兴化根据地、淮安县根据地连成一片，根据地面积扩大至三百七十平方公里。

这是一则简讯，可以看得出来，“大纵湖南岸大捷”是新四军对日寇进行全面大反攻的一个缩影，这一战役对新四军的整个战略布局有着牵一发而动全身的重大意义。报道里也提到了“里应外合”，到底是怎样地“里应外合”？报道内容不详，新四军军史资料里也记载不详，不过经过我和陈平安历时两年的求证和推理，我们终于搞明白了，这“里应外合”中的“里应”已经证明了，那就是‘指人译’老克。

我们经过不懈努力，终于找到了佐证的资料，还是出自丁晟的。丁晟曾经写过一份报告，是向组织上证明老克身份的。革命战争年代，许多在隐蔽战线上做谍报工作的英雄，在革命取得胜利后，因他们的身份过于隐蔽和特殊，需要有人加以证明其身份，才能获得组织的信任。丁晟在给组织上写的报告中有这么一段话：

老克，也叫约克，是我们九旅的“指人译”。独立营奉命建立天瓢岛抗日根据地时，由于日寇的封锁，情报往来非常艰难。老克同志奉命到了大纵湖南岸，他打进日寇内部，为取信敌人，他利用“排爷”传递了让我们佯攻南岸的计划，我们予以配合，老克同志得到了敌人的信任，后又协助我们除掉了敌人的狙击手，在取得“大纵湖大捷”时，我们也得到了老克同志传递的情报，如果没有老克同志的帮助，就不能取得胜利。我以党性担保，老克同志不是传闻中投敌的特务，而是我党优秀的地下情报工作者。特此证明。

我和陈平安查找了好多资料，一直没有找到老克的资料，自从“大纵湖大捷”后，老克这个名字好像就消失了。难怪我爷爷认为老克是汉奸特务，这不能怪他，丁晟虽然证明过老克的身份，但他的证明是孤证，组织开展过调查，因老克的不知所踪而不了了之。虽然我奶奶坚决不相信老克是汉奸，但她没有给老克做证明的证据和资格，所以她才讳莫如深。

陈平安也看到了“大纵湖大捷”的这条报道，是我从微信里转给他看的，他回了我一句：“大纵湖大捷”是在干掉鬼子兵狙击手雄田健二后行动的，也就是说不干掉这个雄田健二，独立营是不能贸然行动的。

而雄田健二被干掉的消息，苍田已经封锁了，我记得我爷爷在世的时候跟我说过，说那个“贱啊”不见了后，苍田安排了好些鬼子兵在岸边朝天瓢岛上放黑枪，他不知道是怎么回事。现在结合我和陈平安调查的结果，我知道了，这是苍田放的烟幕弹，让岛上的新四军以为，雄田健二还活着。那么，丁晟是怎么知道雄田健二已死的消息呢？

对于陈平安提出的问题，我也不知道，我没法回答他。

今年清明节，我从城里回到大刘庄给我爷爷奶奶上坟。他们的老屋还在，一直关着，没人居住。那天上坟回来后，我推开老屋的门进去看了看，在房间里落满灰尘的床头柜上，我看到了一个镜框，镜框里压着我爷爷跟我奶奶合影的一张黑白照片，两个人都笑得很开心，那是他们生了我父亲后，公社的摄像员到农村来服务时给他们俩拍的。这张照片我以前当然看过，我今天细看，突然发现了一个以前没注意的细节，我奶奶手上捧了一朵花，不是别的花，是荷花，我奶奶叫田荷花，她就喜欢荷花。我的思绪突然一下打开，对了，我奶奶生前跟我说过这么一件往事，她说你爷爷跟我求婚的时候，我让他到大纵湖里采荷花，她还说，尽管鬼子兵占领了大刘庄，但湖里的荷花还是开得很多。荷花可不怕鬼子兵哩！

我奶奶说到这儿时，我爷爷听到了，他走过来说，你那个时候让我采荷花，可花了我不少脑子，什么左边采三枝右边采四枝，然后左边再采四枝，右边采两枝的，一定要这样采才行，我好在脑子灵光，要不然真记不住。我奶奶听了我爷爷唠叨，她就笑。

回忆到这儿，我脑子里突然灵光一闪。我爷爷采摘荷花的一举一动，会不会被丁晟派出的侦察人员记住，我爷爷采摘荷花的数字，会不会就是经老克授意向丁晟传递的摩斯密码？而这个密码的译意就是——狙击手已死？

我把这个猜想发给了陈平安。陈平安在微信里回了一个大大的“赞”。

我心里有底了。我爷爷不知不觉中就成了新四军的情报员，他做这件事时浑然不知自己所承担的使命，所以没有心理负担，而他本真的出演，让警觉的鬼子也察觉不到，一个隐秘的军事情报，就这样被鬼子眼睁睁地看着传递出去了。如果真是这样，估计那个后来在日军投降前自杀的苍田如果地下有知，得捶胸顿足吧，痛恨自己认了个这样的中国“朋友”吧。

不过，我和陈平安还有一个谜至今没解开。那就是老克去哪儿了？

陈平安分析老克可能是牺牲了。但我始终不信，老克就这么牺牲了，太可惜！

我更愿意相信，老克只是这个新四军“指人译”的一个化名而已，他在大纵湖完成使命后，又用别的化名为党工作了。如果套用陈平安所称的“五个人”的哲学思维来揣度，也就是说我们以为的那个老克从此不在了，另一个老克以为的老克又在另一条隐蔽战线重生了。

这不是没有可能！

第四章　踏莎行

一

时隔两年，蓬头垢面的刘瞎子回到了大刘庄。

刘瞎子在外面漂着的时候，我爷爷刘先旺特别想念他。刘瞎子不算命，他会说书。他拜过苏北里下河这一带很有名的说书艺人杨三猴子为师，杨三猴子说《三国演义》，活灵活现，特别说到关羽关二爷跨马舞刀，过五关斩六将、千里走单骑、单刀赴会、水淹七军、刮骨疗毒，那忠义豪爽之气，直透九霄。杨三猴子也到我们大刘庄开过书，大刘庄的男女老少听说杨三猴子来了，夹道欢迎。刘瞎子也就在那时迷上了杨三猴子。迷到什么程度呢，反正杨三猴子开书说一句，刘瞎子就能跟着记一句。刘瞎子记忆力超群，我爷爷刘先旺说眼睛看不见的人耳朵特别灵，受外界的干扰少，谁说一句话都能往心里记。我爷爷说得有点道理，反正杨三猴子来大刘庄开书的《三国演义》前半部，刘瞎子都记住了。

杨三猴子走后，大刘庄的人意犹未尽，就让刘瞎子依样画葫芦，帮助温故知新，刘瞎子学是学得挺像，但大刘庄的人品了品后，觉得味道有点淡。同样的汤汤水水，刘瞎子端上来的是一碗淡而无味的白开水，杨三猴子不一样，他端上来的是一碗热气腾腾的鲜鱼汤，汤汁浓稠，油而不腻，不知不觉就把一碗汤喝下去了，接着还想要。对，就是这种感觉。

我们大刘庄处在苏北里下河平原东侧的下河区域，往西是南北贯通的京杭大运河，我们这一带的人称它为里河。往东同样是南北贯通的串场河，过了串场河不远，就是浩瀚的黄海。“串场河”这名字听起来有点怪异，如果我把它的典故讲一讲，你就不会觉得它怪异了。不过说来话长，要从远古时期说起。那时候，黄海之滨居住着一个叫夙沙的部落，他们靠海吃海，能把咸海水晒制为盐，也就是我们后人所概括的煮海为盐，夙沙氏成了盐民的鼻祖。汉代以降，这一带陆陆续续建了不少官办的盐场，曾有诗云“烟火三百里，灶煎满天星”，可见盐场分布的广袤与密集。盐制出来了，得往外运。古时交通不便，船运是最主要的交通方式。于是，官府就组织人力在各场之间开凿出运盐河，运盐河像一根线，自北向南将各盐场串了起来，有点“撸串”的意思。我们的先民就将这条河称为串场河，也称它为下河，下河的称谓是以黄海为参照的，最东边靠近黄海的串场河为下河，再往西的京杭大运河为里河。里河与下河夹起一块狭长的矩形地域，就是现在的里下河平原。还有，大刘庄这个听起来同样让人奇怪的老村名，也与盐场有关，那白花花的海盐晒制出来，得有仓库放。我们大刘庄以前就是个存放海盐的大仓库，位于盐场的西首，村名遂以此得名。

里下河平原上，沟河纵横，水网密集，加之靠海，我们这里自古以来时兴敬龙王，龙王庙四处可见。自从杨三猴子把《三国演义》说开去后，我们这里的人就逐渐兴起了拜关公，常由一个会头牵头，组织大家凑份子钱，盖关帝庙。我们大刘庄也曾有一座关帝庙，早年的时候，你顺着大刘庄中轴线的逍遥路往北走，一直走到接近大纵湖的南岸边，逍遥路的路西有一处临路而建的青砖黑瓦房，没有院子，榉木的八扇门一顺儿朝南开，地基要比前面的房舍高出几十厘米，这就是大刘庄的刘氏宗祠。这大刘庄最早是一个姓刘的人来此开埠的，代官府把守这盐仓的也是刘氏族人，后来，大刘庄才陆续搬来了陈姓、田姓等多个家族，但刘姓仍是大刘庄的大姓。很长一段时间，没人打过刘氏宗祠的主意，宗祠里也一直供奉着刘氏先祖的画像。但到了二十世纪三十年代，陈茂财终于拼成了大刘庄的头号大地主，他看上了刘氏宗祠，也不知道用了什么样的手段，刘氏宗祠变成了陈氏宗祠，刘氏先祖的画像换成了陈氏先祖的画像。我爷爷对此一直耿耿于怀，但他人微言轻，在大刘庄的刘姓族人中，他辈分低、底子薄，没有发言权，他耿耿于怀却毫无办法，顶多是路经过去的刘氏宗祠现在的陈氏宗祠时小声地骂几句，如果骂几句还不够解恨，他会随手捡起一块破砖瓦，往里面扔一扔。仅此而已。

宗祠的外面有一个青砖铺地的空场，东首建有一个高台，南北走向，长方形，台面不大，二十多个平方米吧，高度一米多点，大刘庄从外面请来的戏班子，就在这个台上演，村里人把它称为戏台子。从宗祠前的小巷子往西走，就是关帝庙，关帝庙原先是座民房，三间青砖黑瓦房，地基与宗祠等高，这是刘瞎子的祖屋。刘瞎子跟我爷爷刘先旺一样苦命，幼年的时候，父母早殁，留下了这祖屋。刘瞎子模仿杨三猴子说书受了村里人的刺激后，他开始赌气，想拜杨三猴子为师，但没钱交学费，他就卖了这祖屋，买主是大刘庄田家豆腐坊的掌柜田大茂，田大茂把这房子买过来本来是准备做仓库用的，田家豆腐坊生意好，做的豆腐、茶干、卜页供不应求，这就需要一个很大的仓库放原料也就是干黄豆，那时恰好刘瞎子需要钱拜师，田大茂需要地方放黄豆，双方一拍即合，田大茂就把这房子收到了手。说也奇怪，刘瞎子住这屋子时，屋子不返潮，等他卖了屋子，屋子就拼了命地返潮，那土质地面仿佛一脚踩下去就能踩出水来。这一返潮，干黄豆放不住了，有的发了霉，有的直接发了芽，田大茂想了很多办法，包括用青砖铺了地，还是返潮，田大茂只得把房子给空关着。

二

刘瞎子跟着杨三猴子学艺数年，回到了大刘庄。他的祖屋已经卖了，没房子住，他就把陈氏宗祠的厢房当成栖身之所。这是得到陈茂财许可的，我爷爷觉得奇怪，陈茂财要多抠有多抠，怎么就舍得把陈氏宗祠借给了刘瞎子？后来，我爷爷才从田大茂的女儿田荷花那儿得到答案，田荷花说这是田大茂找到陈茂财通的情，他说刘瞎子这人不是凡人，能通神仙，身上风水好，让他住进陈氏宗祠，能旺陈家。陈茂财与田大茂关系好，田大茂的女儿田荷花与陈茂财的儿子陈大富自小就订下了娃娃亲，虽还没拜天地，但陈茂财已把田大茂当成了姻亲看待，他也听说过刘瞎子的房子，刘瞎子住的时候不返潮，而卖给田大茂后却返潮的事，他觉得田大茂言之有理，就同意了这事。

刘瞎子当然不是白住的。陈大茂跟他有约在先，他可以在戏台子上开书，演出费分自己一半，刘瞎子同意了。他开的书还是《三国演义》，刚开始，庄里的人还是不待见他，捧场的寥寥无几，可后来说着说着，庄里人咂摸出滋味来了，嗯，有点杨三猴子鲜鱼汤的味道。每逢刘瞎子开书，下面就黑压压地坐满了人，其中就有我的爷爷刘先旺，我爷爷刘先旺是刘瞎子的忠实粉丝，刘瞎子一开书，他宁可不放水老鸦到大纵湖拿鱼，宁可饿着肚子，也得去听刘瞎子说书。有一年，大纵湖发大水，水漫进了大刘庄，有两米多高，得坐小划子才能出门。发大水时，我爷爷饲养的那十二只水老鸦可欢欣鼓舞了，因为它们不用下到大纵湖，直接在大刘庄的大路小路上就能拿到鱼。可这水不退，很麻烦，一来柴火都湿了，没办法生火做饭，二来好多土坯茅草房，经不住水泡，泡了几天就坍塌了。

发大水的那一年，发生了几件大事：一件是侵华日军一〇一师团的五个步兵大队和一个野炮大队乘着小汽艇，沿着串场河、通榆河往苏北里下河平原纵深狂轰滥打，国民党守军反应倒是很快，抢在日军到来之前脚板底下抹油，跑了。另一件是汪精卫在南京成立了汪伪政权，发誓要把江苏打造成所谓“大东亚共荣”的模范省。还有一件就是新四军“皖南事变”后，突围幸存的新四军继续北上，与鲁南南下的八路军在盐阜地区会师，重建新四军军部，在日军、汪伪军、国民党军队混杂的苏北里下河平原开创出一个又一个抗日根据地。

大刘庄发大水的那一年，庄里的人不知道找哪个官府来帮助抗水灾，六神无主，眼看就要断炊。这时候，趁着黑夜就来了一队组织严密的人马，发动并组织大刘庄的人跟他们一道，在大纵湖的南岸筑堤阻水，并根据地势特点挖了疏水沟，把漫入大刘庄的湖水，有条有理地排进蟒蛇河，一夜工夫，大刘庄的水就退了。这队人马还帮着修缮坍塌了的土坯茅草房，还给断炊的人家送了米面。

第二天天色刚亮，队伍就撤走了。

很多人不知道这是哪支队伍干的好事，组织抗灾时，天黑，看不清，有庄人问他们，他们笑而不答。他们走后，庄里人纷纷猜测，有人说是新四军，有人说是抗日游击队，还有人说是国民党的忠义救国军。而陈茂财对这些说法不屑一顾，他捧着一把黄灿灿的水烟壶，站到陈氏宗祠的戏台上做新闻发布，一边抽着水烟一边剧烈咳嗽着，在咳嗽的间隙，他把眼珠一瞪，坚称是“和平军”来帮了忙。他的话一出口，立即遭到庄里人明里暗里地抵制，还“和平军”呢，就是一帮土匪，光知道搜刮老百姓的油水，在鬼子兵面前却充孙子。陈茂财的大儿子陈大富就是“和平军”电台中队的中队长，跟着进犯盐城的鬼子兵苍田中佐后面当孙子。

众声喧哗，莫衷一是。刘瞎子就跟田大茂说，把闲置的房子改造成关帝庙吧，能镇水。田大茂不信，镇水得用龙王庙，与关公关二爷七杆子打不着。刘瞎子就跟他说：“田大掌柜，你想啊，来救灾的队伍，有说新四军的，有说游击队的，还有说忠义救国军的，这几支队伍，一个都说不得，传出去了，鬼子兵得知有抗日队伍混进了大刘庄，还不像恶狼一样扑过来啊。”田大茂想想也是啊，可这与关二爷有啥关系啊？还有鬼子兵来就来呗，我又没招他惹他，怕他们干啥。

刘瞎子神秘地一笑，跟田大茂说：“田掌柜，你女儿田荷花可是个水灵灵的美人胚子啊，鬼子要是来了，万一给糟蹋了……。”说到这儿，刘瞎子停顿了下来，不往下说了。

田大茂脸色一凛，强自稳了稳神，争辩道：“陈大富还是我准女婿呢，这打狗还得看主人面是不是？”说到这儿，他觉得比喻欠妥，脸红了一下，住了嘴。刘瞎子冷笑一声：“乱世之中，陈大富自己就是个过河的泥菩萨，能保住自个儿就不错了，还能罩得住田荷花？”田大茂想想也是呀，他盯着刘瞎子看了一会儿，突然骂了起来：“你个狗日的刘瞎子，哪只眼睛看到我女儿水灵了？”

“庄上的人都这么说，那个刘先旺更是常跟我说起，田掌柜，我说得不错的话，这刘先旺可在打着田荷花的心思呢。”

田大茂的脸涨得更红了，还暴出了青筋，他呸道：“呸呸呸，刘先旺算个什么东西，癞蛤蟆想吃天鹅肉，我呸！”

他不想跟刘瞎子多啰唆，转身想走。可又一想，这刘瞎子的嘴上功夫了得，最好还是别得罪他，要是得罪了，他把我田大茂和我女儿田荷花编排进说书里，那不就麻烦了嘛。想到这儿，田大茂换了较亲和的口气问刘瞎子：“庄里有龙王庙，还建关帝庙干啥？”

刘瞎子笑了笑：“咱们就说这支队伍是关二爷显了灵，是关二爷带的人马来大刘庄救的灾。这传出去，也不怕鬼子来追究发难。”田大茂想想刘瞎子的话有点道理，他沉吟片刻后，爽快地答应了。于是田大茂出了些钱，将那空置房子的内墙拆掉，请人塑了关二爷的高大泥塑像往正堂一蹾，像前摆了个大香炉，又请庄里的老夫子写了副“威震华夏，忠在春秋”的对联，往两个门柱上一挂，这民房就改成了关帝庙。我小的时候，经常去这关帝庙玩，关二爷泥塑像那会儿还在，只不过身上的泥彩斑驳了，脸上一半红一半黑，仍威风凛凛，尤其他手中的那把青龙偃月刀，刀身是用薄铁皮打造的，一碰它，刀身直晃，还能发出铮铮的响声。

三

苍田中佐在新四军根据地渗透进了一个人，那人的身份只有苍田自己知道，包括他最为信任的女军医中村洋子都不知道。中村洋子当然不是真的军医，她的军医身份瞒了我爷爷好长一段时间，我爷爷后来通过我奶奶田荷花的点拨，才知道她原来是个女特务。不过，那时田荷花还没成为我奶奶，她还是田家豆腐坊掌柜田大茂的女儿。有一回，田荷花害起了疽背，这在当时是一个了不得的病，不及时治疗，病毒会从后背穿透到前胸，甚至闹出人命，当然不能当作小事。

自打鬼子兵进驻大刘庄后，大刘庄唯一的老中医刘老先生就不再给人看病了。我爷爷心疼田荷花，他就去央求苍田中佐，请中村洋子帮田荷花治病。没想到苍田中佐一口应允了，他举起右手，在我爷爷的肩上拍了几下，这是他的招牌动作，以示友好，不过他五短的身材，个头比我爷爷矮了一大截，他拍我爷爷肩膀时，像踮脚摘桃子的孩子，显得很滑稽。他咧嘴笑道：“刘桑，你的，大大的朋友，你找我办的事，我的一定会办好。”

苍田中佐一直把我爷爷视为“朋友”，我爷爷因交了这个“朋友”，好长一段时间，被大刘庄的人看作汉奸。这不怪大刘庄的人，你想啊，我爷爷跟鬼子兵这么亲近，换作谁，不被看作汉奸呢。我爷爷私底下跟他们解释过，他说你们听好了，是苍田把我当成了朋友，我没把他当成朋友，苍田就像我的水老鸦一样，能跟大纵湖里的鱼交朋友吗？我爷爷解释了一通后，总感觉这比方有不妥的地方，但哪儿不妥，他一时半会儿又想不明白，算了，那就不解释了。

我爷爷自以为给田荷花找了个好医生，他洋洋得意，他素来不受田大茂的待见，但他把中村洋子领进田家豆腐坊时，田大茂罕见地对我爷爷露出了笑脸，田大茂点头哈腰地把中村洋子迎进家来，还吩咐在豆腐坊做短工的老克给准备饭菜，款待中村洋子。我爷爷沾着中村洋子的光，头一回坐上了大户人家的桌子，那天我爷爷喝了不少柏家的大麦酒，头有点大，他仗着酒劲，跟田荷花吹嘘：“荷花，不是我帮这中村先生吹，用不了几天，你的疽背就药到病除。”

中村洋子是个女人，我爷爷还没文雅到能够称女人为先生的地步，他叫她先生，是因为我们这一带的方言中，把知识分子都称为先生，比如教书的称为教书先生，行医的称为看病先生，就连说书的，也要尊称一句说书先生。当然，大刘庄的人从没称过刘瞎子为先生。

田荷花不领情，她朝我爷爷啐了一口，板着脸，不理他。田荷花的态度让我爷爷有点摸不着头脑，田荷花对他素来是不错的，他驱赶水老鸦从大纵湖拿上新鲜的大头鲢时，总会挑两条大的送到田家，田荷花对他总是笑脸相迎，田荷花爱吃这大头鲢，这我爷爷是知道的。每次我爷爷用小划子下湖后，头脑里就会放映着田荷花的笑脸，他干起活来更加精神抖擞，对他手下的水老鸦也客气多了，那帮水老鸦也很懂事，我爷爷快乐的心情也感染了它们，它们干得很欢。

可是，我爷爷好心好意地将中村洋子领过来给她看病，这田荷花怎么态度大变呢？过了好长一段时间，我爷爷才知道了谜底，原来苍田怀疑老克是新四军的情报人员，他这是借着看病为由，将中村洋子派过来暗中侦察老克呢。这话是老克跟我爷爷说的，我爷爷充满疑惑地看着老克问：“你……不会真的是……新四军吧？”

老克就笑，露出一口好看的牙齿。当时，他正在推着磨，田荷花在灶间烧水，经过中村洋子的治疗，田荷花的疽背确实渐渐好了。老克又推了几圈磨，停下来往磨眼里放用水泡大了的黄豆时，他这才回答了我爷爷的问题：“我要是新四军，还能在这儿磨豆腐吗？”

这话倒是真的，我爷爷信了老克，他量老克没当新四军的胆子。在我小的时候，我爷爷跟我说他的往事时，说他见识过苍田的手段。他说那会儿，苍田不知道从哪儿抓了个四十多岁的中国人带到大刘庄，苍田对他用了刑，那人嘴巴倒是很紧，被打得遍体鳞伤，就是咬着牙没吭出一个字。苍田恼了，他要“铲大头菜”了，这是苍田行凶的术语。所谓“铲大头菜”就是挖一土坑，把人往坑里一推，只留脖子以上的部位露出地面，然后填土埋实，被埋的人血液挤上了头颅，行刑的鬼子兵锋利的腰刀一挥，把头颅砍下，被挤压上来的血液就从腔子里直射向天空，能喷射出十多米高，被砍下来的头颅刚开始眼睛还在眨巴，看到自己的鲜血喷射到天空，满眼的鲜红，那残忍劲，事隔了好几十年，我爷爷跟我讲的时候，他的身子还会颤抖，颌下的白胡子一抖一抖的，我知道我爷爷害怕了。我问我爷爷："爷爷，你是不是看到过鬼子兵'铲大头菜'？"我爷爷没吱声，他抬起眼神望向天空，其时夕阳西斜，余晖染红了西天的云彩，像血一样地红，我也不由得打了个冷战，没敢再追问。

那天，我爷爷被苍田派了一个任务，到晒麦场上去挖土坑，我爷爷情知不妙，他本想推辞，苍田朝他眼睛一瞪："刘桑，我的话你的不听？"苍田的眼里有刀，刺得我爷爷不敢与他对视，推辞不了，我爷爷在两个鬼子兵的押送下，只得到晒麦场挖土坑。土坑挖好了，苍田中佐押着那人过来了，苍田中佐先看看土坑，朝我爷爷竖起大拇指夸赞了一通，我爷爷像丢了魂，苍田说的什么都没听进去。

两个鬼子兵把那人押到坑前，那人明白了他即将面临的噩运，突然腿一软，"扑通"一声跪下了，痛哭几声后，跟苍田说："太君，别杀我，我配合。"苍田中佐脸出了奸笑，他一甩头，那两个鬼子兵又把那人押回去了。

当天晚上，苍田让我爷爷做了他最爱吃的大头鲢。苍田最爱吃我爷爷水老鸦拿上的大头鲢，而且我爷爷还会做大纵湖的八鲜宴，正因为苍田有这一爱好，他才把我爷爷视为"朋友"。当晚的大头鲢不是苍田一个人吃的，那个被抓的人也在座，苍田不停地敬他酒。我爷爷搞不明白，刚刚还是阶下囚，这会儿咋成了座上宾。从苍田处回来后，我爷爷将这件事当成谈资告诉了田荷花，田荷花没应声，倒是老克皱眉道："坏了，老吴投敌了。"

"老吴？哪个老吴？"我爷爷不明白地问。

我奶奶正要接话，老克摆了摆手，让我奶奶不要接话。我奶奶就从锅里舀了一碗热豆浆给了我爷爷，我爷爷受宠若惊，喝了一口，虽然啥作料也没放，但特别甜。

老克说："先旺，你说的这事儿挺稀奇的，以后有啥稀奇事，多说给我们听听。"

但我爷爷后来就没有这样大逆转的稀奇事说他们听了，因为那个老吴第二天就不见了，不知是鬼子兵干掉了，还是被放跑了，反正就是不见了，整个大刘庄再也没见到他。

四

刘瞎子在大刘庄住了一阵子，等到关帝庙盖起来后，他就离开了大刘庄，直到两年后，也就是苍田中佐率领鬼子兵和汪伪军进驻了大刘庄后，他又回来了。我爷爷记着他离开的日子，他一回来，我爷爷就迎上去告诉刘瞎子，他已经盼刘瞎子回来盼了两年。

刘瞎子回到大刘庄，依旧住进了陈家宗祠。但刚住下不久，他就被苍田中佐给抓了起来。事发突然，那天下午，刘瞎子又开了书。说的是诸葛亮草船借箭的事，苍田中佐也去听了，跟他一起去听的还有陈大富。苍田中佐坐在最前排的中间位置，看到我爷爷刘先旺也挤在人群中，就朝我爷爷招了招手，我爷爷起初假装看不见，还故意往后挪了挪，虽然苍田中佐一直拿我爷爷当"朋友”，我爷爷心里是万分排斥的，众目睽睽之下，我爷爷可不想自己背着一个“汉奸”的骂名，而且他对汉奸相当瞧不起，比如那个陈大富，还有那个汪伪军的孙营长，我爷爷一提到他们就来气，总忍不住诅咒他们。

苍田中佐见我爷爷对他的招手视而不见，他一挥手，两个鬼子心领神会，从人群中把我爷爷一把揪出来，拖到了苍田中佐面前。苍田中佐指着他身边的一张椅子说：“刘桑，坐这儿。”我爷爷只好坐下来，但他像坐在针毡上，总感觉背后的目光像一把把尖刀，那一把把尖刀就抵在他的后背上，弄得他很是不安。

刘瞎子“啪”的一声敲响了醒木，这是他要开讲的信号。旧时的说书艺人是很讲究的，除了台子上的一桌一椅一杯茶外，说书人还带着三样道具，也就是他们所称的“三宝”，即一方醒木，一把纸扇，一块手绢。手绢的功能是用来擦汗的，这个就不用细说了，不要以为说书艺人在台子上动动嘴皮子不累，其实要调动台下人的情绪，工作量还不小呢，有时配合所说的内容还要做一些动作，这是一个累人的活儿，累人当然会出汗，出汗当然得擦。那把纸扇除了扇风外，还有一个重要的功能，就是配合口技之用，比如说到马蹄声、掩杀声、战鼓声，说书艺人就会“扑”地甩开纸扇，遮到嘴前，嘴里就会发出各种不同的声音，似真的有千军万马在厮杀，十分传神。

最后说说那方醒木，我爷爷见过那方醒木，他还动手摸过，刘瞎子轻易不让人碰他的醒木，我爷爷是在扶刘瞎子上台帮他布置时偷偷摸到了那方醒木，醒木长九寸宽五寸，是一块实木，上面涂了层深红漆，由于使用年代已久，深红漆斑驳了一些，有点斑驳，但因为上面有了一层包浆，摸起来挺顺手。醒木上方抹了边，俯视下来，是个梯形体。醒木上共有二十条边线，十个平面，放在桌子上后，露出九个平面，所以也叫“九方”。关于“九方”有两个不同的说法，一种说法是评书早年是由和尚创下的，最初是和尚面向信众讲佛经故事，后来逐渐演化成评书艺术。和尚募化十方，因是评书的创始人，和尚听评书不要给钱，所以评书艺人不挣和尚钱，只能募化九方，用九方木；另一种说法截然相反，说和尚嘴大吃八方，但听评书也得给钱，评书人能超过和尚的吃八方，故用九方。

我爷爷摸到那块醒木时，刘瞎子竟然知晓了，他沉着脸呵斥我爷爷，别随便乱碰。我爷爷一惊，这狗日的刘瞎子哪只眼睛看到自己摸了醒木，再联想到刘瞎子连田荷花的美貌都能“看到”，我爷爷开始怀疑他是假瞎子。但我爷爷尝试过，他把刘瞎子的纸扇故意没放到他右手边，刘瞎子习惯地用右手去拿，没拿到，后来好一阵摸索，才在左手边摸到。这说明刘瞎子是真瞎。我爷爷对此一直不理解，为什么他一摸醒木刘瞎子就能“看到”，而别的都视而不见呢？直到几十年后，我爷爷才明白，这醒木与刘瞎子已经浑然一体了，醒木自己是不能随便制作的，它是师傅传给徒弟的物品，徒弟出师了，师傅就托人做一方醒木赠给徒弟，有了这方醒木，就等于给徒弟颁了演出许可证，徒弟才可以单独出台开书。刘瞎子的那方醒木，是他的师傅杨三猴子自己用的，杨三猴子的这方醒木也得自他的师傅，一代传一代，经过好多代的传承，难怪上面有了包浆。而杨三猴子一旦将自己所用的醒木传给了刘瞎子，说明杨三猴子已正式退出舞台，从此不再开书了。

那天，刘瞎子一开讲，就抓住了人心，他说到孙刘联合抗曹时，周瑜出于嫉妒心理，一心想除掉谋略过人的诸葛亮，碍于鲁肃不好直接下手，就故意为难诸葛亮，给诸葛亮下达了三天造十万支箭的任务。诸葛亮领受了任务后，谈笑风生，拉着鲁肃去喝酒。直到要交令时，诸葛亮才草船借箭，那些小船趁着雾天驶向曹营，船上鼓声震天，曹操不知是计，让人射箭。说到鼓声震天时，刘瞎子“扑”的一声甩开了纸扇子，遮住了眼睛以下的面部，表演了精彩的口技，“呜呜呜”“嗵嗵嗵”的声音不绝于耳。也就是在这当儿，苍田中佐一挥手，两个鬼子蹿上戏台子，用枪逼着刘瞎子。人群一阵大哗，到底怎么回事？

两个鬼子控制住刘瞎子后，苍田中佐才大摇大摆地走上舞台，揭开了抓刘瞎子的谜底。他举着刘瞎子的纸扇，对着题在纸扇上的一首诗念了起来：“一去二三里，烟村四五家。亭台六七座，八九十枝花。这是给新四军传递情报呢！”

台下的人没听明白，面面相觑，又不敢擅自离开。如果这个时候离开，不是证明心中有鬼是什么？苍田中佐扫视了一下人群，他知道自己刚才的话让下面的人一头雾水，他懒得解释，他让陈大富上台，跟台下的人解释。

陈大富上了台，他环视台下一圈，目光落在我爷爷身上，表情似笑非笑道，这纸扇上看似宋代诗人邵雍写的蒙学诗，但这诗题得怪，数字在扇面上错开来了，错开的数字就成了一个个组合，按这个组合念就是 1456、2379、2678……

苍田中佐将纸扇递给了陈大富，陈大富指着数字一说，有识得字的细一看，还真是那么一回事，我爷爷不识字，没看懂，他半张着嘴巴，莫名其妙地看着陈大富。我爷爷心里当然痛恨陈大富这个大汉奸，看到他就要在心里咒他几遍才罢休，我爷爷痛恨他，不仅是这小子当了真汉奸，更重要的是他竟然是田荷花的未婚夫，现在，我爷爷恨上又叠加了一层恨，他不愿意刘瞎子被抓走。

虽然明白了数字的排列，但这数字意味着什么，台下的人不懂。

陈大富看了一眼苍田中佐，苍田中佐做了个请的姿势，意思是让陈大富接着往下揭开谜题，他得意扬扬地看着人群，一副大功在建的模样。

陈大富得到了授意，清了清嗓子说："扇面上的这组数字就是一个密码，新四军电台常用的密码，解开来就是——接应电台。"

人群中有人小声议论。苍田中佐威严地咳了一声，人群立即安静了下来。苍田中佐假意礼貌地对刘瞎子说："刘桑，我们走吧，去把这事说清楚。"

刘瞎子面不改色，说了声："走就走，我一个说书人，还怕了不成。"

刘瞎子被抓的当天晚上，鬼子就丢失了一部电台。是有人当天晚上潜入了鬼子的电台室，杀了两个哨兵和一个值班的军曹，电台神不知鬼不觉被搬走了。苍田中佐这下陷入了茫然，明明抓住了刘瞎子，怎么电台还是被弄走了呢？

五

若干年后，我和陈平安解密这段谍战往事时，我们一致认为，苍田中佐当年抓刘瞎子是一个诱捕行动。陈平安是陈大富的侄孙，因为他的伯爷爷陈大富有过做汉奸的不光彩经历，他一直试图以蚁人的方式钻进历史的缝隙，从中寻取一抹光芒，为他的伯爷爷陈大富抹去汉奸的阴影，最好再增加点光环。

但这没用，历史早有定论。日军投降的那一年，陈大富就被接管的国民政府以汉奸的罪名公开枪毙了。平心而论，我们大刘庄的人，除我爷爷刘先旺一提起陈大富就咬牙切齿外，老一辈的人对陈大富并无恶感，当年苍田中佐带领日军进驻大刘庄时，他手下有两个汉奸头子，一个就是陈大富，汪伪军电台中队的中队长，还有一个就是汪伪军的孙营长。孙营长坏起来比鬼子还坏，老一辈人背后叫他“孙扒皮”，他有一个惯用的手段就是“吃大户”，看中了大刘庄有点资产的人家，他常指使手下以“亲共抗日”为名把大户给抓起来，被抓的大户得贿给他一大笔钱才能放出来，若不给钱，那就惨了，先是关在营部痛打一顿，完事了再交给鬼子处置。刚开始，我爷爷刘先旺对孙营长虽无好感，但也并无恶感，我爷爷是个地道的无产者，除了十二只下湖捕鱼的水老鸦外，别无他物，孙营长就是把村里的人抓遍了，也吃不到他头上，所以我爷爷不担心。而且，孙营长知道苍田中佐好吃我爷爷的水老鸦从大纵湖里拿上来的大头鲢，苍田中佐又公开说我爷爷是他的朋友，大大的朋友，孙营长自然拎得出轻重，看到我爷爷，总会皮笑肉不笑地套点近乎，他惦记着团长的位置，曾经还求过我爷爷替他在苍田中佐面前美言几句，我爷爷表面上答应了他，但背后从来没帮他说一句好话。

后来发生了一件事，我爷爷自此痛恨起了孙营长。那是孙营长“吃大户”吃到了田大茂的头上，我爷爷一心讨好田荷花，说他癞蛤蟆想吃天鹅肉也好，说他癞蛤蟆垫床脚硬撑也好，总之我爷爷有一个矢志不渝的爱情信念，他这辈子非田荷花不娶了，至于说田荷花有没有未婚夫，是不是非他不嫁，那不管。孙营长把田大茂抓起来了，理由是田大茂家原先有一头大青骡替豆腐坊推磨，听到日军要来，他把大青骡送到了外地朋友家给藏了起来，转而用人工的方式磨豆腐，老克就是来顶替大青骡干活的人。人工体能再强大，能干得过大青骡？于是，在苍田中佐进驻大刘庄后，田家豆腐坊的产量一落千丈，那些豆腐、茶干、卜页只能供应鬼子，连孙营长都吃不上。孙营长心中不悦，就抓了田大茂，说田大茂居心不良，用豆腐抗日，良心大大的坏，说抓就抓起来了。田荷花去据理力争，孙营长龇着大黄牙对田荷花提出了两条路子，一条路就是拿一大笔钱来赎田大茂，他报出的数目，田家一时半会拿不出来，行船打铁磨豆腐，这是世人皆知的三大苦，一个开豆腐坊的，虽说温饱不愁，但论到家底子也好不到哪儿去，要不然田大茂也不会去巴结大刘庄的头号大地主陈茂财了，陈茂财就是陈大富的父亲，那时田大茂的老婆刚怀上了田荷花，陈茂财的老婆即将分娩，也就是陈大富即将出生。有一天，田大茂特地设了家宴，将陈茂财请来喝酒，酒过三巡，菜过五味，田大茂与陈茂财酒酣耳热之际，借着酒劲，指腹为婚，把田荷花与陈大富的亲事给定下来了。对于田荷花与陈大富订下来的娃娃亲，我爷爷一直耿耿于怀，这是他不待见陈大富的根本原因。

田荷花说家里拿不出钱来的时候，孙营长的眼珠子盯着田荷花贼溜溜地直打转，直盯得田荷花满脸通红，孙营长咽了咽口水，终于把他的终极想法给提出来了，那就是要纳田荷花为妾。田荷花的脸红了，这回是被气红的，她指着孙营长的鼻子道：“姓孙的，我跟陈大富可是订了娃娃亲的。”

孙营长似乎是摸了底，涎笑着说：“田荷花，底儿我都摸过了，你和陈大富订了娃娃亲不假，但你们俩对这门亲事都持反对态度，陈大富根本就没想娶你。再说，陈大富他妈的算个什么东西，文弱书生一个，除了嘀嘀嗒嗒捣鼓个破电台外，还会啥？老子手下有几百号枪杆子，这年代，枪杆子就是他妈的王法。你回去好好想想，走哪条路你自个儿定，老子对田大茂还没动刑呢，你迟迟不回复，别怪老子不客气，可真要动刑了啊。”

田荷花去求孙营长不成，转而来找我爷爷刘先旺。我爷爷压住心中的喜悦，故意问：“你咋不去求陈大富，他可是苍田太君面前的红人呢。”田荷花脸色一寒，嗔我爷爷：“刘先旺，你别刻薄啊，这事你干不干？给句痛快话。”

“别生气，我干，我干还不成嘛。”我爷爷脸上浮现出了笑容，被田荷花利用的感觉真好。他果真去找苍田中佐了，苍田中佐正吃着我爷爷做的纵湖八鲜，鲢大头炖豆腐，还加了野葱、芫荽，去了腥气，又鲜又美，他吃得很满意，一边吃一边点头：“刘桑，你让我仿佛回到了奈良川，我父亲跟你的一样，也是个放鸦人。”我爷爷心里说道，你个龟孙子，为啥不在奈良川好好待着，当个放鸦人，还张牙舞爪跑到大纵湖吃鱼？这话，我爷爷只想在心里，没说出来，此刻他脸上挤出谄媚的笑容，把孙营长抓了田大茂的事儿一说，苍田中佐立马笑了：“刘桑，你放心，这事我一定给办。”苍田中佐当即跟那个女军医中村洋子说，“去，传令孙营长，把田大茂放了。”

你别说我爷爷这个人虽然粗心，但是他临事时却还能多个心眼，他担心孙营长兴师动众啥也没捞到，现在虽然把人给放了，但后面会不会伺机再犯呢。为绝后患，我爷爷就添油加醋地将孙营长瞒着皇军干的坏事说了一通。谁知苍田中佐听我爷爷啰里啰唆了一通，跟没听一样，他放下筷子只回了一句："刘桑，水至清则无鱼啊。"我爷爷初听这话莫名其妙，后来才搞明白，是老克告诉我爷爷的，老克说日军挑起了太平洋战争，从侵华日军中抽调了不少兵力去太平洋作战，侵华日军人手开始紧张了，更要依赖汪伪军给他们办事，所以他们对汪伪军的恶行也就睁一只眼闭一只眼，由着他们兴风作浪。

与无恶不作的孙营长相比，大刘庄的人对陈大富的感觉要好多了，陈大富毕竟是大刘庄的人，又不带兵又不抓人，也不刑讯逼供，见到乡里乡亲的，有时还能笑着点个头打个招呼。大刘庄的人大多认为陈大富如果不穿那身黄皮军服，还算一个好人。但我爷爷从不这么认为，他认为陈大富比孙营长还坏，孙营长的坏是坏在表面，张牙舞爪，恶狗一般，逮谁都汪汪汪地狂叫，而陈大富却是一个心机很深的坏人，我爷爷常跟我说，会咬人的狗不叫，这陈大富就是这条狗。

这不怪我爷爷，因为老克的落网，就是陈大富使的坏。

六

老克的被捕，是他自己主动站出来的。就在鬼子兵抓了刘瞎子又丢了电台的第二天上午，苍田中佐把大刘庄的人都押到了晒麦场，架着机枪、晃着刺刀要大刘庄的人交代。不交代，通通死啦死啦的。这个时候，老克就站出来了，他说我就是偷电台的人。苍田中佐问他是不是看到刘瞎子纸扇上的密码，才决定偷电台的。老克冷笑："什么刘瞎子不刘瞎子，他就一个说书的，这事儿是我与游击队里应外合干的，与刘瞎子没关系。"

刘瞎子在老克被捕后，就被苍田中佐给放了出来。这是一件令人费解的事，我爷爷刘先旺对刘瞎子的被释放也说不清楚。我们大刘庄的人都知道，大凡被鬼子抓进去的，管他是通共的还是抗日的，不折腾得死去活来，不可能放出来，更多的一些人，被抓进去就如泥牛入海，杳无音讯，是不是死了，什么时候死的，怎么死的，谁也不知道。

而刘瞎子被完好地放了出来。就像走了一趟亲戚，吃到了亲戚家的"六大碗"，满面红光地出来了。刘瞎子会不会是汉奸？要不然怎么会被完好地放出来？这事儿在大刘庄私下议论了很久。我爷爷坚决不相信刘瞎子是汉奸，谁说刘瞎子是汉奸，我爷爷刘先旺就跟他们急，他告诉那些人，大刘庄出的汉奸只有一个，那就是陈大富。

说实话，我爷爷在大刘庄一向人微言轻，况且他还在众目睽睽之下做了苍田中佐的"朋友"，他替刘瞎子洗白，非但没取得任何实质性的效果，相反，还越描越黑。这种适得其反的现象现在也有，记得网上有一位名人涉嫌犯罪，另一位名人跳出来替他辩白，谁知颜料笔拿错了，白的颜料笔拿成了黑色的颜料笔，后果可想而知，那位名人也被网友们一顿"痛殴"，吓得他好多天不敢发声。我爷爷当时遇到的情况就是这样的，你们理解了吧。

刘瞎子被放出来后，他还操着他的说书老本行，戏台还是那个戏台，扇子还是那把扇子，手绢还是那块手绢，醒木还是那方醒木，书说的还是《三国演义》，当然，听众还是那群听众。一切照旧，大刘庄好像很平静、安宁的样子。

不过，这安宁的水面上，也会偶尔起点风浪，跟大纵湖一样，别以为它在风和日丽时水波不兴，只要起点风，它就欢快地响应，它喜欢拉风，浪涌起来特别吓人。那天夜里，据守大纵湖天瓢岛的新四军独立营摸到南岸与鬼子干了一仗，大刘庄的人都睡了，狗也懒得叫唤，突然间就枪声大作，用我爷爷的形容就是“像炒豆子一样，噼噼啪啪”，谁也不敢出门，子弹不长眼睛，怕死的本能战胜了好奇心，没有一个老百姓去看热闹。这“豆子”也没炒多久，大约半个多钟头吧，枪声稀落了下来，渐渐恢复了平静。

第二天，我爷爷起了个大早，没想到，大刘庄还有起得更早的，他们装作若无其事的样子，三三两两地走在逍遥路上，借着打酱油的机会，悄声地问夜里发生的战斗情况，到底谁胜谁负。虽然谁都能有鼻子有眼睛地说上几句，但谁也没有一个准信儿。当天下午，苍田中佐发布了正式消息。苍田中佐是在刘瞎子登台说书前走上那个戏台发布的，他说夜里新四军独立营摸到南岸，想从南岸突围，幸亏皇军早有准备，成功地粉碎了新四军的阴谋。

他说了也就说了，坐底下的人全无动静。苍田中佐发布的消息没得到台下人的反应，他有点恼怒，笑容僵在脸上，眼睛阴郁地投到台下。孙营长坐不住了，他发出了号令：“鼓掌，鼓掌庆祝啊。”于是，就有了几声零星的掌声。孙营长光鼓掌还不够，他还声嘶力竭地喊出了口号“皇军万岁！大东亚共荣万岁”！那声音比我爷爷所养的水老鸦发情的声音还难听。

发布消息后，苍田中佐命令刘瞎子将《三国演义》跳过几章，直接说赤壁大战，孙吴联军打得曹操溃不成军，他把与汪伪军的合作看成了孙吴联军，把新四军独立营当作曹军，以此为皇军取得的大胜仗助威。我爷爷跟我讲这件事时，他捋着几绺白胡子说："苍田的中国话说得再顺溜，他还是不懂中国，刘备代表的汉室正统，他日本人能跟刘备比，他就是曹操，不对，小鬼子还不如曹操，哪能跟曹操比呢，充其量就是一个给曹操拎夜壶的。"大家都知道，我爷爷大字识不了几个，但说起三国典故来，还有点娓娓道来的意思，这当然得益于刘瞎子说的《三国演义》，住进了我爷爷心里。

老克被捕后，苍田中佐就指挥鬼子打了一个大胜仗，人们的谈资迅速从刘瞎子身上跳过去，翻篇后议论这老克就是一个汉奸。说到老克是汉奸，我爷爷刘先旺是认同的，自打新四军独立营在丁晟营长的带领下，进驻到天瓢岛后，鬼子就没打过胜仗，大纵湖的名字前冠了一个"大"字，当然说的是这个湖很大，湖面开阔，芦苇多，恣意生长的芦苇将大纵湖隔成了一条条错综复杂的河道，钻进这被芦苇生生隔出来的河道，就如走进了诸葛亮的八阵图。就是凭着这天险，新四军独立营三四百号人牢牢地守着四面环水的天瓢岛根据地，鬼子就是近不了身，为了消灭这股像钉子一样插进鬼子占领区腹部的新四军部队，鬼子调动了周边县城的部队约有五六千人，沿着湖岸，将大纵湖团团围住。这样一来，鬼子的主力被吸引到了大纵湖，地方上的抗日武装就有了更大的活动空间，可谓牵了一发，动了全身。

新四军独立营虽说调动了鬼子的力量,但是他们自身困于一个孤岛上,与外界联络不便,在据守三个月后,有了突围的迹象。这突围也不是自己能做主的突围,要服从整个抗日大局,换言之,就是要等待突围命令。而这个突围命令就是老克以新四军第九旅的名义通过电台发给独立营的,苍田中佐抓到了老克,老克很合作,他承认自己是新四军“指人译”,也承认了他和游击队偷出来的电台已经秘密送上了天瓢岛。苍田中佐命令老克以新四军九旅的名义给丁晟发电报,让他们连夜从南岸突围,果然从电台中收到情报的丁晟,当晚就组织突围了,不料正中了苍田中佐的奸计,苍田中佐组织鬼子以逸待劳,打退了突围队伍。

这个情况,当然属于绝密的军事情报,但也不知道是那个苍田中佐有意显摆,还是陈大富没锁住嘴巴,两天后,我爷爷就从苍田中佐和陈大富的嘴里得知了零零碎碎的消息,他把整个消息一串,就构成了整个事情的脉络。那个苍田中佐还得意扬扬地问我爷爷:“刘桑,我与诸葛亮相比如何?”我爷爷嗯嗯地应合了几句后,他没有心思再往下听,也没有心情奉承苍田中佐。他要赶紧把老克叛变的情报告诉田荷花,这也正是他在田荷花面前表现的机会呢。为了追到田荷花,我爷爷是不会放过任何在田荷花面前表现的机会的。

这次,也不例外。

七

不得不说,我爷爷是刘瞎子的铁粉。这表现在他不仅喜欢听刘瞎子说书，天打雷劈他都要赶过去听，也不仅表现在他每天都要往刘瞎子的住处送几条大头鲢。在刘瞎子回来前，最好的大头鲢总是孝敬苍田中佐的，我爷爷这是被迫的，他也曾把最大最好的大头鲢送过田荷花，但苍田中佐将女军医中村洋子安插在田荷花家，这中村洋子几乎把田荷花当成了她的闺蜜，时不时地上门来看望，对我爷爷送来的每条鱼，都要翻一翻，一边翻还一边说："这大纵湖的鱼，真肥啊。"

有一次，苍田中佐吃饭时，让我爷爷也坐下来陪他对酌两盅，酒是大麦酒，老柏家产的，我爷爷喜欢喝老柏家产的大麦酒，在我们这一带，大麦酒被叫作"大麦冲子"，意即刚入口时有点冲，跟日本芥末一样，但冲过去之后，酒香就开始余味绕肠了，喝了一杯还想第二杯，喝了第二杯还想第三杯，这"大麦冲子"有个好处，喝多了不上头。说起来，我爷爷跟老柏家还沾点亲，这老柏家早在宋代时就有祖先在这儿居住了，原先是个盐商，后来盐商多了，盐引不好拿，就改成酿酒，这一代传一代，就这么传了十多代，到了柏七这一代，据说已是第十四代了。到现在，这柏氏大麦酒的酒厂还开着，还入选了市级非物质文化遗产，这是后话，暂且不提。

我爷爷好喝这柏家产的"大麦冲子"，但他在苍田中佐面前不敢喝，在苍田中佐面前他变得很机械，苍田中佐说一声，端杯吧，他才敢端杯，苍田中佐说一声，抿一口，我爷爷才敢抿一口，苍田中佐说干杯吧，我爷爷才敢把杯中的酒干掉。苍田中佐爱吃大头鲢的鱼头，把外面的硬腮一翻，里面就是肥肥嫩嫩的鱼脑儿。这鱼头的烧煮是有讲究的，不入味就显得腥，而我爷爷能拿鱼，也能把这鱼煮得很入味。但那天，苍田中佐与我爷爷干了一杯酒后，他翻动了一下鱼脑儿，没动，然后把筷子一放，叹了口气，一对眼睛盯着我爷爷滴溜溜地乱转，我爷爷摸不着头脑了，小心地问："苍田太君，这鱼脑儿你咋不吃了？"

"刘桑，我有一个问题没搞清。"苍田逼视着我爷爷。

我爷爷更是一头雾水："太……太君，啥问题？"

"刘桑，你说是这大纵湖的鱼瘦了呢，还是你的老鸦没能力拿到大鱼？"

这话，我爷爷听明白了，苍田是嫌大头鲢鱼瘦了，鱼一瘦，头就不大，鱼脑儿也不肥满，事实上，我爷爷是将最大的大头鲢送到田家了，送到苍田中佐这儿的是小了一号的。我爷爷做贼心虚，他不敢看苍田中佐。苍田中佐笑了笑，一对小眼睛眯成了一道缝，这道缝反而聚了光，将他眼里的贼光全部打到了我爷爷的脸上。苍田中佐就这么笑着说："刘桑，你那群水老鸦看来是老了，不中用了，这样吧，明天把你这水老鸦统统的干掉，我让人再去给你买几只强壮的。"

一听此话，我爷爷大吃一惊，惊得他站了起来，又是点头又是哈腰地表态："苍田太君，使不得，明天，明天一定要拿到大鱼来孝敬你。"

"刘桑，我也就是这么一说，你别紧张。"苍田中佐示意我爷爷坐了下来，他亲自给我爷爷斟了一杯酒，自己也斟满后，把酒杯举到我爷爷面前道："刘桑，干杯，明天，我等你的大头鲢。"

我爷爷不敢再挑最大的大头鲢给田家了。他已经猜了出来，这一定是中村洋子告的密，他心里暗骂：奶奶的，为了几条大头鲢，还安排个日本娘们来监督，日鬼了。

我爷爷虽然自以为聪明，认为自己识破了中村洋子，其实，他才没识破呢，用我奶奶的话说就是，刘先旺，你的脑瓜还比不上大头鲢的脑瓜。以前，我爷爷跟我讲到这段往事时，我奶奶就替他补充，那个中村洋子哪是来监督大头鲢的，她是专门来监督在她家做帮工的老克，中村洋子每次都装作无意地翻看我爷爷送来的大头鲢，是怕岛上的新四军会借鱼来传递情报。

再说到我爷爷给刘瞎子送大头鲢，我爷爷说这瞎子虽然眼睛瞎了，吃上面却很讲究，送给他的大头鲢，低于五六斤的他根本不要。在苍田中佐识破了我爷爷、而我爷爷也识破了中村洋子之后，他不敢把最大最好的大头链送到田家了，但苍田中佐还是没吃到最大最好的大头鲢，因为每次捉上来最大最好的大头鲢，都被我爷爷瞒着苍田送给了刘瞎子。从这一点上可以看出，我爷爷真的是刘瞎子的铁粉，这么做，他虽然不是冒着生命之险，但至少是冒着他那视为生命的水老鸦的性命之险。我爷爷不仅给刘瞎子送大头鲢，还送柏家的“大麦冲子”。刘瞎子对我爷爷也不错，每次他开书，别人都得给钱，包括苍田中佐也得给，这是行规，轻易破坏不得，但他就是不肯收我爷爷的钱，再说了，我爷爷也没有钱。

这天，我爷爷又送了一条八斤多的大头鲢给了刘瞎子，他告诉刘瞎子，这是三只水老鸦在他的竹篙监督下，合力捉上来的，很不容易。刘瞎子兴奋了，他拿出了他的那方醒木，往小矮桌上一拍，我爷爷一惊，这是做啥？

“先旺兄弟，你可认识这是啥？”

“醒木呗。”

“你拿起来拍着试试。”

我爷爷跟我讲起他与刘瞎子的交情时，常把他试了刘瞎子的醒木作为资本来炫耀，他跟我说：“刘颂，你晓得说书先生的规矩吧？”我摇头，我确实不晓得。我爷爷就得意地用手抚着稀疏的白胡子笑了，一脸的嘚瑟，他一笑，干瘦的脸上满是皱纹，但不难看。他说：“醒木是说书先生的吃饭家伙，是不能让人摸的，一摸灵气就跑了。”

我爷爷的话当然有点扯，因为我打小就没见过行走江湖的说书先生，说书先生对我来说就是遥不可及的传说，或者说只能是在想象中的存在。既然说书先生我都没见过，他们的规矩我哪里知道。我爷爷得意地笑了几声后，故意把声音压得很低，很神秘的样子：“你不晓得啊，刘瞎子要把醒木送给我哩。”

“醒木呢？”我来了兴趣，那时我还小，十来岁吧，听我爷爷说他以前说也说不完的故事，刚开始我还兴趣盎然，时间一长，耳朵听出茧子来了。每次他开讲，我难免昏昏欲睡，我还在想，如果刘瞎子肯收徒弟，他说不定愿意拜刘瞎子为师，好在刘瞎子没收，他也没拜，因为我爷爷跟我讲故事，都没有灵性，要让别人听，拉倒吧。但这次听到刘瞎子把他的醒木要送给我爷爷，我一下来了兴趣。

“醒木不在了。”

“丢掉了？”我不免失望起来。

“也说不上丢掉，不过也可以说是丢掉了。”我爷爷的眼睛瞟到了天上，我知道天上没有那方醒木，不过我还是受到我爷爷的感染，好奇地往天上看，天空比较蓝，秋天的太阳不是很热情，天上还有几朵云，被风一吹，它们你追我赶地嬉闹着，往远处去了。

八

在我们大刘庄，取名字是有讲究的，很注重秩序感。这种秩序感倒不是按照家谱的秩序来，在我们大刘庄，最好不要提家谱，你要是提了，大多数人心里是不快活的，因为家谱是他们心头的痛。这话说起来有点长，还得回到大刘庄的历史源头，我们这儿过去临海，现在当然还是沿海地区，但海水已经向东退去了上百公里，而在宋朝的时候，这里还是一片海。

靠海吃海，我们这儿的人不是单纯地撒网捕鱼吃鱼，而是煮海为盐，通俗地讲，就是在近海处翻一块地建盐田，海潮涨上来了，漫进盐田，海水退潮的时候，盐田里淋满退不回去的海水，经毒花花的太阳一晒，盐卤就出来了，盐卤流进盐田边的盐井。我们的先人再把湿漉漉的盐卤从盐井里打上来，放到专门的锅里一煎，大颗粒的盐花就出来了，然后再一晒，就成了海盐。盐铁在过去是官营的，这是国家的财政命脉，谁也马虎不得。不过，煎盐是很辛苦的，清初的盐民诗人吴嘉纪曾有诗云：

白头灶户低草房，六月煎盐烈火旁。

走进炎炎烈日里，偷闲一刻是乘凉。

能感受到了吧，这么辛苦，我们的先人当然大多不愿意干，那怎么办？历朝历代有的是办法，把一些犯人流放过来。这些犯人一来，官府一方面抓海盐的生产，另一方面当然得对犯人进行管治。为了便于管治，就给犯人编工号，不是编成现在的“4526”这样的号，而是把姓放在前，比如你姓张，来得最早，那你就是张一，你姓李，第二个来的，那就是李二。那个时候除了读书人，流放过来的人哪有家谱，他们也不太注重自己叫什么名字，这个传统一代传一代往下传，就这么传了下来。比如我奶奶田荷花就是按这个排序起的名字，她出生在夏天，正是大纵湖荷花绽放的季节，她父亲田大茂就给她取名田荷花。就这么简单。

再说到我的同学陈平安，他是有家谱的，陈家的祖先不是流放过来的，而是来垦盐的盐商，按理讲，他家应该是按家谱来排序的，但后来也乱了，几经战火，陈家的家谱散失了，陈平安的曾祖父也就是我们大刘庄的头号大地主陈茂财，就没按家谱给他的两个儿子取名，他也随大流，给大儿子取名叫陈大富，二儿子取名叫陈二富。

我们都知道，陈大富是个地道的大汉奸，这是早就有了定论的，他是汪伪军的电台中队长，日本人投降后，陈大富被国民政府以汉奸罪给枪毙了。把陈二富给吓住了，什么大富二富，平安是天，最大。于是陈二富就给他的儿子取名叫陈安顺，平平安安、顺顺利利，有点低调的意思。但陈安顺的一生受了汉奸伯伯陈大富的牵连，几乎没平安过也没顺利过，他考虑自己的名字取得有点过了，平安与顺利，就如鱼和熊掌，可以兼得乎？不可也！于是他有了儿子后，直接取名陈平安，顺不顺的已经不谈了，就平平安安吧，鱼和熊掌，只能保一个。

陈平安从小到大，干了一件非常执着的事情——给他的伯爷爷陈大富翻案。你想啊，陈家出了一个被公开枪毙的大汉奸，那就是一座山，压到了陈平安一家人的身上，不光是身上，还有心上。为了给他的伯爷爷陈大富翻案，陈平安读大学时，凭他的成绩，被北大、清华录取不是没有可能的事情，但他就选了个普普通通的二本，而且专攻中国革命史。他的本科、硕士、博士毕业论文，写的都是中国革命史。

那天，已是我们本地高校历史系副教授的陈平安给我打了一个电话，听得出来，他很兴奋，讲话的语速很快，他说："刘颂，你来看啊，快来看啊，立马就来，现在就来，立刻，马上。"我莫名其妙，陈平安讲话一向是条理分明的，这是怎么了。要我到哪里看？看什么？陈平安说了半天，关键词一个都没说。不过，陈平安还是反应过来了，他放慢了语速，恢复了理性，他说："醒木，你爷爷跟你念叨的醒木，我在新四军纪念馆看到了，你快来。"

这下，关键词全有了。相当于来了一把猛烈的火，把我给烧着了。你们一定明白，好奇心特别强烈的我，一直对我爷爷所说的那方醒木很感兴趣，但我爷爷在世的时候，说到醒木的下落总是语焉不详，而陈平安却意外发现了，我能不兴奋？

我立马放下了手中的工作，火速赶到了新四军纪念馆。对于新四军纪念馆，我算得上是常客。当年，新四军罹遭皖南事变后，部分突围的新四军继续北上，与从鲁南南下的八路军在苏北里下河平原的白驹狮子口胜利会师，而后在盐阜地区重建新四军军部，当年率部抢占大纵湖天瓢岛的新四军独立营，就是重建军部后的新四军基干力量。新中国成立后，盐阜革命老区建起了新四军纪念馆，以永久铭记这些革命英雄。作为在地方党报供职的记者，为采写报道，我时不时要往新四军纪念馆搜集素材，但我来了多次，就是没见到醒木。

我到了新四军纪念馆，陈平安和纪念馆的陈馆长已经等在那儿，陈馆长告诉我，醒木是上海新四军研究会的一个老同志刚刚捐赠过来的。陈馆长与陈平安是本家，如果往前追溯几代，还属于同一个大家族。因此，这醒木一到，陈馆长立马就通知了陈平安。

醒木是金丝楠木做的，这是一种名贵的木头，握在手里挺沉，扔到水里肯定沉底。陈馆长在醒木上哈了一口气，然后小心地用棉布将醒木擦了擦，上面果然现出了细细密密的金丝状纹理，像水纹一样漾开，用鼻子一嗅，还有股暗香扑鼻。陈馆长说，放下醒木的历史价值不提，仅说它作为金丝楠木的价值，如今就等同黄金价格，不，还超过黄金的价格。看来，这是一次大手笔的捐赠。

我和陈平安几乎同时对陈馆长问出了同一个问题，醒木是谁捐赠的？陈馆长说出的名字，把我们吓了一跳，捐赠者叫雷国民。这个名字我和陈平安都不陌生，我和陈平安都曾去上海拜访过他，倒不是雷国民有多大的名声，而是他的父亲雷耀虎的名声很响，他就是当年新四军九旅的通讯处处长，也是一个很有名的“指人译”。

九

据我爷爷生前回忆，刘瞎子当时真的就把醒木交给了我爷爷。我爷爷受宠若惊，我知道我爷爷的禀性，他对这醒木的经济价值是无所谓的，他是一个对钱财不太看重的人，这从以后我奶奶一直当着我爷爷的家可以看得出来，他身上从来不放钱，要花钱就管我奶奶要。他从不管自己能赚多少钱，每一角每一分都交给我奶奶，他就不沾钱的边，也从不问钱的数目。他收到刘瞎子赠送的醒木，犹如现在的追星族收到最喜爱的明星签名赠送的宝贝一样，我爷爷脸上现出的狂喜是可以理解的。

但是我爷爷将醒木翻过来覆过去把玩了好一阵子后，他突然将醒木还给了刘瞎子。刘瞎子很惊讶地问："先旺，你不喜欢？"

"喜欢，当然喜欢。"

"那你为何不要？"刘瞎子又将醒木推到我爷爷的面前。

"刘瞎子，你是不是再也不说三国了？"原来，我爷爷还是挺机灵的，刘瞎子把醒木都交出来了，那他一定不再说书了吧。

刘瞎子沉吟了片刻，他安慰起我爷爷："先旺，书还是继续要开的，醒木嘛还可以找人再做一个，感谢你这些日子照顾我，我刘瞎子也没什么值钱的家当回报，就将这醒木赠送给你，权当感谢了。不过，你得答应我一个条件。"

"什么条件？"我爷爷瞪着一双大眼盯着刘瞎子。

刘瞎子慢条斯理地说："你将这醒木交给苍田。"我爷爷差点跳了起来，敢情这醒木不是送给自己的，而是通过自己送给苍田，我爷爷原先的惊喜变了震惊，而后又变成了愤怒，这一点跟现在的追星族也一样，追星族对明星忠心耿耿，但他们眼里也揉不进沙子，容不得明星欺骗自己。记得多年前，有一个如日中天的明星对他的粉丝隐瞒了婚史，被人肉出来后，掀起了巨大的波澜。而当时，在我爷爷心中掀起的何止是波澜，说狂澜一点也不为过。

“先旺，你听我说。”刘瞎子虽然看不到我爷爷脸上的怒色，但他能感受到我爷爷身上强烈的怒气。我爷爷本想掉头就走，但站起来后，又气呼呼地坐下来，他实在太爱听刘瞎子说三国了。

刘瞎子知道我爷爷气鼓鼓地坐着，他笑了笑，甩开扇子在空气中乱画了两下，又把扇子合上。“先旺啊，我要离开大刘庄一阵子，你别问为什么离开。我只告诉你，我一离开，苍田中佐肯定会追问你，你就告诉他，我还会回来，我留下的醒木就是我会回来的信号。那苍田中佐一定要看你的醒木，你说你能不给他吗？”听到这儿，我爷爷像泄了气的皮球，刘瞎子的话说得在理呢，在大刘庄，苍田中佐就像一只横着走的大闸蟹呢，他想要的东西谁敢不给呀，包括我爷爷也不敢。

“可是，他要是把醒木收走了咋办？”我爷爷急切地问。

刘瞎子继续慢条斯理地说：“你跟苍田中佐不是朋友吗？”

“谁跟他是朋友。”我爷爷又恼怒起来。

刘瞎子就笑，他没答我爷爷，他续着他的话题说：“朋友之物，不可盗也。”我爷爷反驳，这也不一定，那曹操可以盗国，日本人可比曹操坏多了，经他们手的好东西，就别指望要回来了。

刘瞎子还是不急不恼：“先旺，你得信我，我说苍田会把醒木还给你，就肯定会还。他至多把醒木借过去欣赏两天，过不多久就会还你。”

“要是不还咋办？”

“我说了要还就必定要还，我算好了的。”刘瞎子说到这儿不说话了，我爷爷也没有说话。两个人就这么沉默了好一阵子，我爷爷才问了一句：“刘瞎子，你啥时再回来？”

“该回来时我就回来。”刘瞎子这话说了等于没说。

事实上，也正如刘瞎子所预料的那样，刘瞎子当夜离开了大刘庄后，苍田中佐见不到刘瞎子，就找我爷爷去问话。我爷爷就照着刘瞎子的原话原样地跟苍田一说。果不其然，苍田就向我爷爷借醒木。我爷爷当然是舍不得的，他担心刘瞎子算不准，苍田这小子要是把醒木收走，他找谁说理去。苍田见我爷爷犹豫不决，脸拉了下来：“刘桑，你的不信我？不信任大日本皇军？”

我爷爷条件反射地点点头。苍田中佐用很重的鼻音“嗯”了一声，我爷爷醒悟过来了，连忙改点头为摇头，挤出比哭还难看的笑容说：“哪能呢，我相信皇军，更相信苍田太君。”尽管苍田中佐一直把我爷爷视为所谓的朋友，但我爷爷很少在苍田中佐面前说客套话，他的禀性就这样，就是在田大茂面前他也不会说客套话，他一直打着田荷花的心思，却连讨好田大茂的话都不会说，难怪田大茂不喜欢他。

我爷爷极不情愿地把醒木交给了苍田，醒木交上去后，他似丢失了魂魄一样，整整一天，都没驱赶他的水老鸦下湖拿鱼，搞得那些水老鸦们莫名其妙，以为我爷爷给它们放假了，它们可不情愿放假，它们一个个都是极其好斗的战士，把这些好斗的战士关起来，不让它们上战场，那就是对它们的忽视，对它们的极不尊重。那天，水老鸦们在围栏里开了半天会，也闹嚷嚷地叫了半天，我爷爷没理会它们。

事实也正如刘瞎子预料的一样，苍田中佐仅将醒木保留了一天，第二天就将醒木还给了我爷爷。苍田中佐还笑着叮嘱我爷爷，“这醒木是个好东西，一定要保管好。”我爷爷把醒木看了看，又掂了掂分量，还是那样沉，他情知醒木没被苍田中佐调包后，脸上有了笑容，他连连点头："太君放心，我一定保管好。"

十

刘瞎子留下来的金丝楠醒木，日本人没要，怎么会到了新四军九旅"指人译"雷耀虎的手上？我与陈平安心里都打满了问号。陈平安跟我说："刘颂，解铃还须系铃人，我们去上海，找雷国民去。"我觉得陈平安的建议很好，我们不再迟疑，第二天就去了上海。陈馆长事先跟雷国民打过了招呼，我们找到雷国民家的时候，老爷子已在等着我们。

寒暄了几句，我和陈平安直奔主题。雷国民笑笑道："刘瞎子是我父亲安排到大刘庄搜集情报的，那醒木就是传递情报的工具。"这么一说，我和陈平安都惊住了。陈平安说："可是我们都仔细看过了醒木，上面没有什么异样啊，怎么传递情报呢？"

雷国民说："我父亲生前，一直想把醒木给捐出去，但是他有着一个很深的心结，怕捐出去会给老克带来麻烦。"

"老克？是不是在大刘庄的老克？"我追问。

雷老点了点头道："正是他。这老克啊，也是我父亲的同事，两个人一起在上海受过训，那个班是中共地下组织在上海秘密开设的译电员培训班，教员是苏联人。学员结业后，我父亲进了部队，老克则深入敌人内部搜集情报。抗日战争胜利前，老克失踪了，我父亲找了好久都没找到，可能是牺牲了。那个时候，在隐蔽战线上秘密牺牲是很常见的事，新中国成立后，老克原本是要被追认为革命烈士的，但有人提出，老克在大刘庄叛变了，投靠了日本人，新四军独立营在据守天瓢岛时，老克还向独立营发了假情报，让独立营从南岸突围，结果敌人以逸待劳，那一仗，独立营伤了好几个战士。虽说，丁晟给组织上写过证明信，说明那次突围战是老克和他设的一个计，目的是让老克取得鬼子的信任，他好在内部搜集更为重要的情况。但这事除了丁晟外，没有别人能加以证明，所以就暂时挂了起来。后来又有人举报老克用醒木传递假情报，新四军九旅收到假情报后，指挥部队攻打盐城县城，而鬼子却提前做好了准备，县城没攻下，在回撤的过程中，有几个战士受了伤。举报的人也将这笔账记到老克的头上，组织上派人调查过，的确有这么回事。”

“雷老，您的意思是说，老克通过这醒木传递过假情报？”陈平安问。

“是的。我父亲怕惹起麻烦，所以醒木自己一直保管着，没往上交，因为一交，老克的叛变投敌就等于是坐得更实了。”

“可醒木到底怎么传递情报的啊？”我问。

雷老笑了笑，反问我们：“你们没打开醒木看吧？”

我和陈平安对视了一眼，我们都仔细地看过醒木，那就是一块整木头，怎么打开？雷老从我们的表情中猜出了我们还不知道醒木的秘密，他抿了一口茶，身子往沙上发靠了靠道：“那醒木从中间是可以打开的，不过，打开前得往桌上连拍三下。你们回去打开看看就知道了。”

当天，我们从上海赶回来，又去找了陈馆长。陈馆长还奇怪，这雷老将醒木都捐出来了，为啥这秘密就不告诉他。我猜测，雷老可能是想考验我们，如果我们对醒木真的好奇，就会去请教他的。我这么说，是有点由头的，因为我看过一些纪念馆，对于社会上的捐赠不够重视，往橱柜里一摆就了事，也没专人去研究它，就让它一直冷清地搁着，接受着观众或擦身而过，或匆匆一瞥。

陈馆长还是有点不开心，觉得雷老做事不够严谨，不过，管不了那么多了，我跟陈平安建议陈馆长，用雷老的建议试一试，看能不能打开醒木。陈馆长将醒木往桌子上敲了三下后，醒木发出“啪—啪—啪”三声脆响，再看醒木，中间位置的金丝水纹波中竟露出了一根头发丝样的缝隙，顺着这条缝隙，我们将醒木左右一抽，醒木果然一分为二。原来，这醒木用的是木榫结构，做工机巧，只有在敲击震动后才露出缝隙，顺着这个缝隙才能打开醒木，而如果时间稍久，缝隙又能自动合上，两块醒木合为一体，看不出丝毫破绽。

醒木打开后，我们在醒木的上方看到了用碳笔写的一组数字，碳笔的墨很黑，不易擦掉，时隔了几十年，上面的数字依然很清晰：

3412

2316

4890

2985

……

陈平安记下了这组密码，这些年，陈平安对军事密码可没少研究。看了这组密码后，他怕是“指人译”，不能用明码翻译，特地打电话向雷老请教，雷老在电话那端爽朗地笑道：“你们译吧，这就是一组明码。”

既然是明码，那就好译了。很快，陈平安就译出来：初九子时，攻击县城。

原来，这就是老克传递出去的情报。但新的问题接踵而至了：新四军九旅为何相信老克传递的情报？这情报又是怎样传递出去的？

陈平安焦急问我：“刘颂，你再回忆回忆，你爷爷有没有讲这醒木的去向。”我认真地回忆起来，我爷爷在世时，没少给我讲这醒木的故事，但至于这去向，他总是语焉不详。

“那你爷爷从苍田中佐那儿取来醒木后，有没有人来见过你爷爷？”陈平安帮着我梳理回忆。经陈平安这么一提醒，我还真想起来了，我爷爷是跟我说过这么一回事，刘瞎子走的两天后，有一个中年汉子来大刘庄，在守哨的敌军对他盘查时，他说来接刘瞎子去他们大袁庄开书。那个时候，刘瞎子的名声已经越过了大刘庄，四乡八邻的人来接刘瞎子去开书是常有的事，哨兵不知道刘瞎子已经不在大刘庄了，就放了那人进来，那人当然没找到刘瞎子，有人就指点他来找我爷爷刘先旺，说刘先旺跟刘瞎子好，刘瞎子去了哪儿，他知道。那人就摸到了我爷爷家，我爷爷当时正在喂水老鸦，他就站在我爷爷身后问我爷爷，我爷爷说刘瞎子走了，不知去哪儿了。来人显得很失望，我爷爷补了一句，刘瞎子还会回来的，他的醒木还在这儿呢。那人就讨了醒木看了看，然后就走了。但就在那人走后，醒木就不见了。我爷爷怀疑是那人偷走的，但没有证据，我爷爷是把醒木给那人看了后，那人又亲手把醒木还回到我爷爷手上。所以我爷爷一直对醒木的下落语焉不详。

“那就清楚了。”陈平安兴奋地说，“刘瞎子是被雷耀虎指派来搜集情报的，他当然知道老克的身份，但他不知道老克已经叛变，还当作老克借着为刘瞎子洗脱罪名打入了鬼子内部。为了传递情报，刘瞎子故意留下了醒木，他料到自己这一走，苍田会查他的去向，肯定会找你爷爷，而且一定会从你爷爷手中要走醒木。得到醒木后，知晓醒木秘密的老克，就会提醒苍田，两人一合计，将计就计，在这醒木中放进情报，然后苍田装作大度地再将醒木还给你爷爷。接着雷耀虎派来的人瞒着你爷爷取走了醒木，然后按照醒木上的密码破译，新四军九旅指挥部队攻打盐城县城，但等到攻城时，他们才发现，老克给他们提供的是假情报。他们上当了，于是，这老克叛敌的事也就传开了。”

陈平安分析得不错，有理有据，而且我爷爷一直认定老克是个汉奸。可是我奶奶生前一直咬定老克是英雄，我奶奶是个做事有主见的人，传承了她父亲田大茂的一贯精明，她认定老克是英雄，自有她的道理。

十一

谁也想不到，苍田中佐安插在新四军根据地的“毒牙”被发现了。这件事在研究新四军的军史资料上有记载，原文是这样的：

> 一九四四年秋，新四军对日进入了全面战略大反攻阶段，日寇及汪伪军不甘心接连地失败，在我根据地渗透进大量特务，以期截获情报，暗杀我根据地干部，但他们刚一渗透，

就被警惕性很高的我根据地干群抓获。然而还有一条漏网之鱼，此人外号“毒牙”，化名田有根，加入日军特务组织前，在上海生活了十多年，能说一口流利的中国话，他渗透进来后，因在国民党译电员训练班受训的经历，以及指认原新四军交通员老吴的叛变，获得信任重用，得以潜伏下来，后经我打入大纵湖敌军内部的情报人员传递出情报，识破“毒牙”身份，拔去了这颗安插在我首脑机关的“毒牙”，挫败了一起针对一、二号首长的暗杀阴谋。

这份资料，整理于一九八四年，至今已经三十多年，作者已不在人世。从资料中看，作者是根据多位健在的老新四军战士的口述整理而成的，可信度相当高。我查到这份资料时，脑海里立即浮现出老克的模样。资料写得很明确，打入大纵湖敌军内部的情报人员，而据我的多年调查，当年丁晟率领新四军独立营进驻大纵湖天瓢岛后，打入敌军内部的只有老克。假设这个情报是由老克传递出来的，那么老克到底有没有叛变？他是怎么把情报传递出去的？

这段文字中我还看到一条，即“毒牙”指认叛变的老吴，我立即想起我爷爷说起的那个差点被铲了“大头菜”的老吴，原来，他是苍田放出去的诱饵，是为“毒牙”获得信任铺路的。

我知道这样的探秘凭我一个人的力量是无法解决的，所以我发现资料后，立即给陈平安打了电话。陈平安还没听完我的讲述，他就用他特有的高速语调跟我说：“刘颂，我也有了重大发现。”

“什么发现？”

陈平安报出了一组数字：3242、2316、4890、2985。

“这不是密码吗？怎么回事？从哪里发现的？”

陈平安笑道：“这数字就是从醒木里发现的啊。我们当时看密码时是横着看的，我回来后，把数字竖排了一下，就是这组数据。”

“那是什么意思？”

“我花了一个多月，查阅了多位‘指人译’的资料，终于把这组密码给破译了。”说到这儿，陈平安停顿了下来，故意卖起了关子。

我当然急了：“到底是什么意思，你倒是快说啊！”

“译文是：内奸田有根，代号毒牙。”

我一下子惊住了，陈平安的破译正吻合了我所看到的那份资料！

我构想的整个剧情应该是：老克被抓获后，他没有叛变，而是将计就计，在敌人内部获知“毒牙”的真实身份，然后煞费苦心，将‘指人译’暗码用另一层意思转化成明码，骗过苍田，而这明码就是让新四军第九旅攻打盐城县城，而九旅果然依照明码佯攻了县城，这是为了保全老克。真正的‘指人译’暗码急电至新四军军部，从而将田有根抓获。

不过，我还是不能确定，这剧情太无间道了，我还是想听听陈平安的想法。陈平安也没有谦虚，他来到我的办公室阅看了我复印下来的资料后，他推开我办公室的那扇窗，站在窗前，正如他在课堂上讲课一般，用抑扬顿挫的语言勾勒了这条挖内奸的路线图——

刘瞎子回到大刘庄之前，已被新四军发展为秘密情报人员，发展他的就是新四军九旅通讯处长雷耀虎。其时，新四军正在根据地内开展除奸工作，怕有漏网之鱼，就让刘瞎子回大刘庄，以说书先生的身份为掩护，与老克秘密接头。老克知道刘瞎子的来意后，他考虑到不入虎穴，焉得虎子，于是让刘瞎子故意引起苍田的怀疑，然后老克暗度陈仓，在苍田自以为抓获新四军情报人员而放松警惕之时，与游击队里应外合，偷了鬼子的电台并急送至天瓢岛。而这只是整个剧情的前戏，前戏铺垫好后，第一场好戏就亮相了——老克故意被抓，并很快“投敌”。紧接着，老克导演了第二场好戏，通过电台向天瓢岛上的新四军独立营发出假情报，让丁晟率部佯装从南岸突围，结果被苍田“以逸待劳”打了一个所谓的胜仗。老克由此获得苍田的信任。有了这个信任，他套出“毒牙”的真实身份不算难事。但老克被苍田时刻盯着，情报传不出去。接着就是第三场好戏上演：刘瞎子将醒木送给我爷爷，然后他神秘失踪，他一失踪，苍田必然追查，这一查，就查到了那方醒木，然后老克提示苍田揭开醒木的秘密，并建议苍田在醒木里藏着密码，又通过我爷爷的渠道，被来找刘瞎子的中年汉子暗中取走醒木。而新四军为了保护老克，特意按明码佯攻了县城……

“如此说来，老克是抗日英难，我爷爷也是传递情报的功臣了。”我当时在想，要是我爷爷还没去世，我将这事告诉他，他一定脸上乐开了花，他讲述的故事无疑又增加了新内容。

“不光你爷爷是传递情报的英雄，我伯爷爷陈大富也是。”陈平安脸色有点潮红，他说话时盯着我的眼睛，那架势生怕我说一句话否定了他。事实上，我也确实不留情面或者说条件反射地否定了他：“平安，你刚才所讲的内容里也没有你伯爷爷啥事啊。”

“怎么没他事？”陈平安不悦起来，他显得很激动，“你想啊，苍田的电台由我伯爷爷陈大富掌控，即使老克投敌也不可能接近到电台。”“毒牙”发给苍田中佐的情报，都是经我伯爷爷陈大富收转的，如果没有我伯爷爷陈大富暗中相助，老克能收集到情报？

陈平安的话有点道理，但也有一个漏洞。我理直气壮地质问：“你说你伯爷爷在挖内奸中有功，既然他知道‘毒牙’的真实身份，为何不直接传递给老克或者刘瞎子？”

陈平安反驳道：“老克被抓后，我伯爷爷怎么知道他是真投敌还是假投敌，再说……我伯爷爷那时跟新四军联系得不紧，我爷爷陈二富说过，我伯爷爷当时是想靠近国民党的，他事实上也这么做了，我伯爷爷生前告诉过我爷爷，他向国民党提供过不少情报呢。”而且，陈平安认为刘瞎子纸扇上的数字也藏有“指人译”暗码，明码是“接应电台”。暗码是什么呢？陈平安说他看过陈大富幸存下来的日记，日记中就写了他抄自扇面上的那组数字，经过多种方式排列，他在多组数字后面写了“醒木”二字，后面打了一个问号。

按陈平安的话推理，刘瞎子扇面上的暗码，就是提醒老克注意他的醒木。刘瞎子回到大刘庄时，并不知道老克是新四军安插进来的“指人译”，他肯定也不认识老克，上级也不可能让他直接找老克。因为隐蔽战线的规矩，上下线之间只能单线联系不能复线联系。他在开书时通过纸扇公开暗码，旨在让真正的“指人译”自己识别。而扇面上的明码是个诱饵。继续往深处推理，暗码译全了应该是：打入敌内部，醒木传情报。

这里面还有一个问题，新四军的“指人译”密码，陈大富怎么破译出的？陈平安说：“日记是陈大富在日寇投降后按照回忆写的，那时国共和谈，一些‘指人译’的破译方法也在国共情报人员内部分享过。”对陈平安的解释，我虽然还有疑虑，但还算认同。我换了个话题问陈平安：“既然他向国民党提供了情报，为什么抗战胜利后，国民政府还公开以汉奸罪枪毙了你伯爷爷？”

陈平安有点发红的脸色突然间转白了，他咬了咬嘴唇道：“国民党内部有人贪功呗，把我伯爷爷的功劳占为己有，杀他是杀人灭口。”

我还想说什么。但看到陈平安的脸色不好，我忍住了，把到了喉咙口的话又硬生生地给咽了回去。

十二

苍田中佐率部驻扎大刘庄，从一九四四年的开春进驻，到当年秋天战败撤出，前后有大半年时间。他在大刘庄的日子里，我爷爷几乎天天要陪着他，这没有办法，苍田中佐每天都要吃我爷爷的水老鸦从大纵湖里拿上来的大头鲢，我爷爷想躲也躲不掉。

我爷爷只看到苍田中佐醉过一次酒。那天，从盐城县城来了一辆汽车，拉走了苍田中佐两个得力的手下，一个叫小野次郎，一个叫宫田一郎，都是搞电台破译的专家，据说他们俩被抽调到太平洋作战去了。我爷爷不晓得太平洋在哪儿，他以为这太平洋可能是个比大纵湖大一点的地方，他当时还纳闷，这小鬼子怎么就喜欢在水边作战呢。结果，他到田家豆腐坊把这一消息告诉我未来的奶奶田荷花时，田荷花毫不客气地嘲笑我爷爷孤陋寡闻。

她说，太平洋远着呢，也大着呢，一千个，不，一万个大纵湖也赶不上一个太平洋。我爷爷当时就怔住了，手中刚从锅里舀上来的热腾腾的豆浆也忘了喝，有这么大？他不信，但看到田荷花很认真的表情，他不敢不信。

自从日军不宣而战偷袭美军珍珠港后，太平洋战争爆发，刚开始，日军节节胜利，特别是在情报战中，美军的密码几乎全被日军破译了，后来，美军突然换了密码，日军破译不了，就紧急从侵华日军中调了破译精英到前线相助，事实上，不管是小野次郎还是宫田一郎，他们到了太平洋作战前线，对美军的密码同样束手无策，因为美军根本就没用摩斯密码，而是直接用纳瓦霍族的土著来收发情报，情报就是鲜为人知的纳瓦霍族土著语。

苍田中佐那天醉得很厉害，他拖着我爷爷去了关帝庙。他从关公的泥塑像手里取出了那把青龙偃月刀，横七竖八地乱舞一阵，突然将那震颤着的刀头指到我爷爷的胸前，离我爷爷的胸口大概只有三寸多吧，青龙偃月刀是铁皮做的，很薄，在我爷爷胸前直晃，虽然未必砍得了人，但我爷爷还是吓坏了。他说，“太君……太君，您这是……”

苍田中佐哈哈大笑：“刘桑，你的，害怕了？”我爷爷点头，他确实害怕。苍田中佐倏的收回了青龙偃月刀，他又乱舞了一通，嘴里还发出了“哇呀呀”的怪叫声。酒醉，舞不动了，刀掉到地上，他一屁股坐到地上，趴伏在关公关二爷的泥塑像前放声大哭。苍田中佐这一失态不打紧，我爷爷吓坏了，他劝也不是，不劝也不是，像根木桩愣在那儿。苍田一边哭一边说，语气不连贯，我爷爷能听出个大概，这苍田是在哭小野次郎与宫田一郎，这两人刚到太平洋前线不久，就被飞机炸弹给炸死了，尸首全无，这苍田是在哭祭他们呢。听明白后，这哭声也是极有感染力的，我爷爷心里也酸酸的，他也在抹眼泪，他绝不是在哭小野与那个宫田，他是在哭不见了的刘瞎子，还有被小鬼子铲了“大头菜”的人，可能也捎带着哭了哭他早亡了的父母。

苍田中佐哭了一阵后，有人来跟他耳语了几句。苍田中佐突然站起身来，他目露凶光，飞快走出了关帝庙。我爷爷也跟着走了出来，经过陈家宗祠时，苍田中佐指着宗祠对我爷爷说：“刘桑，我吃了你那么多大头鲢，我得表示表示，这宗祠现在归你了。”

我爷爷连忙摇手：“那可使不得，这是陈家的。”

“什么陈家的，我说是你的就是你的。”苍田中佐蛮横地说。他说这句话时，陈大富也迎面走了过来，苍田中佐干脆对他交代：“陈队长，跟令尊说一声，就说我说的，这宗祠从今天开始归刘先旺。”

陈大富瞟了我爷爷一眼，一脸媚笑：“太君，您说定了就定了，我父亲不会有任何异议的。”

“这就好。”苍田拍了拍陈大富的肩膀。我爷爷简直当作自己是在梦游，这太不可思议了，这宗祠，从今天开始就属于自己了。他以为这不是真的，他狠狠地掐了自己的大腿一把，生疼，不是在做梦。

我爷爷曾跟我骄傲地说过，他曾经得到过那宗祠。我奶奶一听，不干了，她虎着脸道：“刘先旺，你还真有脸说，小鬼子不过是随口一说，谁当真了？你搬过宗祠的一砖一瓦了，还是住过宗祠了？”

我奶奶这么一呛，我爷爷就不拿这件事在我面前吹了，他就笑，笑着看我奶奶。我小的时候，我爷爷和我奶奶总是这样，我奶奶一抢白，我爷爷就只会咧开嘴笑，好像我奶奶不是在呛他，而是说了个好笑的段子。瞧我爷爷那德行，笑得眼睛都眯成了一条缝，那道缝透出的光还不安分，前前后后追着我奶奶，真搞不懂，我爷爷有啥好乐的。

不过，我奶奶说的是真的，就在苍田中佐把宗祠大度地馈赠给我爷爷的当天夜里，大纵湖又爆发了一场战役，还是驻守天瓢岛的丁晟率领新四军独立营从南岸突的围，打的是突围战。这次，突围取得了成功，据守大刘庄的日军、汪伪军伤亡惨重。这次战役在新四军的军史上被称为“大纵湖大捷”。

丁晟率部突围后，大纵湖区域与兴化一带的抗日根据地不仅得以打通，还连成了一片，日军被挤压进了县城，从此龟缩在县城里，不敢再到乡下来撒野了，过了不久，鬼子就缴械投了降。

对于“大纵湖大捷”的成因，有很多说法，最主流的说法是有新四军情报人员在敌军内部发挥了作用，故意给日军发送错误情报，让日军以为丁晟会率部从大纵湖的北岸突围，结果，苍田从南岸调了大部队去北岸增援，但丁晟用的却是声北击南计，针对南岸守敌的薄弱，一举突围成功。

前面我已经说过了，据我和陈平安掌握的资料而言，当时潜入苍田所率日军内部的只有老克一人，那么这个起作用的情报人员按理讲应该是老克无疑。老克传出了内奸“毒牙”身份的情报，为何第一时间收到情报的雷耀虎没破译出来？这只能有一个解释，即老克不只是九旅的“指人译”，他还是整个新四军军部的“指人译”，老克通过雷耀虎传出去的情报，只有军部的那个“指人译”才能破译。

奇怪的是，新四军取得大纵湖大捷后，老克就销声匿迹了，有人说他到了另一条隐藏战线去继续战斗了，有人说老克不幸牺牲了，还有人说老克是个汉奸被除奸队处决了。老克是生还是死，谁也没有确凿的证据，我和陈平安也没有。

第五章　定风波

一

天刚蒙蒙亮，我爷爷刘先旺就划着小划子船进城执行任务去了。

我爷爷说到执行任务的时候，他的声音顿时小了许多，几乎是附着我耳朵说的悄悄话，他说："刘颂，你爷爷我执行的任务，整个大刘庄的人都不知道，丁营长跟我说，刘先旺，你上街去执行的任务，有可能去了就回不了头，你敢不敢，怕不怕死？我才不怕死呢，当时我就头一点，胸脯一拍，跟丁营长保证，交给我的任务，哪怕是刀山火海，我刘先旺也要去闯一闯。"

我知道我爷爷没有吹牛，因为他真的上街执行任务去了。在我们苏北里下河一带，把进城统称为上街。从大刘庄往盐城县城的里程可长可短，那要看怎样的路线设定。大刘庄在大纵湖的西南岸，县城在大纵湖的东北角，如果纯粹走旱路，绕着大纵湖走，那得有七八十里的路程，如果划着小划子船，穿过大纵湖，裁弯取直，那里程就得缩短一小半。但很多人宁可舍近求远走旱路，这倒不是因为他们要燃烧卡路里，而是因为大纵湖不是谁都可以过得去的，湖里的野生芦苇发了疯似的生长着，不讲任何道理地霸占着整个大纵湖，一副我的地盘我做主的声势，疯长的芦苇，蛮不讲理地围出的若干条河道，弯弯曲曲，变化多端，跟诸葛亮先生传说中布置的八阵图有得一拼，搞不好，你进是进得去，出却出不来。

我爷爷刘先旺年轻的时候，三天两头都要上街去卖鱼，他豢养着十二只鸬鹚，我们这儿的人把鸬鹚称作水老鸦，我在这里就不称它学名了，入乡随俗嘛，也统称它们为水老鸦，反正我爷爷一直是这么叫的。那十二只水老鸦厉害得很呢，我爷爷跟我谈起他养水老鸦的经历，一脸的得意之色，好像水老鸦们都是他的孩子一个比一个出众，宝贝着呢！对，我奶奶田荷花只要一听到我爷爷提到水老鸦，她就是这么揶揄我爷爷的，我爷爷就咧开嘴笑，那时他已经七十多岁了，两颗门牙已经光荣地下岗了，他一笑，风就很顺利地穿过牙缝，无遮无挡地直往嘴里钻，风搅动着他的喉咙，这让他说话的声音中夹杂着风声，有点含混不清。但我奶奶的耳朵特别灵，她对我爷爷的每一个吐字听得都很清爽，我爷爷跟我讲他年轻时的往事时，只要我爷爷哪句话说得不入她的耳了，她就会从灶间里、从院门口，甚至倚躺在床上，她都能跳出来与我爷爷怼上几句，好像随时保持着一级战备状态的战士，她对我爷爷话语的把控是全天候无死角的。但我爷爷对我奶奶的揶揄一点都不恼，不是他听不懂我奶奶的揶揄之词，而是他觉得我奶奶的用词造句很精准，的确说到他心里去了。

话说回头，我爷爷刘先旺豢养的水老鸦的确凶猛。我当然没有亲眼见证过，毕竟我爷爷豢养水老鸦时，抗日战争已经接近尾声，那会儿，我爷爷还没娶上我奶奶田荷花，整天抓耳挠腮地想着怎么在田荷花面前表现，包括他的那十二只水老鸦也明白无误地看出了我爷爷的心思，我父亲他老人家还不知道在哪儿打转呢。我当然没有时光穿越的特异功能，但我可以听呀，或者说道听途说也行。比如，我的同学陈平安的爷爷陈二富，跟我爷爷是同辈人，他就曾经这么跟我说过，他说："你不知道啊刘颂，你爷爷年轻的时候有一手绝活，他能把水老鸦调教得既服服帖帖，又个个如狼似虎，只要你爷爷一吆喝，水老鸦们下了水，一个个比下山的猛虎还厉害，那阵子咱们这大纵湖的大头鲢，估计有一半被你爷爷的水老鸦给拿上来了。"我觉得陈二富前面的一段话是靠谱的，后面的一段话嘛，就带有很明显的夸张色彩了。我们这儿的人都知道，大纵湖是苏北里下河平原最大的泻水湖，西高东低，就像一个没有端平的水盆。从上游入湖的客水，据说有九十九条河，当然，这只是个虚指，反正进入大纵湖的河流有多少条，我爷爷数不过来，我也数不过来。湖的前面既然冠了一个"大"字，那当然就是一个很大的湖了，到底有多大呢？以前是靠估算的，后来科技发达了，进行了精准测量，大纵湖的面积大约有四十平方公里，差不多有一千个足球场大小了，你说大不大？大纵湖不仅大，它还有独特的芦苇资源，我前面已经说过了，那些野生芦苇，就如一个个蛮不讲理的侵略者，不管是湖里还是岸上，只要有空地就肆无忌惮地侵占着，茂密而顽强，芦苇与湖水共生，仿佛一个原始森林。我爷爷那一辈再往上的数代人曾说过，进入大纵湖，就是进入了一个迷宫，那依傍着芦苇而形成的弯弯曲曲的河道，不管你水路走得多熟，走着走着就能迷路。我小的时候，我爷爷是不让我往大纵湖纵深走的，他怕我进了迷宫就出不来，如今这“芦苇迷宫”已申报了吉尼斯世界纪录。

大纵湖这么大，它的水产资源当然也是丰盛的，尤其盛产的大头鲢鱼，极其鲜美。所以说，陈二富说当年我爷爷的水老鸦拿下了大纵湖一半的大头鲢，那就是极其夸张的说辞了。不过，不管陈二富的话夸不夸张，只要是夸奖我爷爷的，我就心情愉悦地照单全收。但是陈二富后面的话就有点不上路子了，他说我爷爷就是凭着那十二只水老鸦在鬼子面前成了红人，而且成为小野情侦队大队长苍田中佐的朋友。

一听到这话，我头都大了，我爷爷刘先旺能成为鬼子的朋友，那潜台词就是骂我爷爷是汉奸呗。我呸！他陈家才出汉奸呢！诸位，我呸的理由不是没有根据的，陈二富的哥哥陈大富就是一个人所皆知的汉奸，他做过汪伪军的电台中队长，一直跟着情侦队的苍田中佐后面混，后来日军投降了，陈大富被国民政府以汉奸罪给枪毙了。陈二富有这个不光彩的汉奸哥哥，他陈二富能好到哪儿去？既然他诋毁我爷爷，我当然也毫不客气地回敬他，我有我的回敬方式，比如，给他的孙子也就是我的同学陈平安取了个“小汉奸”的绰号，经过我的广泛传播，这绰号很快传遍了校园，传遍了整个大刘庄。陈平安自然对我恨得牙痒痒的，他想揍我，但他又不是我的对手，只好咬牙切齿地瞪着我，偶尔他也会甜言蜜语地想软化我，但我保持着高度的警惕性，软硬不吃，陈平安拿我一点办法都没有。

但让我沮丧的是，我爷爷与日本鬼子做过“朋友”的事，竟然得到了我爷爷与我奶奶的亲口认证。我爷爷对这件事毫不避讳，他说孙子哎，你不晓得，你爷爷我是与那个龟孙子交过朋友。但你爷爷我没有给咱们刘家丢脸，何止没丢脸呢，你爷爷我还是个抗日英雄呢，我是执行过新四军交办的任务的。

这话一下子吊起了我的胃口，我在急不可耐地等待下文时，我爷爷却顾自用手摸着他满头的白发，细碎的头皮屑往下直掉，落到他青布衫褂上，像落了一层霜。有些头皮屑被风一吹，直往我脸上冲，要是在往常，我肯定要厌烦地躲开了，这次被我爷爷的话头给吊住了，顾不上这些了。我爷爷沉默了好一会儿，才从几十年前的岁月时空里穿越回来，他说，我跟日本人交朋友，是为了给新四军传递情报，用这个身份做掩护嘛。

怎么传递情报的？我追问下去。我爷爷却又挠挠头说，这事儿说起来有点复杂，也很挠头，得让我想想，想好了再说。

二

新四军三师九旅的独立营，是在一九四四年春进入大纵湖中心地带的，独立营营长丁晟将这次进驻行动称为“钉钉子”。我爷爷刘先旺对丁营长所称的“钉钉子”不甚了解，我爷爷当然钉过钉子，他那只小划子，还是我爷爷的爷爷留下来的家产，早就破烂不堪，我爷爷常用大钢钉，也就是他嘴中所说的“洋钉”，把那些破烂得几乎分崩离析的木头，几锤子下去，钉子就老老实实地嵌进去了，那些破破烂烂的木头就给连上了，缝隙再用拌了桐油的石灰补一补，这就是我爷爷常说的“修船”，他一直认为自己是我们大刘庄最好的“修船匠”，我奶奶田荷花对此总是不以为然，她嗤之以鼻地说：“不就钉几颗钉子再抹点桐油石灰嘛，傻子都会做。”

我发现奶奶田荷花呲我爷爷时，我爷爷就眼露贼光，直勾勾地盯着我奶奶笑，有点老不正经的味道。我爷爷这个人是大刘庄有名的刺儿头，谁跟他怼他都会炸，唯独我奶奶怎么怼他呲他，他总是笑，无声地笑，莫名地笑，讨好地笑，他一笑，脸上的皱纹，就如大纵湖中的水波一样，风生水起地往外荡漾，有点犯贱的意味。我知道我爷爷追我奶奶是费了很大心思的，我奶奶田荷花本来看不上我爷爷，我爷爷的父母死得早，孤儿一个，除养了十二只水老鸦拿鱼外，我奶奶说就没发现他身上有什么能吸引她的。

老一辈的人都知道，我奶奶田荷花年轻时是我们大刘庄最标致的美人，我同学陈平安的爷爷陈二富一提起我奶奶，脸上就浮现出无限怀想的模样，他说，你奶奶就是水做的，浑身上下都透着水灵灵的气息。把女人比作水，这当然不是陈二富的发明，翻看过《红楼梦》的人，都会知道这个典故。陈二富还加了一句，他说“刘颂啊，你不知道，你奶奶走到湖边去洗衣裳，那湖里的鱼见到你奶奶都会往下沉的。”陈二富说这些话的时候，我刚上小学不久，我心里想，我奶奶有沉鱼的本事，这不是特异功能吧。我还问过我奶奶，能不能把这项特异功能传授给我。我奶奶就啐了我一口，“你个傻孙子哎，怎么跟你爷爷一样傻。”我后来知道“沉鱼落雁、闭月羞花”四大美人的典故，那已经是我上初中之后的事了，而给我以美的遐想启蒙的陈二富已经离开了人世。

我奶奶田荷花不仅是大家公认的标致漂亮，她的家境也是大刘庄数二数三的。数一的当然是我们大刘庄最大的地主陈茂财，这名字听起来就很土豪，他也的的确确是个大土豪。听我爷爷说，咱们大刘庄有八九成的田地是陈茂财家的，大纵湖南岸附近的那片湖域，足足有上千亩的湖面吧，不知道为什么，竟然也是他们陈家的。在咱们大刘庄，无论是种地的，还是打鱼的，总免不了要给陈家交租子。我爷爷以为交租子是天经地义的事，因为我爷爷的爷爷、我爷爷的父亲，他们没有地，都是靠打鱼为生的，每年都要交钱给陈家，到了我爷爷接过水老鸦拿鱼的所谓事业后，我爷爷自然也把交钱当成了习惯。直到新四军来了，我爷爷才知道，原来这陈家的财富，都是陈家累积了几代人的巧取豪夺，不劳而获得来的。丁营长在村民大会上宣布：我们广大穷苦百姓才是这片土地的主人，才是这大纵湖的主人，我们要打倒一切土豪劣绅，让耕者有其田，渔者有其湖。我爷爷一听这话顿时热血沸腾，热血一涌，他就激动了，曾上过台控诉过陈茂财，说陈茂财的肥肥胖胖，是喝了大刘庄人的血才养肥的。我爷爷不知道哪儿来的灵感，竟然打出了如此精妙的比方，丁营长带头鼓起了掌。

事后，我爷爷想起来又不免有点害怕，新四军来了大刘庄，有他们撑腰，陈茂财一家老小都躲到县城去了，我爷爷无论说什么都没问题。可要是新四军抬腿一走，陈茂财再杀回大刘庄，怎么办？陈茂财家可是养了一帮闲人的，说是自卫队，这帮人跟我爷爷所豢养的水老鸦一样横行霸道，看谁不顺眼，二话不说，绑起来就打。不过，我爷爷有点多虑了，等新四军撤离了大刘庄后，陈茂财的的确确在自卫队的前呼后拥下，杀回了大刘庄，也的确想拿我爷爷刘先旺开刀，可是被陈大富给拦住了，陈大富说冤家宜解不宜结，都是乡里乡亲的，低头不见抬头见，路上不遇桥上遇，算了算了。陈茂财听从了他大儿子的话，真的就没对我爷爷下毒手。但我爷爷对此毫不买账，他也从来没跟我说过这件往事，这事儿是陈二富告诉我的，我向我爷爷求证，他想了想说："陈二富瞎说的，别听他的。"

诸位，是不是我的话题有点扯了，明明要说我奶奶娘家的事，却偏偏扯到了陈茂财和陈大富的身上，但这没办法，陈大富与我奶奶田荷花是有瓜葛的，我奶奶田荷花自小就被指腹为婚，给陈大富做媳妇了，尽管陈大富和我奶奶田荷花都没把这当回事，而且后来日军一投降，陈大富就被接管日占区的国民政府以汉奸罪名给枪毙了，要是没被枪毙，保不准陈大富就成我爷爷了，那陈平安岂不成了我？那个时候，我才满十岁，小脑袋瓜子转不过弯来，看到我的同学陈平安我就有点莫名其妙地偏激，还会有点小侥幸，幸亏我没成为他！

好吧，我不再往外扯了，我现在就把话题切换到我奶奶的娘家身上，我奶奶田荷花的父亲名叫田大茂，开了个田家豆腐坊，生意做得很好。说到这儿，我又得往外扯一扯了，我们这儿有个说法，叫作世上有三苦，行船打铁磨豆腐。但我爷爷却从不这么认为，新中国成立前，我们大刘庄家境数一数二数三的，偏偏就是这行船打铁磨豆腐的。先说行船，陈茂财家的船有十几艘，编成了一支船队，船队中有渔船、有货船，还有两艘装了座椅茶几的大船，是陈茂财用于载客送客的。掌管船队的，是他的二儿子，也就是我同学陈平安的爷爷陈二富。陈茂财把他的大儿子陈大富送到了上海什么无线电班学习了一阵子，后来陈大富进了“和平军”，也就是我们常说的“汪伪军”做了电台中队长，跟在日本人苍田中佐后面，我爷爷说起陈大富就咬牙切齿，说陈大富是大汉奸、哈巴狗。

陈大富是个汉奸，那是明摆着的事，日军投降后，国民政府接管了盐城县，陈大富是第一批被国民政府公开处决的大汉奸。其实，我知道，我爷爷一生中对陈大富始终碎碎念恨的，不仅仅因为陈大富是个汉奸，更因为他和我奶奶田荷花竟是陈茂财与田大茂在一次酒后兴起指腹为婚定下来的“娃娃亲”，正因如此，田大茂始终不待见敢对他女儿田荷花动心思的我爷爷，甚至看到我爷爷就头疼。我爷爷和我奶奶成婚的那天，田大茂就没出场，他窝在家里独自喝酒，还感叹失去了做人的诚信。我爷爷说田大茂这个人一根筋，他娶我奶奶田荷花时，正是一九四八年冬季吧，盐城还没有解放，陈大富已经被当作汉奸枪毙了，新婚那天，我爷爷仗着酒劲说了句醉话，他跟我奶奶田荷花说：“幸亏你没嫁给陈大富，要不就做寡妇了。”我奶奶田荷花一脚把我爷爷就踢到门外去了，新婚当夜，我爷爷就没能上床，在灶门口和着芦柴窝了一夜，冻得清鼻涕流了一脸。我奶奶说他活该。我也觉得我爷爷是活该，谁让他说话没轻没重的。田大茂虽然成了我爷爷的老丈人，我爷爷跟他鲜有走动，逢年过节，送几条新鲜的活鱼过去，往田家一丢，二话不说，拔腿就走人，照面都不想跟田大茂打。

当年，在我们大刘庄，跟田家的家境旗鼓相当的是张家，张家开了个铁匠铺子，祖传的打铁手艺，既打稼穑的农具，也打鱼叉等捕鱼工具，据说，张家还给新四军修造过枪支，他家开的铁匠铺，就是新四军的地下枪械修理所，但这事没办法求证了，因为张家铁匠铺后来从大刘庄搬到了盐城县城，再后来，新中国成立了，公私合营，张家铁匠铺成了一家小铁工厂，后来几经改革改制，张家铁匠铺就找不到了。这个话题，从时间维度上，又被我拉得太长了，现在，还是回到大刘庄的现场吧，话说苍田中佐带着一帮鬼子兵、汪伪军一开进大刘庄，二话不说，把张铁匠给抓起来了，还说要杀头，听说还是陈大富从中做了斡旋，才保住了张铁匠的命。怎么“好人”又是陈大富给做的？我不能理解，我爷爷也不能理解。

田大茂家雇佣了一个长工，叫老克。我爷爷对老克这个人的印象，说不上好也说不上坏。老克这个人看上去瘦瘦弱弱的，却很有力气，干活儿也卖力，他的作用，丝毫不亚于大青骡，不，应该是比大青骡强多了，大青骡干活不动脑子，只知道一味地推磨，老克呢，会动脑子，对磨子加以改进，干活儿又轻又快，田大茂对老克很满意。我爷爷起先对老克的印象也不错，老克很和善，那段时间，我爷爷喜欢成天粘着田荷花，以送鱼或者拾豆腐为借口，一天要往田家跑几趟，老克见到我爷爷，总是主动客客气气地打招呼，时不时地还与我爷爷唠点家常。

田荷花当年跟她父亲田大茂一样，不太待见我爷爷。她对待我爷爷的态度，要看她的心情。心情好的时候，对我爷爷笑脸相迎，心情不好的时候，那就说不准了，绷着脸一言不发，把我爷爷当透明的空气给晾着，脸色阴寒得能挤出水来。好在，有老克在，让我爷爷少了不少尴尬，逢到我奶奶心情不好时，我爷爷就讪笑着说是来找老克聊几句的，聊着聊着，眼睛的余光却始终不离我奶奶。

那段时间，我爷爷被入驻到大刘庄的苍田中佐给缠着，苍田中佐就喜欢吃我爷爷的水老鸦从大纵湖拿上来的大头鲢，苍田中佐还告诉我爷爷，他的父亲也是日本奈良川上的放鸦人，看到我爷爷在湖里拿鱼，让他想起了他的父亲，所以他对我爷爷一见如故，把我爷爷当成了朋友。我爷爷心里想，你不好好在奈良川待着，跑到中国折腾个啥！不过，这话我爷爷只能闷在心里，他不敢对苍田中佐说。苍田中佐身上有一股杀气，让他害怕。

如此一来，就坏了，你想啊，苍田中佐把我爷爷当成了朋友，我爷爷刘先旺不就成了汉奸吗？大刘庄的人对我爷爷的鄙视是显而易见的，不光没人与我爷爷搭讪，甚至看到我爷爷，就躲得远远的，包括田荷花也是，这让我爷爷抓心挠肺，不知道怎么办才好。

三

话题回到丁营长所说的“钉钉子”上，我爷爷不理解，他理解的钉钉子就是把两块木头给连成一块，我奶奶说他一根筋，钉钉子非要连成一块吗？难道往墙上、往树上就不能钉？我爷爷当面是不会跟我奶奶争的，我的印象中，他也从来没有就哪个话题争得过我奶奶。私底下，我爷爷却跟我说：“孙子啊，钉钉子就是连成一块，就是！”那个时候，我已经懂事了，我知道钉钉子不是连成一块那么简单，但我爷爷就那么说，好像跟谁较着劲似的，他还说：“孙子啊，我跟你奶奶就是钉钉子给连成一块的。”我觉得我爷爷的话太无离头了，我不想理他。

与“钉钉子”理解不同的是，我爷爷对苍田中佐所说的“包饺子”却理解得很到位。时光回到一九四四年春吧，丁晟率领着新四军九旅的独立营，一下子穿插进日军与伪军兵力密布的大纵湖区域，先是在大刘庄短暂驻留，附近驻守在盐城、兴化、建湖一带的日军与伪军闻风而动，调集兵力尾追而至。丁晟没有带着他的二三百号人马正面迎敌，他带着人马开驻到大纵湖的天瓢岛上。天瓢岛是大纵湖的一个湖心岛，岛不大，方圆不过二三十亩地吧，岛上芦苇疯长，芦苇把整个岛都给包了起来，那是属于芦苇的世界，如果你从低空中俯瞰，我保证你只会看到在风中摇头晃脑、得意扬扬的芦苇，绝对看不到一点泥土的痕迹，再加上大纵湖外围的野生芦苇，构成了一道又一道芦苇屏障，苍田中佐率领的鬼子兵、汪伪军想了若干种办法，就是没办法打下天瓢岛。我爷爷说到这儿的时候，我倒是理解了丁营长所说“钉钉子”的意思，丁营长所率部队是往敌人的心脏里“钉钉子”呢。那时我已经跟陈平安一道上中学了，有了自己的理解力，我把我的理解讲述给爷爷听时，我爷爷还是没听懂，他挠了挠头发更加花白头皮屑更多的头，他想了想说，这倒有点像你爷爷我进城执行的任务一样，搞不好就有去无回了。如果这么说，还不是钉钉子啊，钉子钉进去是可以拔出来的，要是丁营长他们这颗钉子，钉得进去拔不出来咋办？我说，爷爷，你真操错心了，丁营长不是成功突围，取得“大纵湖大捷”

嘛。我爷爷拍拍脑门道，也是，也是呢。

丁营长所率的独立营“钉”进了天瓢岛，对此，日军设定了一个“包饺子”计划，就是沿大纵湖的湖岸，把整个大纵湖给重重围了起来，苍田中佐所率的一支部队，就驻守在南岸，作战部就设在我们大刘庄，就在陈茂财家的一个院落里。按常规，苍田中佐是日军的情报官，他所率的鬼子兵，不是一线部队，轮不到他上一线，但那时太平洋战争已经爆发了，美国对日宣战，日军兵不力不足，不停地从中国抽调兵力去填补太平洋战场，如此一来，日军布置在中国的兵力就吃紧了，不管是二线还是三线部队，都推上了第一线。

我爷爷说，他本来也不知道鬼子的什么“包饺子”计划，那还是苍田中佐亲口告诉我爷爷的。有一天晚上，苍田中佐喝了点酒，我爷爷亲手给他做的大头鲢炖豆腐，很鲜美，这道菜是我爷爷的拿手活儿，我爷爷自从对田荷花动了心思后，他就开始钻研大头鲢炖豆腐这道菜，你懂的，我爷爷的水老鸦是拿大头鲢的好手，田家豆腐坊是我们这一带唯一的豆腐坊，我爷爷曾经跟我奶奶这么告白过，他说我的大头鲢与你的豆腐是最好的食材搭配，我爷爷的言下之意，谁都听得懂。那么，我奶奶听后是什么反应呢？有两个不同的版本，我爷爷说出来的版本是，我奶奶听后脸都红了，红得像大纵湖盛夏时盛开着的红莲花。而我奶奶说出来的版本是，她当时听了很生气，她是气得脸通红。反正不管哪个版本，我奶奶田荷花当时脸红了是真的。

苍田中佐那天吃得很开心，酒也喝得满面红光，他一兴奋，就让我爷爷跟他对坐，与他对喝了几盅。酒喝足了，厨师端上了刚煮熟的饺子，是春韭菜与野荠菜混合在一起包的，苍田中佐夹起第一个饺子时，他没有立即把饺子吞下肚，而是把饺子翻来覆去地看了一番，好像要从中找出什么端倪似的，翻着翻着，他突然笑了起来，苍田中佐头大眼细脸滚圆，一笑起来，脸上的肌肉都在抽动，眼睛几乎眯成了一条缝，他笑的时候，我爷爷就浑身发冷，他最看不惯他的那撮因为咧嘴笑而往上挤的仁丹胡，像黑色的鼻屎，从鼻子里喷了出来，让人看得恶心。苍田中佐用刑逼供的时候、杀人的时候，他都会笑。我爷爷记得他铲“大头菜”时，也是这么笑的。那是苍田中佐抓了一个新四军的游击队员，一番拷打，那个人是个铁打的硬骨头，一双膝盖被敲碎了，就是一声没哼。苍田中佐见撬不开他的嘴，就把他押到了大刘庄的晒麦场上，强逼着几个村民在晒麦场上挖了一个土坑，把那个游击队员推进了坑中，只留着脖子以上的部分露出地面，然后苍田中佐让人把土填实后，他笑眯眯蹲过去，问那人，你的，与皇军合不合作？

那人呸了苍田中佐一口血水，咬牙切齿地骂了一句：“休想，做你的大头梦去吧！”“苍田中佐倒是一点不恼，他笑了笑，脸上肌肉抽动的幅度比平时大些，他抹了抹脸上的血水，慢慢地站起身，一挥手，一个日军少佐抽出腰刀，对着那人的脖子砍了下去，那人的头颅与身体立刻分离出去，从脖腔中喷出来的鲜血，向着天空喷射了足足有十几米高，我爷爷说透过血雾，看到的整个天空都是红彤彤的，空气中弥漫着浓烈的血腥味，那血腥味久久散不去。听了我爷爷讲述苍田中佐铲“大头菜”的故事后，我再也不敢独自去那个晒麦场玩了，每次经过那儿去学校，仿佛也闻到了那久久不肯散去的血腥味。

苍田中佐跟入侵的鬼子一样坏，不，比他们还要坏，我在听我爷爷讲这段往事时，我是多么希望我爷爷突然插上这么一段：这苍田中佐不是喜欢吃我的大头鲢炖豆腐吗？我有一次就往菜里撒了一把老鼠药，苍田这龟孙子，吃下去就立马口吐白沫，很快就死翘翘了。我对这个场景充满遐想，我爷爷这个时候倒是精明起来了，他眯着眼睛打量着我，洞察了我的心思，他笑道："孙子哎，我也想过往菜里投老鼠药，可老克说这不行，药死了一个苍田，还会有更多个苍田那样的鬼子冒出来，再说，你药死了一个鬼子，但整个大刘庄的老百姓就跟着遭殃啦。"我爷爷竟然听从了老克的话，他规规矩矩地做菜，绝无二心，也好在我爷爷没生出二心，这苍田也鬼精着呢，他每次动筷子之前，都会巧妙地设置一个话题，让我爷爷先尝上一口，然后他的死鱼眼就盯着我的爷爷脸色看，好像这道菜不是摆在桌上，而是摆在我爷爷脸上似的，看我爷爷安然无事后，他才动筷子。

再说，那个晚上，苍田中佐对着饺子突兀地一笑，我爷爷心里就起毛了。他也夹了一只饺子，但他已经不知道嘴在哪儿了，仿佛被施了定身咒，表情生硬地僵在那儿，他定定地看着苍田中佐，不知道他葫芦里卖的啥药。苍田中佐看到我爷爷在他面前如此紧张，苍田中佐更加得意了，他笑道："刘桑，岛上的新四军，就是饺子馅，我的，就是这饺子皮，往里一包，他们，插翅的难逃。只能统统的，死啦死啦的。"说着，他把饺子往嘴里一扔，我爷爷也没有看到他咀嚼，就囫囵给吞下去了。

苍田中佐吃了六七个饺子后，我爷爷才敢吃第一个饺子。但才吃到一半，又被卡住了，倒不是他的喉咙小，吞不下一个饺子，是因为苍田中佐又很突然地问到了一个人，让我爷爷又被施了定身咒，苍田中佐提到了老克，没错，就是那个在田家豆腐坊替代大青骡做苦力的老克，苍田中佐问我爷爷：“老克，你的，认不认识？”

对于老克，我爷爷当然认识，能不认识吗？他一天几趟往田家豆腐坊跑，每次都会见到老克，每次都有话没话地聊上几句。我爷爷点头说他认识。苍田中佐的身子往我爷爷这边凑了凑，放小音量问：“老克，新四军的干活，你的，知不知道？”

我爷爷木然地摇头，他一脸的惊讶，老克能是新四军？打死他也不相信呢！

四

苏北里下河平原，是长江下游区域一个比较狭小的平原。注意看重点，里下河不是一条河流的名字，而是两条河流的代称。这两条河流是自南向北纵贯的，西边的那条是名声显赫的京杭大运河，东边那条叫串场河，两条河流几乎形成等距百十公里的平行线，流经苏北夹起来的这块平原，就是里下河平原。越过串场河再向东不远，就是浩瀚的黄海。相对于黄海而言，京杭大运河偏里，因此代称为里河，串场河偏外，但不叫外河，而叫下河。因为平原的地势是西高东低，自西而来的客水，是需要穿过串场河奔海的，因此我们这儿就把串场河叫作了下河。

大纵湖的位置偏于下河，也就是串场河，盐城、伍佑、便仓等大盐场的盐，有很长一段时期，要越过串场河再穿过大纵湖进入京杭大运河，也可以说，部分盐场的盐运，大纵湖是必经之地。而大纵湖南岸的大刘庄，又是往来盐船的必停之地。我们大刘庄过去有一条通村主路叫逍遥路，是用麻石铺就的，整个里下河平原一马平川，看不到一块石头，这些麻石当然是运盐船带回来的。运盐船载着满舱的盐运出去，回程时，空船不经风浪，每艘船回来，要不载货，要不就压些石头，对了，就是现在我们常说的“压舱石”，这些“压舱石”都铺了大刘庄的一条长长的路，可见当年的船帆如林了。不用多说，大刘庄地处要冲，是船运上的咽喉之地，自然也成了兵家必争之地。

大刘庄得地利之便，是它的幸事，也是它的不幸。我爷爷当年就曾扳着手指头告诉我，打他记事时起，他就认为大刘庄是一锅被猛火烧滚了的粥，热气腾腾，烫手得狠。我爷爷刘先旺是一九二〇年出生的人，他记事大概是他五六岁的光景吧，他说从他记事到成年的那二十多年，也就怪了，大刘庄从来不离各色人马，先是什么北洋军一路从北杀到南，杀气腾腾地扑进了大刘庄，这帮乌合之众，把大刘庄洗劫一空，我爷爷的父母亲，就是在那场战乱中丧生的。后来来了北伐军，从南杀到北，赶跑了北洋军。可太平日子还没过上几天，日本鬼子兵又开着洋油艇杀进了大刘庄，驻守的国军抵挡了一阵，很快溃散得不见了人影。后来还有一支忠义救国军与日军、汪伪军展开了拉锯战，时不时地钻进大刘庄驻守几天。后来就来了新四军的独立营，没进驻几天，这支队伍就钻进了大纵湖的湖心岛——天瓢岛。日军追了过来，再次进驻了大刘庄，领队过来的就是把我爷爷视为“朋友”的苍田中佐。

对于这些部队，我爷爷印象最好的当然是新四军。除了新四军，其他的军队，个个都如狼似虎，像刮锅灰一样，把大刘庄搜刮了一层又一层，几乎要把大刘庄这只铁锅给铲出个洞出来。而新四军来了就不一样了，他们从不骚扰老百姓，还主动给村民挑水、扫地，他们待人很和善，从不拿村民家中的一针一线，买东西也给钱，除了大地主陈茂财担惊受怕，躲到县城外，别的村民，没有一个不欢迎新四军的。

但是，这么一支军队，在大刘庄有这么好的群众基础，怎么也驻不久呢？这是我爷爷一直思考得要不断挠头的问题，我爷爷这个人头脑简单得很，不动脑筋，所以他对新四军独立营丁晟营长所说的“钉钉子”也就搞不懂，这也是顺理成章的事。

后来，我和陈平安都读到了高中，我们学习了中国革命史后，我们才知道，苏北里下河平原这一带，是为中国人民革命斗争做过巨大的贡献的，历经皖南事变幸存下来的新四军部队北上开驻到盐城，与从山东鲁南南下的八路军在盐城的白驹狮子口胜利会师，新四军在盐城重建了军部，开启了苏北甚至整个华东地区的抗日新局面。中国人民解放军海军也是在里下河平原发起成立的。这些光荣的革命史，凝化成红色的基因，如今正被我们传承着，弘扬着。

我和陈平安自从学过中国革命史后，我们就钻研起我爷爷所说的“钉钉子”，很快，我们就钻研出了成果，原来丁晟营长所说的“钉钉子”就是以小股部队牵制敌军的大股部队，化解新四军正面临敌的压力。果然，丁晟所率的二三百号新四军独立营战士一进驻天瓢岛，鬼子兵、汪伪军坐不住了，大纵湖一直是他们控制在手中的，大刘庄还是汪精卫伪政府命名的模范村庄，那块牌匾就是陈茂财到盐城开会时给领回来的，很光荣地挂在他家的大门外。而新四军独立营一进驻，不就像根钉子一样钉进了敌军的心脏嘛。敌军岂能容忍，他们攻不下天瓢岛，就采取了围困的方式，我们都知道，大纵湖的湖岸曲折蔓延上百公里，这一路排兵布阵下来，消耗了敌军六七千人马，以二三百号人调动了六七千敌军，这真是牵制敌军打出的一手好牌。

我和陈平安复盘至此，显得很兴奋，似乎我和他都是当年指挥这一行动的新四军首长一样，很有成就感。

五

说到新四军的首长，我爷爷说他也见过的，他跟首长还成了朋友。我问我爷爷，他说的那个首长是不是新四军独立营的营长丁晟，我爷爷头摇得像个拨浪鼓，他说，不是，不是。丁营长虽然也是个军官，但称不上首长。那是谁呢？我爷爷把头挠了半天，也没想出那个首长的名字。倒是我奶奶田荷花提醒他，你别瞎挠头了，那个首长在大刘庄就没用他的名字，我们都叫他三〇三首长。我爷爷经我奶奶一提示，脑洞大开，头直点：“对，对，就是三〇三首长。”

三〇三首长是在一九四四年盛夏的时候来大纵湖治伤的。看到这儿，诸位一定要问，打住，作家先生，你别瞎写啊，这大刘庄不是掌握在鬼子兵的手中吗，新四军的三〇三首长怎么可能跑过来治伤？这个问题问得好，你们有所不知，新四军独立营在天瓢岛上驻守三个多月后，完成了作战任务，从南岸打了个漂亮的反击战，不光成功突了围，将大纵湖南岸一带的零散根据地连成了一片，还把鬼子兵和汪伪军打得惨败，连爬带滚地逃到了盐城县城里去喘息，当起了缩头乌龟，再也不敢露头。

这场被称为“大纵湖大捷”的胜仗，与苍田中佐的自摆乌龙是有很大关系的。在这场战役打响之前，苍田中佐的判断是对的，那个老克果然就是新四军的情报员，他以打工的身份潜伏在大纵湖收集情报，但没能逃过苍田中佐的眼睛。这苍田中佐也真叫绝，他探知了老克的情报员身份后，却不露声色，还故意让负责电台侦听的手下陈大富放松警惕，让老克很轻易地从鬼子兵的电台室里偷出了电台，将电台的收报机、发报机的零件拆开，用油纸一一封好，在我爷爷毫不知情的情况下，通过我奶奶田荷花的暗中帮助，将那些零件绑到我爷爷的小划子底下。这样我爷爷赶着他的水老鸦下湖拿鱼时，我奶奶田荷花教唱了他一首《妹妹撑船哥掌舵》的渔歌，田荷花要求我爷爷下湖必唱此歌，我爷爷唯田荷花的话是从，田荷花让他做的事，他哪有不从之理，他一开嗓子唱，天瓢岛上的丁营长一听，知道这是发出的情报暗号，就让手下的战士潜入湖中，从我爷爷的小划子底下分批取走零部件，所有的零部件齐全了，一组装就成了电台。

丁晟有了电台后，苍田中佐与陈大富从电台室侦听到电台，但不会解密码，这时苍田中佐才派人抓住老克，一番严刑拷打，老克就招供了，成了一个汉奸。我爷爷对老克成为汉奸的事一点也不奇怪，他认为老克这个人有点“娘娘腔”，他衣裳上的补丁是他自己缝起来的，用的是阴针，针脚细密，补的布也讲究，与原先的衣裳没什么色差，我奶奶田荷花的针脚也赶不上他，所以经常向老克请教，还有这老克还会用盐水漱口，他的两排牙齿，洁白得发亮。一个代替大青骡出苦力的大老爷们，对这些事这么穷讲究，不是“娘娘腔”是什么。当然，我爷爷给老克取了个“娘娘腔”的绰号，是存有很大私心的，这是因为田荷花太听老克的话了，让我爷爷看得不爽。所以，当老克招供并主动为苍田中佐服务时，我爷爷第一时间就把这消息告诉了我奶奶，我奶奶一听，眉头一皱，她很认真地对我爷爷说：“刘先旺，我警告你，你成为汉奸我相信，你说老克做汉奸打死我也不信，你以后再也不许瞎说，不然，我不理你了。”

到了这个时候，田荷花还护着老克，我爷爷更不爽了，但不爽归不爽，他拿田荷花没办法，更怕田荷花不理他。所以，老克叛变成为汉奸的事，我爷爷从没敢对外人说。整个大刘庄的人，也没人敢打听老克的消息。这不是我们大刘庄的人好奇心不强，而是因为苍田手下有个“汪伪军”的孙营长，这家伙，进了大刘庄比进了自家院子更随便，看上了什么，随手拿了就走。要是大刘庄的哪个村民敢跳出来跟他讲道理，他二话不说，就说此人暗通新四军，二话不说就五花大绑给抓起来。说实话，孙营长以前没这么过分，他以前跟在苍田中佐后面，比哈巴狗还哈巴狗，但随着太平洋战争的爆发，鬼子兵的兵力被大量抽调往太平洋战场后，孙营长这条哈巴狗开始强横地站起来做“人”了。他过分到什么程度呢，连陈二富掌管的船队，他也敢敲竹杠。陈大富在苍田中佐面前发过牢骚，苍田中佐一副苦笑的样子劝慰陈大富：“陈桑，中国有句俗话，水至清则无鱼，现在水浑了，收不住了。”陈大富懂了，他让陈二富交钱，陈二富别扭，倒不是因为钱的事觉得别扭，而是把面子给丢了。他不肯交钱，陈大富跟他发火了，陈大富说："你个二愣子懂个屁，日本人的兵力快被抽空了，现在全靠'和平军'撑场子，苍田中佐都让他三分，你更应该让九分，要不然，孙营长哪天跟你犯横，说你暗通新四军，你还有命吗！"陈二富一听，二话不说，就把钱给交了。

孙营长敢对陈二富这样，更何况老克是个外来人，大刘庄的人看到老克被孙营长给绑走了，绑走也就绑走了，大刘庄自家的人还时不时地失踪几个人呢，失踪了也就失踪了，没人敢跑到鬼子兵或者汪伪军那里去问，怕自找麻烦，老克更没人去问了。

让苍田中佐如获至宝的是，老克不是新四军的普通情报人员，他竟是新四军九旅的"指人译"。这类人没有固定的密码本，一切全凭脑子记，所以所传递的情报价值也是最高的。

老克叛变投敌后，就给新四军独立营发了假情报，说日军的部队正向北岸调动，南岸守敌薄弱，可借此机会从南岸突围。谁知，丁晟指挥部队从南岸突围时，却被埋伏好的鬼子兵、汪伪军们以逸待劳，独立营被伏击了，独立营伤了几个人，无功而返。但这个战果不是苍田中佐最满意的结果，他要的是全歼这支队伍，六七千人就守着这二三百号人，代价太大了，他们已经耗不起了。在丁晟组织的第一次突围失败后，苍田中佐让老克故伎重演，这次发出的情报是以新四军九旅的名义，命令独立营再度从南岸强行突围，电报发出后，苍田中佐放出了风声，说老克叛变投敌了。他的用意谁都看得明白，意在告知丁晟，你们收到的情报可能是假的，突围地点应该是北岸，北岸靠近盐城县城的方向，在战略意义上不亚于南岸，所以苍田中佐料定丁晟要率部从北岸突围。

事实上，那天，他从炮楼上也通过望远镜看到丁晟的部队正在向天瓢岛的岛北集结，他脸上浮现了奸笑，立马将南岸的主力部队调到北岸，以期一举歼灭新四军独立营。岂料，是夜，新四军却没有从北岸突围，而是打向了南岸，南岸的守敌差不多被抽空了，苍田被打得大败，如果不是他跑得快，他的命将永远丢在了大刘庄。

丁晟所部突围成功后，附近的新四军各部应声而动，主动出击，巩固了丁晟在大刘庄的驻守。从此，大纵湖南岸一带，成为新四军固若金汤的抗日根据地。丁晟所部成功登岸后，上级下令，就地组建后方医院，为前线战士治病疗伤。三〇三首长就是这时被送来的一个重伤员，他在一次战役中，腹部中了两枪，肠子被打穿了。

虽然上级安排了医生来给三〇三首长做了手术，取出了子弹，缝上了肠子，但伤口被严重感染，持续高烧不退，急需盘尼西林来治疗，设在大刘庄的新四军后方医院缺医少药，一支盘尼西林都没有，别的部队也没有这种药，这可急坏了丁晟，要是没这药，三〇三首长的性命不保，他怎么向上级交代？

六

我爷爷领着任务上街去了。任务是丁晟营长下达的。

丁晟营长跟我爷爷说，三〇三首长在北岸打鬼子受了伤，性命危在旦夕。我爷爷回他，我知道。其时，我爷爷正拎着一木桶的小杂鱼，在他的“丁头府”前喂着他的十二只水老鸦。“丁头府”

是我们这儿泥巴茅草屋的指称，因正门有一横一竖两根木梁架着，构成了一个“丁”字形，故得其名，至于说后面冠了一个“府”字，那就有点自弹自唱的味道了，不去说它。

丁营长叉着腰站在我爷爷的“丁头府”前，红彤彤的晨曦披在他的身上，他本来身材就高大，经晨光一拉，更显得高大威猛，有点像金刚。对，我爷爷就是这么形容他的。丁营长看着我爷爷专心地喂水老鸦，就问：“先旺同志，你这水老鸦一天要喂几回？”这话问到我爷爷的特长上去了，丁营长跟我爷爷打招呼，后面常会加上“同志”二字，这让我爷爷听起来很亲切，也让我爷爷的腰杆子一下子在大刘庄挺起来了。苍田中佐进驻大刘庄时，我爷爷因被苍田中佐视为“朋友”，庄里的人都不待见我爷爷，背后没少说他是汉奸。而丁营长一来，把我爷爷视为“同志”，而且说若不是我爷爷帮助偷运电台，就不会有后来新四军的“大纵湖大捷”，丁营长说我爷爷为了抗日大业是立了大功的，这一下子就洗白了我爷爷身上的“汉奸”罪名。

我爷爷很自然地接过了丁营长的话茬，他说“这水老鸦啊，一天只能喂一次，只能早上喂，不能喂得太饱，意思一下就行，然后把它们饿到下半晌，往大纵湖里一放，那些个水老鸦一个个就像下山觅食的饿虎，也管不得喉囊是不是被套了‘紧喉圈’，拼命地拿鱼。”我爷爷的情商有时也是很高的，他当时还跟丁营长说，“今天我下湖去拿到大头鲢，就着田家的豆腐一炖，那鲜美的鱼汤就是极好的营养汤，给三〇三首长喝下去，他的身子很快就能恢复。”

丁营长皱起了眉头，他叹了一口气说：“先旺同志，你的心情我可以理解，但再好的鱼汤也代替不了良药啊，要不是老克叛变投敌，三〇三首长也不至于受伤，唉。”

老克的投敌是不是与三〇三首长的受伤有关联，我爷爷没想那么多，一听说老克，他就眉头跳了几跳，脸色很不好，恨恨地说：“这个‘娘娘腔’，要是让我逮着了他，我一定把他给剁了。”

可他躲在盐城县城，就在苍田中佐的司令部，我们派了除奸队去除奸，他缩在里面不出来，下不了手啊。丁营长从水桶里捧出几条杂鱼，与我爷爷一起喂水老鸦，他眼睛盯着水老鸦，余光却在观察我爷爷的反应。有一条小刀子鱼，捏在丁营长手中没扔出去，水老鸦着急了，有一只性急的，猛地跳起身子，抢着丁营长手中的刀子鱼，一口就给吞了。

“我去把老克给引出来。我明天就给苍田中佐送鱼去，这龟孙子就爱吃我拿的大头鲢。”我爷爷主动请缨。这或许正是丁营长来找我爷爷的目的。不过，他还是有点担心我爷爷的安全。他问我爷爷：“你去见苍田中佐，你不怕他对你下毒手？”

我爷爷怔怔地想了想，苍田中佐不按常规出牌，对谁都下得了狠手，他在大刘庄把自己视为“朋友”，但此一时彼一时，如今再去找他，难保不会下毒手呢。

去，还是不去？这是一个问题。

若干年后，我爷爷跟我聊起这段往事时，他故意卖了个小关子，我急了，我希望听到我爷爷的英雄故事，要是他犹豫了一下，还当什么英雄啊！我爷爷看穿了我的心思，他咧嘴笑了笑，他已经掉了几颗牙齿，一笑起来，就露出几个牙洞，透过那些牙洞能看到他的蠕动的舌头，有点得意劲儿。

果然，我爷爷还是去了。丁营长为了确保我爷爷的安全，要让我爷爷带一个人，跟他一起去。我爷爷手直摇："不行，带了人，苍田中佐肯定起疑，还是我一个人去。"解决了去与不去的问题后，丁营长又问我爷爷："你去见苍田中佐，可怎么把老克给引出来呢？"

那个时候，我爷爷浑身热血沸腾，脑子也特别灵光。他说："我就给老克带口信，田荷花的口信，只要我一提到田荷花，老克保准坐不住，肯定要跑出来。"

这个点子好。丁营长对我爷爷的计划大为赞许，他说："我安排神枪手小王潜伏在司令部外的制高点上，你只要想办法把老克引到院子里，我保证小王手起枪落，一枪就能给毙了老克这个汉奸。这样就能为三〇三首长报仇雪恨了。"

我爷爷说："好，就这么办！"

七

一切都按丁营长与我爷爷商量好的计划进行着。这个计划差点就成功了，但是千算万算，还是有一个地方没算好，导致除奸行动没有最终成功。

我爷爷告诉我，当时他去了县城，那苍田中佐还是念旧情的，在戒备森严的日军司令部，我爷爷背着一鱼篓活蹦乱跳的大头鲢，跟守门的日军比画着说是给苍田中佐送鱼。守门日军的一个曹长，是从大纵湖败退回城的，认得我爷爷，他没有为难我爷爷，在门房给苍田中佐打了个内线电话，苍田中佐不光放他进来，还主动到二门外迎候着我爷爷，他一身戎装，挂着长长的腰刀，见到我爷爷，远远地就鞠了一躬：“刘桑，久日不见了。”

我爷爷乐得差点想笑，这也太顺利了吧。苍田中佐不仅在接待规格上一切如仪，他甚至都没问大刘庄被新四军拿下后的状况。丁营长原先教我爷爷熟记的台词，竟然没派上用场，这让我爷爷有点失落。

那天中午，苍田中佐请我爷爷吃饭，上的是柏家麦酒坊酿的大麦酒，这大麦酒也称“大麦冲子”，有点辣，冲头却不上头，无论喝多少，都不会头疼。苍田中佐很喜欢喝这种酒，他说清酒不如这“大麦冲子”，这跟日本的芥末有异曲同工之妙，我爷爷尝过苍田中佐给他挤出来的芥末，那芥末像绿虫子挤在那儿，我爷爷初次品尝，不晓得它的厉害，弄了一大块芥末就往送嘴里送，不料，鼻涕眼泪都给呛出来了，看到我爷爷龇牙咧嘴的模样，苍田中佐哈哈大笑，笑得前仰后合，有点夸张。他边笑还边问了一句：“刘桑，你的，我的朋友，新四军的，没有为难你的吧？”

我爷爷尽管被芥末呛着，但他还是时刻保持着警惕的，这龟孙子埋伏在这儿等着他呢。他条件反射地摇了摇头。他的意思是表明，你把我当成了“朋友”，在新四军的眼里，我刘先旺都通敌了，他们能好好地待我？苍田中佐竖起右手的中指，在我爷爷面前信息量很大地摇了摇，笑声未停道：“不对，刘桑，新四军的，对你的，大大的不错。”

我爷爷惊出了一身冷汗，这龟孙子难道长出了第三只眼睛，能够越过盐城穿过大纵湖，将大刘庄的事尽收眼底？我爷爷努力地睁大眼睛，仔细认真地看着苍田中佐，这龟孙子还是长着那两只细长的眼睛啊，没有第三只眼，他怎么知道的？

苍田中佐的笑声终于停止了，他正了正身子道：“刘桑，你的，给新四军运送了电台，新四军的，大大的谢你呢。”这话说得我爷爷的衣裳都湿透了，他告诉我这段“鸿门宴”的经历时，说他当时都想到了后事，以为自己落入虎口，再也出不来了。但苍田中佐却没有一点要伤害我爷爷的意思，他盯着我爷爷看了一会儿，正色说道：“刘桑，你的，别紧张，那部电台，是大日本皇军故意的，放水。”我爷爷听得这话，松了口气，他对故不故意放水听不懂，也不想去深究，反正看苍田中佐的表情，他知道，这龟孙子暂时还不会伤害自己，因为他没发出那阴森森的笑，他捡了一条命。

喝了酒，我爷爷该起身回家了。苍田中佐让我爷爷别忙走，他一晃手，进来一个穿着日本和服的女人，手中端了一个托盘，托盘里放了几块大洋，苍田中佐示意我爷爷将这几块大洋收下，说这是给我爷爷的买鱼钱。我爷爷有点不知所措，在大刘庄，我爷爷送了苍田中佐那么多条鱼，他没给一分钱，这次进了城，他突然给钱了，这不免让我爷爷有点多想，我爷爷忙说：“这鱼是孝敬皇军的，哪能收钱呢。”苍田中佐站起身来，送我爷爷离开时，他拍了拍我爷爷的肩膀，声音中透出点伤感：“刘桑，大日本皇军，在太平洋开战，我的，可能开赴太平洋，以后，可能见不到刘桑了。”

什么太平洋开不开战，我爷爷听不懂。后来，他跟我讲这些往事时，还是对太平洋战争不解其意，他问我：“刘颂，太平洋在什么地方，有大纵湖大吗？”我说太平洋离大纵湖远着呢，比一万个、十万个大纵湖都大。我爷爷听后又习惯地挠了挠头，这小鬼子心思大得很呢，整天就知道打仗打仗，连个大纵湖都打不下来，还去打太平洋呢。我爷爷的话有点意思，既对也不对，我都不知道怎么回复他。

我先前已经说过，我爷爷此次来县城，不是来与苍田中佐叙旧情的，他有重任在身，那就是要把老克从暗处引出来，就引到院子里，进入狙击手的视线，我爷爷的任务也就大功告成了。在如何把老克引出来这件事上，我爷爷浓墨重彩，跟我叙说时语言流畅，风从他缺了牙的牙缝里钻进去也没让他打结，一气呵成。他说当时苍田中佐已把他送到院子里了，眼看苍田中佐都要转身离开了，我爷爷恰到好处地说："太君，瞧我这脑子，还有一件事都差点给忘了。"

苍田中佐转过身，看着我爷爷。我爷爷说："田家豆腐坊，太君你可记得？"苍田中佐笑道："记得的，当然记得的。"我爷爷装作有点不好意思地说，"有一个好消息要告诉太君，我就要娶田荷花了。"苍田中佐立马热情地表示祝贺。我爷爷趁热打铁："那个老克不知道在不在这儿，田荷花让我给他捎个口信。"苍田中佐道："我的，可以转告。"

"不，不，苍田太君，田荷花一再关照我，这个口信一定要我跟老克说。"我爷爷见苍田迟疑，他又追加了一句，"关于儿女私事，太君不放心，可以在旁边听。"苍田想了想道，好。他扬手招来一个手下，耳语几句，那个军曹转身而去，不一会儿，他领着老克出来了。老克看到我爷爷时，先是一怔，表情有点儿复杂。

老克在门口的阴影里站了会儿，我爷爷跟他打招呼，但我爷爷没有动身走近他的意思，他把音量故意调得很小，老克听得含混不清，我爷爷就朝他招手，意思是要他走过来。

老克迟疑了一下，他还是走出了阴影，朝我爷爷身边走过来，也就距我爷爷不到半米的距离吧，这时，枪声响了，老克“砰”的一声应声倒下，鲜血从他的身体里汩汩流出，很快洇在他的身边。尽管这事是丁营长与我爷爷交过底的，但这一声枪响，一个活生生的人就倒在自己面前，我爷爷还是表现出本能的惊惶失措，鬼子兵也乱成了一团，有几个鬼子护在苍田身边，把苍田就近推进了一间屋子，还有的鬼子兵闻得哨声，立马四处搜寻开枪者。在这慌乱中，我爷爷也脚下抹油，趁乱跑出了日军司令部。

我爷爷一口气钻进了一条无人的小巷子，靠着墙喘了几口气，心情逐渐平复了下来，他的嘴角挂着得意的笑容，他激动地想，总算完成任务了。

八

我爷爷没想到的是，老克竟然没有死，只是受了枪伤。得知这一结果后，我爷爷差点跟丁营长急眼，他跳着脚说：“丁营长，你安排的小王是什么人啊，还神枪手呢。为什么不一枪也把苍田那龟孙子给崩了，留着他干吗？”

丁营长不急不恼，等我爷爷的火快发完了，呼呼地喘气说不出话来的时候，他这才语气平静地说：“先旺同志，你的心情我可以理解，作战任务哪能都如愿呢，这次也只是个意外，我已经批评小王同志了，他正在反省之中呢。”

那为啥不把苍田这龟孙子一枪给崩了？我爷爷不依不饶，用逼问的口气要丁营长给一个说法。丁营长跟我爷爷讲起了道理，鬼子兵那么多，杀了一个苍田还会有十个、百个、千个苍田冒出来，能从根本上解决问题吗？

这话老克曾经跟我爷爷说过。丁营长这一反问，我爷爷立马无话可说了。他只得去找田荷花，他要把他在城里的英雄壮举告诉田荷花。田荷花看到我爷爷却脸上结满了寒冰，面颊上还挂着两道亮闪闪的泪痕，眼睛红红的，显然刚刚哭过。她一见到我爷爷，我爷爷还没开口说话，田荷花就劈头盖脸地骂将起来：“刘先旺，你充的什么英雄，为什么要去伤害老克，我告诉你，幸亏老克的命保住了，要不然，我跟你没完，不把你折腾死，我就不姓田。”

这是我奶奶田荷花少有的一次脾气大爆炸，我爷爷惊讶地看着我奶奶，他想辩白几句。我爷爷对这些细节并没有跟我多说，但我能够想象得出来，我爷爷当时无非是想说，老克已经是铁板上钉钉的汉奸了，值得去为他伤心？但我爷爷没有勇气把这句话说出来，他是完全被田荷花歇斯底里的发作给吓住了。

由于我奶奶田荷花不理我爷爷了，我爷爷不知所措，自己这是干的啥事啊，任务没完成，英雄没当成，老婆都可能娶不成了。他一肚子的苦水，没人听他倒，他就频繁地往丁营长那儿跑，跑过去了，又不知道话该从何说起，就在临时营部，坐在那儿发呆。丁营长看到我爷爷，热情地打声招呼，给他倒杯水后，就忙活自己的事去了。

大约是第三天下午吧，丁营长放在桌上的一堆机器突然嘀嘀嗒嗒地响了，我爷爷吓了一跳，不知道出了什么事。丁营长拿着听筒边听边记，我爷爷不识字，看丁营长的样子，他记的不是字，而是一组数字，丁营长记录好后，放下了收报机的听筒，将记在纸上的数字默念了几遍后，脸上露出了喜色，他叫来了通讯员，传他的命令，二连二排立即集结，随时准备出发。

我爷爷搞不懂，那个什么东西嘀嘀嗒嗒的声音，竟会让丁营长那么狂喜。后来，在我奶奶的提示下，他弄清楚了，原来那传出嘀嘀嗒嗒声音的是电台，丁营长是接到了电台传递来的情报，下达了集结出发、准备作战的命令。

当天黄昏时分，丁营长亲自带着集结的部队，分乘几艘小划子从大纵湖出发了。他们出发时，我爷爷正在大纵湖指挥着他的水老鸦拿鱼，看到那些荷枪实弹的战士，把小划子划得飞快，也不知道往哪儿去，他的那些水老鸦，也好奇地站在船帮上看热闹，都忘了自己该下水拿鱼了。直到小划子划远了，我爷爷才回过神来，他将手中的木桨猛地往水里一击，击出了巨大的水花，看热闹的水老鸦们被水花激醒了，它们怕主人发火，立马一个个蹿入水中，尽它们的本职去了。

丁营长所率部队是在第二天清早回到大刘庄的，回来时一个个喜笑颜开的样子，往岸上搬着几只木箱子。我爷爷不知道木箱子里装的是啥，他主动上前去帮忙，顺便问了丁营长一句："这木箱这么轻，里面是啥？"

丁营长爽朗地笑道："西药，从小鬼子手里抢回来的西药。这下，不光三〇三首长有救了，咱们后方医院的病员都有救了。"

原来，当天夜里，丁营长率人在距大纵湖三十里水路外的伍龙河上，成功地伏击了日军的一艘小洋油艇，洋油艇上装的全是西药，是日军上海总部秘密发往盐城县城驻军的。

这批截获的西药中，名贵的当属盘尼西林了。伤口被感染后的三〇三首长用了盘尼西林后，渐渐康复了。丁营长就将三〇三首长安排在我爷爷家中治伤，我爷爷每天给三〇三首长熬鲜美的鱼汤，三〇三首长恢复得更快。大概在我爷爷的“丁头府”里住了半个月吧，三〇三首长就康复回到部队了。在这期间，三〇三首长与我爷爷结下了友谊，这也是我爷爷说他与新四军的首长有个交情的由来。

我爷爷跟我说起这段往事时，他不时发出感叹：“这新四军也真神了，流向大纵湖的，有那么多条河，新四军是怎么知道在伍龙河上伏击，而不是在蟒蛇河、七纵沟伏击的呢？”我爷爷想不通这个问题，他就挠头，我也想不通，我也只能学着他的样挠头。

我爷爷在世的时候，他经常跟我讲述他年轻时经历过的往事，但也给我留下了很多待解的谜团。我听我爷爷的故事时还很小，没能力去解开这些谜。但这些谜团却像我的脑组织一样，一直附生在我的脑子里，一直挥之不去。

九

二十世纪九十年代初期，新四军研究会的几个老军人来过一次大刘庄，他们确认在大刘庄存在过新四军的后方医院，当时，一些老房子还在，这几个老军人显然是当年在大纵湖战斗过的老战士，经他们指认，有几幢老房子就曾做过后方医院的病房。遗憾的是，他们来的时候，我爷爷和我奶奶已相继谢世，我爷爷的“丁头府”早就荡然无存了。其中一个姓王的老军人得知这些后，止不住地自责，说他来晚了，当时他担负警卫员保护的首长正是三〇三首长，从他的口中，我们才得知，三〇三首长是新四军三师一位姓林的副师长，抗美援朝时，牺牲在朝鲜。他去世后不久，新中国首次授衔，他被追授少将军衔。

解开了新四军三〇三首长之谜，还有些谜团难以解开。比如，到底是谁给丁营长发送的情报？这个谜团一直到二〇一五年，我和陈平安才得以解开。这里要交代一句，我和陈平安其时都已是人到中年了，我在报社工作，陈平安在高校担任中国近代史的教授。他之所以钻研中国近代史，部分是因为他伯爷爷陈大富的原因，他始终认为，他的伯爷爷陈大富不是汉奸，他明里虽然是汪伪军的电台中队长，帮着鬼子做事，暗里却替国民党军和新四军搜集过情报。

二〇一五年，是纪念抗日战争胜利七十周年，我所在的报社组织了一批专题报道。我领受了到上海采访一位新四军后人的任务，这人叫丁抗战，一采访，原来他是丁晟儿子，你说巧不巧？不过，丁晟也去世得早，丁抗战对他父亲在大纵湖的战斗历程也所知甚少，不过，他完整地保存了丁晟记下来的日记。翻看着日记，我有了发现——

其中有一则记在一九四四年八月五日的日记，上面用简短的话记着这么一组数字：

3425

2678

7372

……

这一组数字当然代表着一组摩斯密码，丁抗战找译电专家帮助破译过，译过来的意思就是：夜十时，伍龙河。

我联想到我爷爷当年说过的故事，一下子对应了起来，原来这就是情报所告知的日军运送药品的时间和地点。这在当时，属于高度机密，那么是谁发出了这个电报呢？我翻遍了日记，再也没有发现与此有关的只言片语。

我回到盐城时，陈平安给我打来了电话，他说他也有了重大的发现，他说这电报就是他的伯爷爷陈大富发出的。这怎么可能？我立马条件反射地予以否定。陈平安条分缕析地分析道："老克其实不是真的叛变投敌，他是借机打进敌军内部收集情报。如果没有他，新四军独立营就不会有'大纵湖大捷'。"我说："陈教授，你打住。正因为老克第一次发的电报，引诱丁营长上了当，第二次故伎重施，却反砸了自己的脚。"陈平安辩解道："刘颂，你别跟你爷爷一样一根筋，老克第一次发的电报为什么不是要取得苍田中佐的信任呢，第二次，老克用的是明码，而老克是新四军的'指人译'，'指人译'会用明码吗？"

我一听："有道理啊，陈教授。"陈平安清了清嗓子，继续往下说："苍田中佐经历了大纵湖大败，他对老克也产生了怀疑，但又不能确定老克投敌是真是假，而丁营长将计就计，故意派你爷爷去敌营引诱老克出来，让除奸队的神枪手小王埋伏好，小王为什么打偏？我做过复盘研究，小王当时埋伏在日军司令部对面的登瀛阁上，可以俯瞰到整个大院，直线距离不超过五百米，这个距离，任何一个狙击手只要枪法稍微出众，都能一枪爆头，可小王为什么没爆头？”

陈平安说到这儿，他停顿了下来，静等我的反应。我脑子里灵光一闪，立马转过弯来，我接着他的思路往下说：“这一枪，虽然伤了老克，但老克取得了苍田中佐的进一步信任，从而也为获取核心情报埋下了伏笔。”

“你说得对。”陈平安在电话那端笑出声来，“刘颂，咱们终于同一频道了。”

“喂，陈教授，先按个暂停键，老克就是取得了苍田的信任，凭什么苍田就会把运送药品的时间、路线告诉老克？这可是绝对的机密啊。”陈平安在电话那端哈哈大笑，他说：“刘颂，你又忘了，老克是‘指人译’，记忆力超强，入了敌营，鬼子能不把他的超强能力为己所用？”我想了想，陈平安说得也对。老克取得了苍田中佐的信任，再退一步，即使让老克掌握了核心机密，只要不让老克出门，不让老克碰到电台，一切都可确保安全。那么新的问题又来了，老克获取了重要情报，谁替他发了出去呢？陈平安毫不迟疑地说——陈大富。

在苍田看来，老克是破译天才，陈大富是收发报的能手，两个间隔开来使用，就是他最得力的情报员。但苍田做梦也没想到，他的这两个得力手下，竟亲手给他刨了一座坟墓。在日军战败宣布投降时，苍田在盐城县城剖腹自杀了。

但我和陈平安的推论，没有最直接的证据，就永远只能是推论。

转机直到二〇一八年底才出现了，我因采写一位雨花台烈士的书稿，得以走进省委党史办的资料室查找资料，在一个叫“顾心平烈士”的简介里，我看到了这么一段话：

> 顾心平，江苏东台人，曾化名老克，潜入敌营，为新四军收集情报，一九四五年五月在苏中战役中牺牲。

老克被追认为烈士，而陈大富呢？他早年就被国民政府以汉奸罪处决，而他所做的贡献，怎么去认定呢？

逝者往矣，追寻历史的真相，还得我们去一一求知、寻觅……

附：创作谈二则

怀旧时光里的三种颜色

每年都会有那么一小段时间，我会陷入某种怀旧的状态不能自拔。这与年龄无关，因为这种状态，我从十多岁时就开始周期性地出现了。

怀旧的片段是多元的，而且随着年岁的增长，变得更加多元。但无论如何多元，有三种颜色，就如上了高速的汽车，始终绕不过去那进口与出口都存在着的收费站。

先说第一种颜色吧，那应该是一种绿色，青山绿水的绿。我很小的时候就被送到了我爷爷的船上，我爷爷奶奶是渔民，正经八百的渔民，他们在岸上是没有家的，船就是他们流动的家。那条船很小，比小划子船要大一些。船分为三截，前面是船头，后面是船尾，中间是船舱，船舱上支了竹木混合的支架，支架上蒙着油毡布，支架的下面就是睡觉的舱房。

那个时候，我爷爷的船一直在苏北里下河水乡四处漂泊，我能接触到的世界就是那绿色的河流。船上的生活当然是枯燥的，但我不觉得枯燥，因为我爷爷经常一边整理着渔具，一边给我讲故事，他讲述的是他亲身经历过的故事，包括他见到的侵华日本兵的故事。

第二种颜色就是黄色，油菜花黄的那种黄。我那个时候已经登岸上学了，每天步行着走过乡村的阡陌去上学，每到初夏，油菜花开，那是我最开心的时候，我会追着野蜜蜂跑，也会追着并不漂亮的蝴蝶跑，或许它们就不是蝴蝶，而是一种“灰蛾子”，但我那时就认为它们是蝴蝶，我会兴趣盎然地追着它们跑，但我很少捕捉它们，我关心的是它们带给我的神秘感：它们从何处飞来，又向何处飞去呢？

第三种颜色是黑色，煤炭黑的黑。我还没出生时，我父亲已经到了离家千里之外的煤矿工作，父亲是个在煤井下工作的掘进工，他在煤井下的煤山上钻眼、埋雷管、放炮，炸碎了煤山，再用铁铲将碎煤铲上运煤车，然后运煤车被卷扬机拉上地面。父亲跟我说过矿井很深，一直打到了一个大湖的下面，我很好奇，我也曾想到井下看看地下的世界。但是，当我做好了一切准备，站在黑幽幽的矿井前时，腿肚子开始打战了，我始终没有勇气下去。

于是，矿井下的世界，永远谜一般地存于我的脑海。

有了这三种颜色的打底，在一年前的某一天的下午，一个关于谍战题材的灵感经过N年的积累，终于火山样喷发了出来，很自然地，就有了中篇小说《指人译》（本书收录时改名为《渔家傲》），而且，这只是一个开端，“指人译”系列是五部中篇，后续的，我也期望着它们早点亮相。《指人译》是个幸运的孩子，被《小说月报·原创版》发表后，又被《中篇小说选刊》转载，我有点“灰姑娘”遇上了“王子”的感觉，真的很幸运。

这个创作谈，我自己也不知道说明白了没有，不明白也没有关系，在一个人的心里，适当地存点儿谜团，也许是一件好事对吧？谁说不是呢。

英雄长长的身影后面有什么?

英雄情结，想必大多数人都有。我也概莫能外。

这些年，我投入了英雄题材的写作，写过革命英雄、平民英雄、当代刑侦英雄，去年，我拐进了一个充满神秘色彩的英雄领域，开始书写谍战英雄。

说起谍战英雄，当代人已不陌生。在隐蔽战线上，谍战英雄浑身是胆、孤身作战，凭着超高的智商、情商，在错综复杂的人群中巧妙周旋，搜集传递情报，为革命立下了汗马功劳，而由于他们身份的特殊，其英雄勋章大多不可示众，只能埋藏心底。

从这个层面上说，谍战英雄委实令人肃然起敬。

可是，在看过N多部谍战剧后，我有了很逆反的想法：谍战剧所表现的谍战英雄，身上往往带有浓浓的“一个人拯救世界”的那种个人英雄主义。诚然，谍战英雄中不乏此类超级英雄，但是，英雄首先是一个人，一个实实在在的人，他们的身上，有着坚定的革命信仰，有着高超的谍战技能，但也会带有作为人与生俱来的某些弱点，也就是说，现实世界中，没有一个英雄是超人类的。脱离了一个人的范畴而塑造出的谍战英雄，属于“谍神”，不属于“谍人”。

带着这样的视角和立场，我开始了“指人译”谍战英雄系列中篇小说的创作。“指人译”是一个让人感到陌生的词汇。我以前的认知也是查资料获得的：在军事情报中，按秘密程度分为四个等级，即：秘密、机密、绝密、指人译。指人译是最高等级，“指人译”译电时没有明码本，所有的密码都记在指定人的头脑中。

在打开“指人译”这扇神秘大门时，我突然有了新的想法，情报的传递靠技术但更靠人，密码存放于每个人的头脑以及向外传递中，都有着各个人不同的接受、储存和传递方式，这有点类似于当下AI时代的人际传播，总是烙上鲜明的个人符号。

于是，这成了我在创作“指人译”系列小说时的总基调，即强调对人性的深度观照和鲜明个人色彩的体现，这样写出的谍战英雄似乎更接地气。

回到《莲花落》这篇小说，这是“指人译”系列中的一篇。小说中，一位国民党抗日少将被内奸出卖而牺牲了，头颅被日军高悬示众，他的妻子孤身入敌营讨要丈夫头颅，新四军情报人员调动民间力量暗中相助，使她讨回了丈夫的头颅，而且找出并惩治了内奸，并巧妙传递出情报，使新四军取得一场战役的大捷。

小说中，国民党抗日少将是英雄，他孤身入敌营的妻子是英雄，新四军情报人员是英雄，参与传递情报的村民们也是英雄……，然而历史能够记住的，可能仅仅是那个站在最前面的英雄——抗日少将。事实上，我小说中的抗日少将确有其人，镌刻着“断头将军”的墓碑如今就树立在苏北里下河平原上，并被追认为烈士。而那些与英雄紧紧相随的人，只能隐藏在他长长的身影之后。

我想要表述的不仅是这位抗日英雄的壮举，而是将他长长身影后面的人一个个呈现出来。这也回答了本文标题中的问号，最终的答案是：英雄出自人民，托举起英雄的力量，来自人民！